그 남자의 방

그 남자의 방

김이정 소설집

자음과모음

차례

유^孺인^人

김^金소^昭희^憙전^傳

간다간다 나는간다
이세상을 하직하고
좋은시절 흐르는세월
나쁜액을 다걷어가지고
후손들은 잘살라고
남은복록 다주고간다

요령잡이의 선소리가 시작되는 걸 보니 이제야 떠나는구나. 빼
어난 목청은 아니지만 소리가 제법 구성지고 가락을 탈 줄 아는
사람이다. 어허 어어어 어리넘자 어허어. 상두꾼들의 어깨가 한결
가벼워지겠구나. 노랫가락 따라 발길 내딛다보면 어깨에 진 관의

무게도 잊는 법 아니겠느냐. 작고 물 마른 노인네 무게야 얼마 나가겠냐만 부질없이 무거운 관이 못내 미안하구나. 길 떠나는 데는 몸 가벼운 게 제일인데, 내 마음이 무거워지는구나.

이제 와 얘기지만 나는 소리 잘하는 남자를 좋아한다. 내가 한 번도 제대로 소리 내 불러보지 못한 탓인지 나는 소리 잘하는 남자를 무척이나 좋아했다. 만약 내생이라는 게 있다면 나는 다음 생에는 소리꾼으로 태어나고 싶다. 상엿소리든 판소리든 노랫가락이든, 내 맘껏 노래 부르며 일생을 살고 싶구나.

상두꾼들의 후렴 소리와 발길 따라 흔들리는 상여가 마치 춤이라도 추는 것 같구나. 너울대며 흔들리는 꽃상여에 누워 춤추듯 작별하는 것도 나쁘지 않다. 병원에서 영구차에 실려 화장터나 공원묘지로 직행하는 버스 안에서 정신없이 작별하는 것보다 훨씬 마음이 낫지 않느냐. 비록 종이꽃이지만 함박꽃을 잔뜩 매단 꽃상여를 타고 저세상으로 가니 갑자기 내가 복 받은 인생이라는 생각이 들고 구십 평생이 하룻밤 꿈처럼 아득해지는구나. 저 노랫말처럼 어제이승 오늘저승이라니 누가 지었는지 옳고도 옳은 말이다. 그토록 이날을 기다려왔건만 결코 오지 않을 것 같던 날은 이렇게 어느 날 갑자기 오는구나. 하지만 그게 언제든 내 몸은 저 민들레 씨앗처럼 가볍게 길 떠날 준비가 돼 있으니 머뭇거리지 말고 나를 보내주려무나.

울지 마라 아가. 네 울음소리가 훨훨 날아갈 것 같은 내 몸을 자꾸만 잡는구나. 넌 누구보다 내가 이 길을 얼마나 가고 싶어 했는지 잘 알면서 그렇게 서글피 울면 어쩌느냐. 그래, 너도 네 설움에 우는 거겠지. 누구나 자기 설움에 울지 나 아닌 다른 사람이 애달파 우는 건 아니란 걸 지금쯤은 눈치챘겠지. 나이 오십에 말이다. 그러고 보니 막내인 네가 벌써 오십이나 되었구나. 이게 어쩌자고 애들 놔두고 남편 그늘 벗어나 혼자 살겠다고 돌아온 것인지, 기가 막히고 막막하기만 하던 때가 벌써 십 년이 넘었구나. 고맙다, 그동안 내 곁에서 누구보다 든든한 보호자가 돼주었던 너. 네가 없었으면 내 마지막 생은 외롭고 초라하기 그지없었을 터인데. 내 곁에서 떠나지 못해 네가 더 이상 다른 곳으로 가지 못한 건 아닌가, 내 욕심이 너를 이 집에 붙들어놨던 건 아닌가, 자꾸 뒤돌아보게 만드는구나.

어린 계집아이가 조신하지 못하고 당돌하게도 말끝마다 되받아친다고 어려서 네 조모에게 미움깨나 받더니 너도 어느새 쉰 줄의 여자가 돼버렸단 말이냐. 해질 녘만 되면 울어대는 너를 업고 부엌에 쪼그리고 앉아 생솔가지 태우며 저녁밥 하던 게 바로 엊그제 같기만 한데. 뼈에 가죽만 겨우 붙은 몰골로 허리마저 기역자로 굽은 이 노파가 정녕 나란 말이냐. 이 집에서 평생 몸 바쳐 살고 남은 게 뭐야. 엄마 허리 그렇게 낫자루처럼 구부러진 것밖에 더 있냐며 결코 시집으로는 돌아가지 않겠노라던 네 울음, 사실 그때 난 네가 기특하고 부러웠다. 적어도 너는 나처럼 살지는 않겠구나 안심이 되고. 나마저 가고 나면 혼자 남을 네가 얼마나 외로울까

맘 아프지만 그리 큰 걱정이 되지는 않는다. 넌 어려서부터 뭐든지 혼자 잘해왔으니까.

너를 볼 때마다 나는 어릴 적 내 동무 정애가 자꾸 떠오르곤 했다. 너도 아는, 저 옆 동네 바우할매 말이다. 정애는 우리 집을 드나들며 허드렛일을 해주던 늪실댁의 딸이었다. 늪실댁이 우리 집에 올 때마다 따라오던 정애는 나와 동갑내기여서 자연스레 내 동무가 되었다. 나와 함께 윷놀이도 하고 나와 함께 봉숭아물도 들이고 나와 함께 수도 놓던 아이. 우리 어머니 기색을 살피며 늪실댁은 나에게 애기씨, 라고 부르라며 정애에게 눈치를 줬지만 그 애는 단 한 번도 나를 애기씨라 부르지 않고 꼬박꼬박 소희라고 불렀다. 난 그런 정애가 좋았다. 남 눈치도 보지 않고 자기 고집도 굽히지 않는 그 아이가 참 부러웠다. 열여섯이 되자 난 집안 간의 계약처럼 낯선 이곳으로 시집을 오고 정애는 그 이태 뒤 이 옆 동네 청년과 눈이 맞아 시집을 왔다. 삼촌 집에 놀러온 청년이었는데 공교롭게도 서로의 눈에 들어 정애 어머니가 먼저 나서서 혼례를 서둘렀나 보더라. 참 당찬 아이였다. 제 맘에 든다고 기어코 제 어머닐 졸라 그 사람과 함께 살아갈 생각을 하다니. 난 그때 정애의 거칠 것 없는 가난과 남 눈치 볼 것 없는 족보가 한없이 부러웠다. 하지만 세월이 지나고 생각해보니 그건 그 애가 가난하고 보잘것없는 집안 출신이어서 그럴 수 있었던 게 아니라 그만큼 당찼기 때문에 그렇게 살 수 있었던 것 같더구나.

시집을 와서도 나는 오로지 웃어른들 잘 섬기고 남편 공경하고 조상 제사 잘 지내는 게 최고의 덕인 줄 알고 살아왔는데 정애는 그러지 않았다. 비록 소작인 집안이어서 봄이면 보릿고개를 힘겹게 넘기기는 했지만 가끔씩 놀러 와 잠깐 내 일을 거들어주기도 하던 정애의 얼굴에는 늘 부족함이 없어 보였다. 봄이 되면 쌀이 떨어져 쌀은 몇 톨 들어가지 않고 쑥이 대부분인 멀건 죽을 쒀 먹고 지내도 이상하게도 정애는 모자란 게 없어 보였다. 그런데 그 이유를 한참 후에야 난 알았구나. 한번은 읍내에 나갈 일이 있었다. 동네 앞 들길을 가는데 정애가 제 남편과 함께 논을 매다가 밥을 먹으러 나오고 있더구나. 우리 집안 논 서 마지기를 정애네가 부치고 있었는데 논둑에 나온 정애 신랑이 목에 두르고 있던 베수건으로 무논에서 나온 정애의 종아리를 일일이 닦아주고 있지 뭐냐. 곧 다시 논으로 들어갈 다리인데 그 잠깐 사이라도 편히 쉬라고 여자 다리를 닦고 있는 그 남자와 그걸 또 천연덕스럽게 맡기고 있는 정애를 훔쳐보고 있는데 갑자기 내 다리에서 힘이 쭉 빠져버리더구나. 저런 게 사는 거 아닌가 싶고…… 순간 제 남자에게 태연히 종아리를 맡기고 있는 정애의 얼굴에서 빛이 나는 것 같더구나.

내 자식들은 그 정애처럼 살길 바랐다. 누구 눈치도 보지 않고 제 마음이 시키는 대로, 훌훌 날 듯이 살아가길 바랐다. 나처럼 어른들 앞에서 제 자식 아끼는 걸 무슨 큰 죄로 여기지 않고 예쁜 사람은 예뻐하고 미운 사람은 미워하고, 그렇게 살길 바랐다. 그런데 3남 2녀의 자식들 중 나를 닮지 않은 건 너 하나밖에 없었다.

첫째부터 넷째까지, 모두 나처럼 기질이 약해 어른들 말씀이라면 한 번도 거역할 줄 몰랐고 그 어른들이 정해주는 대로 살아들 가더구나. 엄하기만 한 네 할머니와 아버지 틈에 나는 낄 자리도 없이 아이들은 자라고 어른이 되어 그분들이 정해주는 길로 다들 가버리고 결국 나는 애들 인생에 한 자락도 못 끼어든 채 늙어버리고 말았다.

다만 막내 너만이 모난 돌처럼 튀어나와 네 아버지가 정해준 혼처도 마다하고 한 직장에 다니던 남자와 결혼을 했구나. 사람을 데려오면 당장 성이 뭐냐고 묻는 이 집안 사람들 앞에서 넌 참 거침없게도 대장장이었다는 그 집안 조상들 내력을 풀어내 네 아버지를 아연케 했지. 난 그때 그렇게 후련할 수가 없더구나. 끝내 네가 그 남자와 살림을 차려버리자 네 아버지도 하는 수 없이 혼례식을 올려줬지만 네 아버진 죽는 날까지 네 신랑을 무시하더구나. 단 한 번도 천 서방이라고 부르지 않다가 아이가 생기자 석이 아범이라고 불렀지. 그것도 어쩌다 한 번 부르긴 했지만 말이다.

네가 그 사람과 끝내 잘 살았거나 아니면 그 사람이 딴 여자 보고 있어도 참고 살았다면 내 마음이 덜 아렸을까. 아니다. 어느 날, 더 이상은 그 사람하고 같이 못 살겠다고 네가 가방 두 개 달랑 들고 이 집 문 안으로 들어섰을 때 네 큰 오라빈 그 길로 당장 되돌려 보낼 기세였지만 너를 이 집에 눌러앉힌 건 바로 나였잖느냐. 네가 들고 있는 가방 두 개가 내겐 태산보다 더 높아 보였다. 저렇게 할 수도 있는 거였구나 싶었지. 저렇게 집을 나갈 수도 있다는 사실을 나는 왜 한 번도 생각조차 해보지 않았을까. 난 무엇에 한 방 얻어맞기라도 한 기분이었다.

하지만 모든 일이 그리 간단치 않다는 건 나도 안다. 너 역시 그러고 나와서 십 년이 되도록 밤마다 술 한잔 마시지 않으면 잠을 못 잔다는 거 내 모르지 않는다. 아침이면 베갯잇에 얼룩이 더께지고 눈이 부은 채 늘 뒷산 서실까지 혼자 걷다 오는 널 볼 때마다 내 마음은 생간에 소금이라도 뿌린 듯 쓰리다. 그래도 난 그런 네가 부럽다. 나중에 네 살아온 길 생각하면 적어도 네가 원하는 대로는 살아봤으니 다른 사람을 원망하지도 억울해하지도 않을 거 같구나. 적어도 너 자신만 원망하고 후회하면 되지 않겠느냐.

명사십리 해당화야 꽃 진다 잎 진다 설워 마라 너는 명
년 춘삼월이 되면 봄을 찾아 오건만은 한번 가는 우리
인생 다시 오지 못하리라.

흔들리는 상여 속에 누워 있으니 마치 맨몸으로 물결을 타고 있는 것 같구나. 망망대해라도 건너가는 것 같고, 어릴 적 누워 있던 요람 같기도 하고. 이토록 편안한 휴식을 왜 내게는 그토록 늦게야 허락한 것인지 하늘이 원망스럽구나. 이미 삼십 년 전부터 죽음을 기다려온 내게……. 뭐든지 간절히 기다리면 이렇게 하늘이 심술을 부리는 법인지. 아니면 내가 더 보고 깨쳐야 할 것들이 있었던 건지. 아무래도 그랬던 것 같구나. 내 몸의 핏줄 하나, 물기

한 방울, 살점 하나까지 다 소진시키고서야 이렇게 나를 데려가는
건 내가 여전히 어리석었기 때문일 게다.

　내 한눈파는 사이 상여가 어느새 집 앞에 와 멈췄구나. 병원에
서 그냥 곧바로 산으로 가면 될 것을 남부끄럽게 노제는 무슨 노
제를 지내느냐. 저 늙은이 그리도 오래 버티더니 드디어 갔구나,
동네 사람들 마루에서 내다보며 한마디씩 하고 있겠다. 소리 없이
떠나고 싶었는데 괜한 짓들을 하는구나.
　저 숫을대문을 이렇게 밖에서 보니 참 눈 설기만 하다. 늘 안에
서 밖을 쳐다보기만 했지 이렇게 밖에서 안을 본 적이 몇 번이나
될까. 선뜻 기억나지 않는구나. 그나마도 늙어 허리가 구부러진
후에야 어쩌다 네 오라비들이 사는 서울에 다니러 갔다가 돌아오
는 길에 흘깃 쳐다본 게 다인 것 같구나. 이 집에서 산 세월, 그러
니까 열여섯에 시집와서 올해 아흔넷이니, 자그마치 일흔여덟 해
를 살아오면서……. 참 오래도 버텨냈구나. 내가 시집왔을 때 니
아버지는 열두 살이었다. 요즘으로 치면 초등학교 5학년이 되겠
구나. 그 어린아일 남편이라고 받들고 살아갈 일이 참 막막하기만
했다. 아무리 정승판서가 수두룩했다는 선비 집안에서 엄한 가정
교육 받고 자랐기로서니 열두 살 사내아이들이 가질 수밖에 없는
장난기와 철부지 응석, 그리고 타고난 이기심을 감당하기에는 나
역시 너무 어린 나이였다. 우리 부모는 어쩌자고 이런 자리에 나
를 혼자 보냈을꼬, 처음엔 부모 원망밖엔 없었다. 집이 어려워서

한 입이라도 덜려고 그랬다기엔 우리 집은 너무 부자였다. 만석꾼의 집 외동딸로 부족할 것 없이 자란 나를 대대로 족보 하나만 자랑거리인 집에 덜컥 보낸 우리 아버지는 도대체 장차 딸이 살아갈 날들에 대해 제대로 생각해본 적이 한 번이라도 있을까 싶더구나.

대문 안으로 들어오니 비로소 몸에 익은 익숙한 그 집 같구나. 이 집에 들어오면 제일 먼저 눈에 띄는 저 모과나무. 십 년 전 죽은 오른쪽 가지를 아직도 쳐내지 않았구나. 잎도 나지 않는 가지를 차마 못 자른 내가 어리석었다. 저걸 잘라내야 했는데, 그래야 다른 살아 있는 가지들이 더 실한 열매를 맺었을 텐데. 저것도 결국 내 욕심이었던 것 같구나. 죽은 가지를 잘라내는 게 애처롭다는 핑계로 난 반쯤은 죽음에 이른 내 삶을 차마 버리지 못한 채 붙잡고 있었는지도 모르겠다. 죽음을 애타게 기다리면서도 두려웠겠지. 또다시 낯선 곳으로 홀로 떠나야 한다는 두려움과 불안감이 왜 없었겠느냐.

열여섯 살 나던 그 가을도 그랬다. 복사꽃 피던 음력 삼월에 초행을 치르고 그해 가을 신행을 오던 날이었다. 이 집 대문 안에 처음 들어와 제일 먼저 눈에 띈 것은 저 모과나무였다. 잎은 모두 떨어진 나뭇가지에 모과가 주렁주렁 노랗게 매달려 있었다. 나무가 참 못생겼다는 생각을 무심코 했던 것 같구나. 그건 얼핏 보면 여유만만 한눈팔기처럼 보였지만 사실은 낯선 곳에 갑자기 던져졌을 때 어둠처럼 확 달라붙는 불안감을 피해보려는 내 나름의 본능이었을 게다. 무심히 쳐다본 모과나무가 못생겨서 어쩌면 나는 인상마저 약간 찌푸렸던 것 같구나. 찌푸린 얼굴로 모과나무에서 눈길을 돌리던 순간, 하필이면 그 순간에 시어머니와 눈길이 딱 마주쳐버리고 말았구나. 시어머니의 눈빛은 화살촉 같았다. 그대로 내 연한 살에 날아와 박히는 것만 같았지. 대문 안에 들어서자마자 얼굴을 찌푸리는 어린 며느리가 곱게 보일 리 없었겠지. 게다가 만석꾼의 집에서 오는 며느리라니 혹시라도 돈 있는 유세를 할까 봐 시어머니는 처음부터 확실히 기를 꺾어놔야겠다고 맘을 먹었는지도 모른다. 시어머니의 그 화살촉 같은 눈빛이 아니어도 난 이미 무서워지기 시작했는데 말이다. 아는 사람이라곤 신행을 따라온 친정아버지와 삼촌밖에 없는 낯선 집에서 다음 날 그 두 분마저 친정으로 돌아가시고 나자 난 정말 아는 사람 하나 없는 절해고도에 혼자 남겨진 것 같았다. 열두 살짜리 신랑은 동갑내기 내 남동생보다 더 철없어 보였으니 그 사람을 의지할 엄두조차 나지 않았다. 참 무자비한 일이었다, 그때 혼인이라는 게. 얼굴 한 번 본 적 없는 사람들과 어느 날부터 갑자기 한집에서 같이 살아야 한다는 게 생각해보면 얼마나 무서운 일이냐. 아무리 그게 당연한 일로 교육을 받았기로서니 아직 초경도 치르지 않은 내가 두려움 없이 할 수 있는 일이란 아무것도 없었다. 설상가상으로 신행 오고 일주일도 안 돼 초경이 터지는데 이 집에서 나는 시작부터 전혀 다른 세상을 살게 된 셈이지. 시집올 때 가져온 서답을 어머니에게 배운 대로 겨우 해내는 것만으로도 나는 기진할 듯 긴장이 되고 미친 듯이 집이 그리웠다.

높은 기단 위에 얹힌 저 날아갈 듯한 사랑채 난간이 오늘은 몹시도 초라해 보이는구나. 내려앉은 내 몸처럼 이젠 낡고 낡았구나. 함부로 넘볼 수 없는 위엄과 범접할 수 없는 오만의 상징처럼 보이던 저 사랑채 난간 조각들과 해마다 황토 먹이고 깻묵으로 닦아대 윤기 반지르르하던 마룻바닥들이 팔십여 년 세월 동안 몰라보게도 낡아버렸구나. 검게 변해 부석거리는 저 나무들처럼 내 살아온 날들도 닳고 닳아 이젠 기억조차 까마득하구나.

내가 시집올 때 나이 겨우 서른셋이던 시어머니는 내게 어른 노릇을 하기에는 아직 너무 이른 나이였다. 당신 속에 있는 심사도 채 못 다스릴 나이에 아랫사람들을 품어내야 하는 그 자리에 올라가 버리다니. 생각해보니 그분도 못할 노릇이었구나. 저 동구 밖으로 출타하셨던 아버님의 그림자만 보여도 얼른 방으로 들어가 벗고 있던 버선을 신고 옷매무새 고치기에 여념 없던 시어머니는 어린 며느리가 고분고분해 보이자 곧 그 위에 군림하기 시작했다. 일찌감치 안방마님으로 들어앉은 시어머님 덕에 모든 집안일은 내 차지였다. 이른 아침에 일어나 디딜방아 찧는 일부터 어머님 잠자리 시중까지 모두 내 일이었고, 그 많은 제사까지 고스란히 내 차지였다. 나는 늘 잠이 부족했고 그 귀한 내 새끼들 품에 제대로 안아볼 새도 없이 젊은 날들을 보내고 말았다.

내가 오기 전부터 기울기 시작한 집안은 한 해 한 해 눈에 띄게 줄어들고 있었다. 집 앞 너머 들판 대부분을 차지하고 있던 토지가 해가 갈수록 줄어들기 시작하더구나. 당연히 소작인들이 들여오던 볏가마도 점점 줄어들었다. 하지만 내가 차려내야 하는 제상과 손님상은 전혀 줄지 않았고 나는 상 차리라는 그분들의 명령 한마디면 무슨 수를 써서라도 변함없는 제상을 차려야 했고 흠잡힐 데 없는 손님상을 차려야 했다. 결국 나도 빚을 지기 시작할 수밖에 없더구나. 가을 추수철이면 진풍경이 벌어졌다. 도지로 거둬들인 볏가마들은 이 집 고방에서 며칠을 가지 못했다. 볏가마가 들어오면 이 집 사람들은 서로 누가 먼저 그 볏가마들을 내가느냐에 신경이 곤두섰다. 네 할머니는 할머니대로 친정 동생에게 해준 돈을 갚기 위해 볏가마를 몰래 빼냈고, 네 아버지는 아버지대로 남의 말만 듣고 금광에 투자했던 돈을 다 잃고 그 이자를 갚기 위해 볏가마를 논에서 곧바로 빼냈으며, 나 역시 제상 차리느라 봄부터 진 빚을 갚기 위해 새벽이면 몰래 나와 고방의 볏가마를 담 너머로 던지느라 진땀을 뺐다. 너도 알다시피 음력 구월은 절사까지 합치면 제사가 열 번도 넘지 않느냐. 어른들은 상 내와라, 한마디면 끝이었지 그 상을 무슨 수로 차리는지는 전혀 관심이 없었다. 나머지는 모두 내 몫이었다. 그 사정을 시어머님이나 네 아버지도 모르지 않았다. 다만 서로 눈감은 채 모른 척하고 있었을 뿐이지.

집은 눈에 보이는 기둥과 지붕 따위들만 멀쩡했지 안 보이는 곳에서는 서까래가 내려앉고 대들보가 썩어가고 있었지만 누구 하나 나서서 그것들을 일으키려고 하지 않았다. 그때까지 지켜오던 것들을 유지하는 것만으로도 네 아버지는 숨이 차 보였다. 집이 점점 무너져 내릴수록 네 아버지의 고집은 더 완고해져만 가더구나.

지금도 네 아버지가 용서되지 않는 것은 네 큰 오라비가 고등학교 졸업할 때구나. 집안 형편이 한참 어려울 때였는데 네 할머니는 뒤늦게 난 당신의 막내아들과 동갑인 맏이가 고등학교를 졸업하는데 당신이 낳은 아들만 대학에 보내라고 했다. 맏손자는 그냥 고등학교로 됐다면서 당신 아들은 무슨 수를 써서라도 대학에 보내야 한다고 네 아버지에게 수십 번도 더 되뇌고 다짐받고 했다.

결국 네 큰 오라빈 고등학교만 졸업한 채 집에 들어앉아 버렸고 동갑내기 삼촌은 서울의 대학에 방까지 얻어 진학했다. 그전까지는 부모 말이라면 부처님 말씀보다 더 지엄하게 받들던 사람들이니 그럴 수 있다고 이해했지만 그때만은 난 네 아버지가 너무나 원망스러웠다. 자신의 명분과 체면을 지키기 위해 제일 먼저 자식을 희생시키는 네 아버지가 나는 무서워지기 시작했다. 아니 어쩌면 네 아버지나 할머니마저도 어리석은 시대의 희생자였는지 모른다. 돌아가던 날까지 탕건을 벗지 않았던 네 아버지가 끝내 지켜내려 안간힘 썼던 게 무언지 난 아직도 모르겠구나. 네 아버지는 차마 떠나지 못하는 속이 텅텅 빈 이 집에서 자신의 속도 텅 비우고 나서야 돌아가더구나. 난 네 아버지가 돌아가면 이 집이 그대로 폭삭 내려앉을 줄 알았는데 이 집도 모질기가 내 목숨 같은지 아직도 이렇게 버텨내고 있구나.

저 담 지나면 안채구나. 사랑채와 안채를 구분해주는 저 흙담에 난 구멍, 오는 사람들마다 신기하게 바라보던 저 구멍. 이렇게 마당에서 저 구멍을 보니 책 한 권만 한 네모일 뿐인데 내겐 그 어떤 것보다 큰 숨구멍이었다. 사랑채 입구로 들어오는 사람을 안채에서 볼 수 있도록 나 있는 저 구멍을 누가 처음 만들 생각을 했던 건지 참 신기한 일이다. 아마도 그 구멍 하나를 뚫는 데도 오랜 시간이 흘렀을 게다. 우선은 안채의 여자들을 사랑채 손님들이 함부로 볼 수 없도록 하고, 사랑채로 오는 손님을 안채에서도 확인하고 손님상 준비를 좀더 쉽게 하기 위해 만든 게 분명한 그 구멍의 용도가 내겐 세상을 내다보는 숨구멍이 돼주었다. 공책보다 작은 그 구멍으로 본 사람들이 얼마나 많았던지. 갓 쓴 선비와 독립운동 하다가 일본 경찰한테 고문당해 한쪽 다리를 못 쓰시던 재종 어른, 일본 순사, 면 서기, 밥 얻으러 온 상이군인까지, 내가 본 세상의 거의 전부라고 할 수 있는 사람들을 나는 그 구멍을 통해서 봤다.

그리고 그 구멍으로 한 사람을 만났구나. 그래, 그냥 본 게 아니라 그 사람은 그 구멍을 통해서 유일하게 내가 만난 사람이다. 아마 내가 넷째를 낳고 몸이 거의 돌아온 때니 서른셋쯤 됐을 땐가 보구나. 늦은 봄날이니 아마도 이때쯤일 것 같구나. 인기척이 나 구멍 사이로 내다보니 어느새 피었는지 흰 불두화 송이들이 먼저 보였다. 고봉으로 담은 흰쌀밥마냥 탐스러운 꽃송이들 사이로 한 남자가 보이더구나. 얼굴이 불두화처럼 깨끗하고 단아한 사람이었다. 분명 처음 보는 얼굴이었는데 어딘지 낯익은 사람이었다. 사랑채에서 네 아버지가 버선발로 뛰어나와 반가이 맞더구나. 도대체 누군데 저리도 반가울까. 그 장면을 봤다면 나뿐만 아니라 누구든 의문이었을 게다. 좀처럼 감정이 드러나지 않는 네 아버지의 얼굴이 저리도 환히 밝아질 수 있다는 게 더 신기했으니까. 마치 잃어버린 형제를 만나기라도 한 표정이었다. 알고 보니 그 사람은 네 아버지의 친구였다. 일제 때 일본으로 건너갔다가 해방이 되자 귀국한 사람인데 그동안 그렇게 연락이 끊겼다가 다시 만났다더구나. 일본 유학을 갔다가 고학하느라 죽도록 고생만 하다가 공부도 제대로 마치지 못한 채 돌아왔다고 나중에 니 할머니가 얘기해줘서 알았다.

참 이상한 일이었다. 구멍을 통해 그 사람을 처음 보는데 왜 그렇게 몸이 떨리던지. 아니 떨린 건 몸이 아니었는지도 모르겠다. 텅 빈 내 속에서 무슨 소리가 들리는 것 같기도 하고 불두화 때문이었는지 잠깐 머리가 이질한 것 같기도 하고, 그런데 제일 확실한 건 그 사람을 언젠가 만난 적이 있는 것 같다는 거였다. 분명히 그전에 내가 봤을 리 없는 사람인데 아는 사람만 같더란 말이다. 그 사람의 얼굴과 표정, 심지어는 네 아버지 손을 덥석 잡는 그 희고 가지런한 손가락까지 낯설지가 않았다. 아주 오래전에 알던 사람처럼 느껴지더란 말이다. 얼마나 지났는지 멍하니 그 사람을 쳐다보고 있는 내 자신이 비로소 눈에 들어오자 난 소스라치게 놀랐다. 내가 무슨 짓을 하고 있는 건가. 외간 남자를, 그것도 남편의 친구를 그렇게 넋을 잃은 채 바라보고 있었다는 게 큰 죄를 지은 것만 같았다. 나는 얼른 부엌으로 들어가 허둥대며 상을 차리기 시작했다. 그날따라 찬거리도 남은 게 없더구나. 나는 뒷문을 통해 작은집으로 달려가 그 집에 남아 있던 계란 하나와 장조림 한 종지와 조기 두 마리까지 얻어 왔다. 도대체 누가 왔기에 이러냐는 작은어머님의 의아한 눈초리를 뒤로하고 와서 새로 불을 때 흰쌀밥을 해 고봉으로 담았다. 꼭 불두화 송이 같더구나. 차마 내가 상을 들고 가지는 못하고 부엌일 돕는 아이 편에 들려 보냈더니 네 아버지가 몹시도 흡족해했다더구나. 그런데 그날 마음이 흡족한 것은 네 아버지보다 내가 훨씬 더했느니라. 가끔씩 네 아버지나 할머니의 명령으로 온 신경 다 써서 차려내는 교자상보다는 훨씬 못했지만 그래도 정성이라면 한 치도 모자라지 않는 그 상을 들여보내고 나니 내 마음이 그렇게 흐뭇할 수가 없더라. 나중에 깨끗이 비워진 상을 보니 그런 내 마음을 그 사람도 알아준 것만 같고. 그날부터였다. 내 맘이 흰 목화솜이라도 덮인 것처럼 포근해지기 시작한 것이.

내게 그런 날들이 올 줄은 정말 몰랐다. 한 번도 그런 마음이라는 게 있는지조차 몰랐는데 그날 이후 나는 내 마음속에 아주 낯선 누군가가 들어선 것만 같았다. 으레 집안에서 정해주는 남자와 혼례를 올리는 거라 믿었고, 혼례를 올리고 나면 시댁의 법도에 따라 시어른 잘 모시고 남편 공경하면서 자식 위해 내 몸 다 바치고 사는 게 내 할 일 하고 사는 거라 배웠고, 그렇게 사는 게 힘들었지만 그 밖에 다른 세상이 있다는 것조차 나는 몰랐다. 결혼할 때는 아이 같던 남편이 몇 년 지나자 갑자기 어른이 돼서 내게 깍듯이 상전 노릇을 했기 때문에 나는 그 양반은 그저 내 상전이려니, 그 양반의 말은 곧 내게 명령으로만 들렸고 난 그 명령에 복종할 의무만 있다고 생각하며 살았다. 일 년에 서너 번 무슨 철마다 옷 바꿔 입듯 합방을 하긴 했지만 나는 도통 그 일이 무섭기만 했지 좋은 줄을 몰랐다. 내가 마음의 준비도 하기 전에 허겁지겁 내 몸속으로 들어와서 통증이 채 가시기도 전에 나가버리는 그 양반 밑에 누워서 나는 이 아픔이 어서 끝나기만 빌고 있었다. 그때까지 난 정말이지 단 한 번도 합방이 좋았던 적이 없었다. 사람의 몸이란 게 이상해서 그렇게 나무토막끼리 서로 부딪치고 마는데도 아이들은 생겨나니 참 신기한 노릇이었다. 생전 처음 보는 놈들끼리 교미를 하고 또 곧바로 남남으로 돌아서 새끼를 낳는 동물과 다를 게 하나도 없는 것 같더구나. 난 정말 다른 사람들도 다 그런 줄 알았다. 동물들과 하나도 다를 것 없이 잠시 붙어 애 낳고 그러는 줄 알았지, 이렇게 나도 알지 못하는 곳에서 마음이라는 게 생겨나 제멋대로 살아 숨 쉬는 건지 미처 몰랐다.

내 속에서 자꾸 무언가 허전한 것들이 하나씩 보이기 시작한 것은, 그러니까 그때, 넷째를 낳고 나서부터였다. 그전에는 그런 게 있는지조차 알지 못했던 것들이 갑자기 하나 둘씩 생겨나더란 말이다. 나를 보는 네 아버지의 눈길에 온기가 하나도 없다는 것도

난 아이를 넷이나 낳고 나서야 깨달았다. 그저 집안 구석에 세워
둔 문갑이라도 대하듯 무심한 그 눈길이 자꾸 맘에 걸리기 시작하
더구나. 저 사람 눈에는 내가 그냥 아랫사람 중 하나거나 물건으
로만 보이는 건 아닐까, 자꾸 의심이 들기 시작하고 그럴수록 내
속은 없는 집 곳간처럼 텅텅 빈 것 같기만 하더구나. 참 허전하고
도 허전했다. 좋은 것도 하나 없고 싫은 것도 하나 없는 그 무덤덤
한 인생이 참 쓸데없다는 생각만 들고, 이렇게 살다가 죽으면 억
울하고 원통할 거 같다는 생각도 들고. 사는 게 이렇게 해야 할 일
들과 지켜야 할 것들로만 이어진 것이라면 이건 꼭 내가 아니어도
되지 않을까 싶기도 하고. 유모나 부엌어멈만 있으면 충분할 일을
굳이 내가 꼭 하고 있을까 싶고……. 온갖 생각들로 머릿속이 수
세미 타래 같았다. 가끔은 그냥 이 집에서 도망치고 싶기도 했다.
한번 시집가면 죽어도 그 집 귀신이 되어야 한다고, 몸에 새겨진
어른들 말씀이 아니어도 난 우선 용기가 없었다. 도망칠 용기가
없으니 난 더더욱 이 집의 며느리, 아내, 어머니 역할에 내 온몸을
바쳐 충실히 해냈는지도 모른다. 어리석은 내 자신에 대한 비웃음
을 그렇게 견뎌내고 있었는지도 모르겠구나. 하지만 어쩌다 짬이
나 텅 빈 방에서 잠시 등이라도 기대고 앉아 있으면 그냥 모든 게
허전하고도 허무했다. 밖에서 울고 있는 아이들조차 나하곤 무관
하게 생각되기도 했다.

　　그런데 그 사람을 만나고부터 나는 달라지기 시작했다. 마른 명

태만 같던 내 몸에 갑자기 물줄기가 생긴 것 같더구나. 몸 구석구석으로 물길이 생겨서 어디든 촉촉해지는 기분 말이다. 누가 잠시 건드리기만 해도 물줄기가 툭 터져버릴 것처럼 찰랑찰랑해지고 아슬아슬해지는데……. 어느새 내 몸은 오월 산천의 나뭇잎들처럼 싱싱하고 파들파들해져 있었다. 그리고 그날 이후로 나는 마음속에 그 사람을 품고 살기 시작했다. 아직 걸음마도 못하는 네 위 오라비 가슴에 품고 앉아 젖을 먹이면서도 나는 그 속 안 보이는 곳에 그 사람을 더 깊이 품고 있었고, 철마다 치르는 네 아버지와의 합방 때도 나는 그 사람과 만나는 거라고 혼자서 몰래 딴마음을 품었다. 그러고 나니 사는 게 달라지기 시작했다. 젖 먹이고 있을 때는 마치 그 사람이 내 젖무덤을 쓰다듬어주는 것만 같고 네 아버지와 합방할 때는 그 사람의 온기가 내 몸속 깊은 곳으로 들어오는 것만 같더구나. 한번은 네 아버지가 스치는 손길에 나도 모르게 신음소리를 내뱉을 뻔한 적도 있었다. 어금니를 꽉 물고 신음을 참기는 했지만 내 몸이 벌어지고 떨리고 경련을 일으키다가 마침내 어딘가 둑이 터지듯, 꽃봉오리가 벌어지듯, 터져 나오는 그것을 감출 수가 없었다. 나보다 더 당황한 것은 네 아버지였다. 어디선가 들어본 적은 있으나 한 번도 경험해보지 못한 여자의 몸에 당황한 네 아버지는 몇 번 헛기침을 하더니 나를 빤히 쳐다보았다. 뜻밖의 요부를 만났다는 듯 아주 복잡한 얼굴이더구나. 나는 시치미를 딱 뗐다. 마치 내가 아니었던 듯, 전혀 아무것도 모른다는 표정으로 네 아버지를 빤히 마주 봤다. 벽에 걸린 도포자락을 쳐다보듯 아주 무심하게. 그제야 네 아버지는 자기가 뭘 잘 못 보기라도 한 듯 얼른 얼굴을 바꾸더구나. 나는 그 후로 내 몸을 들키지 않기 위해 네 아버지와 함께 있을 때마다 더 무심해지는 연습을 무던히도 했다. 내 몸에 흐르는 물줄기를, 내 마음에 이는 이 아지랑이 같은 온기를, 내 혼 속에 깊이 새겨진 그 사람의 그림 자를 들키지 않기 위해 나는 더 정숙하고 현명한 아내의 얼굴을 변함없이 유지했고 자애 넘치는 어미의 손길로 너희를 안곤 했다.

그 사람은 그 후로도 가끔 우리 집에 들르곤 했다. 비록 하루는 족히 걸어야 하는 거리에 떨어져 살았지만 그 사람은 지나는 길이 있을 때마다 들러 하루나 이틀을 묵어가곤 했다. 그때마다 나는 안채 저 구멍을 통해 그 사람을 재빨리 훔쳐보면서 당사자조차도 모르게 그의 몸과 마음, 그리고 그보다 더 깊은 곳까지 만나곤 했 다. 나는 그 사람의 모든 걸 알 것만 같았다. 그 사람이 닫는 조심 스러운 문소리를 들으면서 나는 그 사람이 함부로 남을 해치지 않 을 것을 알았고, 그 사람이 남긴 정갈하고도 흐트러짐 없는 밥상 을 보며 헛된 길을 가지 않을 사람이란 걸 알았으며, 네 오라비의 머리를 쓰다듬는 손길에서 결 고운 마음씨를 보았다. 굳이 그 사 람에 대해서 누구에게 들을 것도 없이 나는 단숨에 그 사람의 모 든 걸 다 알아버린 기분이었다.

그 사람은 끝내 이런 내 맘을 알지 못했을 게다. 아마도 짐작조 차 못했겠지. 그건 네 아버지도 마찬가지고 이 세상 누구도 알지 못하는 나만의 것이었으니까. 난 그걸 아무하고도 나누고 싶지 않았다. 아마 내 뱃속을 제일 아프게 하고 나온 막내 네가 달라고 했더라도 나는 두말없이 거절했을 것이다. 그것만이 온전히 내 것 같았다. 이 세상 그 누구도 나눠 가질 수 없는 나만의 것. 심지어는 그 사람하고도 나누고 싶지 않았다. 그런 게 이 세상에, 그것도 내 속에 있으리라고 누가 짐작이나 했겠느냐.

안채로구나. 내가 일흔여덟 해나 살았던, 내 몸과 다름없는 대청마루와 부엌 그리고 방들, 아마도 저 기둥과 마룻장의 검은 땟자국 절반쯤은 내 지문이 쌓인 흔적일지도 모른다. 내 허리가 굽어지기 시작한 게 언제쯤이었더라? 정확치는 않지만 한 쉰 중반쯤 됐을 때부터인 것 같구나. 난 살림을 큰며느리에게 물려주었다. 한사코 안 받겠다는 며느리에게 남은 것 없는 빈한한 살림을 물려준 후부터 나는 저 문간방에 틀어박혀 새로운 일 하나를 시작했다. 바로 수의를 짓는 일이었다. 너도 보았지? 구 년 전 네 아버지 장례 때 펼쳐놨던 그 수의들 말이다.

나는 아주 천천히 수의를 짓기 시작했다. 어려서부터 내가 고운 옷감을 유난히 탐한다는 걸 잘 아는 친정 올케가 귀한 옷감만 생기면 인편에 보내준 것들이 반닫이에 차곡차곡 쟁여져 있었다. 시집올 때 가져온 명주 옷감들까지 칠칠하게 남아 있었다. 내가 가진 것 중에 제일 좋은 옷감만 골라서 나는 향물도 들이고 쪽물도 들이고 쑥물도 들였다. 손으로 짠 명주들이 참 곱기도 하더구나. 그 옷감들로 네 아버지 수의를 짓기 시작했다. 재주 없는 내가 그

중 나은 게 바느질이 아니더냐. 재봉틀 하나 쓰지 않고 천천히 명주실로 바늘을 한 땀 한 땀 떠가는데, 이상하게도 바느질하는 어느 순간부터인지 내 일생이 고스란히 그 옷들에 새겨지는 기분이 들더구나. 내가 태어나서 자라고 시집와서 아이들 낳고 살아온 그 세월들 말이다. 그 세월들 하나하나가 바늘 끝에서 되살아나는 그 기분을 뭐라 해야 할는지 모르겠구나. 수의를 지으며 어느 때부터인가 난 내 인생을 다시 한 번 사는 기분이었다.

물론 그 사람 생각하며 보냈던 시간들도 남김없이 그 옷의 솔기와 깃, 배래, 심지어는 버선볼에까지 찬찬히 새겨 넣었다. 아주 오랜 시간이 걸리더구나. 한 이십 년 가까운 세월 동안 그 수의를 지었지만 기분으로는 내 살아온 만큼이나 걸린 것 같더구나. 수의는 속적삼부터 바지, 저고리 모두 다 세 벌씩 한다는 거 너도 알지 않느냐. 나는 예로부터 내려오는, 수의에 갖춰야 할 것들을 하나도 빠뜨리지 않고 다 만들었다. 수십 벌의 옷과 이불, 버선, 신발에 손톱 깎아 담는 오낭까지, 정말 가짓수도 많더구나. 수의는 어쩌면 한 사람이 일생 동안 입었던 옷들을 한 번에 고스란히 다 입고 가는 게 아닌가 싶을 만큼 참 많기도 했다. 아니 그보다 훨씬 못 입고 가는 사람들이 더 많은 게 사실 아니더냐. 그렇게 수의를 다 만들고 나니 이상하게도 나는 그제야 네 아버지에게 미안해지더구나. 돌이켜보니 그 옷들 만드는 내내 난 네 아버지 생각은 한 번도 한 적이 없더란 말이다. 네 아버지 수의 만들면서도 나는 벌써 이십 년 전에 죽은 그 사람 생각만 하고 있더구나. 그래, 그랬다.

그 사람 죽었단 소리 듣고부터 난 네 아버지 수의를 만들기 시작했다. 그 사람 수의 한 벌 지어주고 싶은 맘으로 네 아버지 옷 수십 벌을 지었고, 그 사람 이불 한 채 덮어주고 싶은 맘으로 네 아버지 이불을 열 채도 넘게 지었다. 네 아버지 관에 들어간 그 많은 옷과 이불, 손싸개, 발싸개, 저승사자에게 정성으로 가져간 그 명주 수건들 모두가 실은 그 사람을 위해 지은 거더란 말이다.

그래서 니 아버지 돌아갔을 때 난 눈물조차 흘릴 수 없었다. 나이 들어 가뭄 든 논바닥처럼 말라붙은 눈이지만 혹시라도 눈물 한 방울이라도 빠져나올까 봐 난 늙은 육신의 마지막 힘을 다 모아 울지 않고 버텨냈다. 나처럼 눈물 많은 인간에게 그건 쉬운 일이 아니었다. 애가 끓는 자식들 곡소리만으로도 난 충분히 울 태세였으니까. 그래도 난 참아냈다. 네 아버지의 죽음 앞에서 내 눈물이야말로 네 아버지를 가장 욕되게 할 것 같았기 때문이다. 최소한 그것만은 할 수 없지 않겠느냐. 그것만은 도리가 아닌 것 같았다.

마침내 이 집을 떠나는구나. 오랜 세월 내 혼을 담았던 육신처럼 닳고 닳아 이젠 벽지 사이로 마른 흙 흘러내리고 마룻장에 구멍 숭숭 뚫려 휘청거리는 집. 나 떠나도 넌 남아 누군가에게 또다시 한 세상이 되어주려나. 한 사람 인생이 이 낡은 집 하나만 못하구나. 나 누구에게도 저렇게 따뜻한 바람막이 돼준 적 없고, 허리 눕혀 쉬게 해준 적 없으며, 홀로 앉아 속울음 울 수 있게 가만히 문 닫아준 적도 없구나. 나 내 안의 설움에만 갇혀 네 고마움을 몰랐구나. 집도 목숨 있는 것인 줄 진정 몰랐구나.

흰 찔레꽃 향이 어지러운지 이 꽃가마도 휘청, 하는구나.

이 산 저 산 피는 꽃은 봄이 오면 싹이 트나 이 골 저 골 장유수
는 한번 가면 다시 볼까. 노랫말처럼 이 눈부신 산천 다시는 볼 수
없으려나. 저 비단 치마 겹겹이 껴입은 붉은 모란꽃 속 노란 꽃술
다시 보기 어려울까. 잔별들처럼 떠 있는 저 샛노란 애기똥풀들
내게 마지막이라고 몸 흔들어 인사하는구나. 저 청보라 빛 붓꽃들
몸 활짝 벌려 누굴 유혹하는 게냐. 햇빛보다 더 반짝이는 감나무
잎들은 어느새 청년의 몸처럼 늠름하게도 버티고 있구나. 저 두견
이와 뻐꾸기는 어쩌자고 이리 울어댄단 말이냐. 온통 되살아나고
피어나고 뻗어나가는 소리로 소란스러운 세상 한가운데를 가로질
러 나 홀로 가는 길, 외롭지 않구나. 서럽지 않구나. 무섭지 않구
나. 아가, 그리 서러워 마라. 나는 네 어미 이전의 나로 돌아가는
거란다. 인간으로 태어나기도 전의 내 본디 자리, 태초의 한 씨앗
으로 돌아간다. 그곳에 무엇이 있을지는 나도 모른다. 어쩌면 아
무것도 없을지도 모르지. 먼저 간 네 조부모님도, 아버지도, 또 그
사람도, 아무도 없을지 몰라. 저 아지랑이 같은 흔적조차 없
는…… 누가 알겠느냐. 무엇이 있는지 또 무엇이 없는지. 아니 그
곳이 어딘지조차.

저 푸른 청솔밭, 휘어진 소나무 숲이 내 새 거처로구나. 마음에
드는구나. 위로 조상들이 층층이 모셔져 있기는 하다만, 내 옆에

먼저 와 누운 네 아버지 방도 보이긴 한다만 이제 다른 세상인데 그게 무슨 대수겠느냐. 할아버지, 할머니, 아버지, 어머니…… 이 모든 건 이제 남은 너희들의 셈일 뿐이지. 난 내 새로운 거처에서 편히 쉬마.

결국 저 좁고 길쭉한 나무관 하나 속에 들어갈 몸이 무얼 그리 애쓰고 살았는지. 참 이상도 하지, 결코 펴지지 않을 것처럼 직각으로 굽은 등이 목숨 다하니 스르르 쭉 펴지는 거 너도 봤잖느냐? 무엇이 내 허리를 그렇게 구부려놓았던 건지. 펴진 허리로 누워 있으니 편안하구나. 우리 엄마, 죽어서 얼굴도 희고 더 예뻐졌네. 마지막 내 얼굴 쓰다듬으며 네가 중얼거렸지. 그래, 내 마지막 외출에 나는 온 정성을 다해 곱게 단장을 했더란다.

네 아버지 수의를 만들고 난 후 나는 또 한 벌의 수의를 만들기 시작했다. 바로 내 수의였다. 쉬 죽음이 허락되지 않다보니 남은 시간이 하도 길어 내 수의까지 직접 만들어 입고 떠날 수 있더구나. 네 아버지 수의처럼 격식 다 갖춰 만들지는 않았다. 치마저고리 한 벌, 딱 그것만 했다. 무거운 옷 치렁치렁 걸치고 가고 싶지도 않더구나. 내 맘에 드는 옷 단 한 벌만 하는데, 이제와 얘기다만 난 그 어느 때보다 맘이 좋았다. 나를 위해 옷을 짓는 게 그렇게 흐뭇하고 기쁠 수가 없었다. 제일 고운 옷감을 골라 옷 한 벌을 정성껏 꿰맸다. 너도 봤지? 참꽃빛 고운 명주 치마저고리 말이다. 참 곱기도 하지. 우리 어머니 이렇게 고운 옷 입고 싶으셨는데 내 손으로 한 벌도 못 해드렸네. 맏며느리가 그 수의 끌어안고 울 적에 난 꼭꼭 숨겨두었던 뭔가를 들켜버린 것 같았다. 아마도 내 얼굴이 참꽃보다 더 붉어졌을 게다.

이렇게 곱게 차려입고 그 사람 만나러 가고 싶었다. 내가 더 이상 네 아버지 아내도 아니고, 그 사람이 더 이상 네 아버지 친구도 아닌 다른 세상에서 그 사람 만나러 가는 길, 난 그 어느 때보다 곱게 차려입고 싶었다. 그 사람에게 내가 한눈에 들어올 수 있게, 내가 그 사람 앞에서도 부끄럽지 않게, 그렇게 보이고 싶었다. 몸의 물기, 기름기 다 마르고 검은 머리 한 가닥도 남지 않은 백발에 이 고운 옷 한 벌 간절히 입고 싶은 이 마음을…… 너는 용서할 수 있겠느냐?

그 남자의 방

하오 다섯시 이십분, 그의 방에 어김없이 불이 켜진다. 촛불 같
은 작은 전구 열두 개짜리의 빛나는 샹들리에. 푸른빛이 짙어지는
하늘을 배경으로 그의 방은 순식간에 화려한 살롱처럼 변한다. 지
금처럼 기온이 급강하한 날 누군가 밖에서 그 방을 엿본다면 가만
히 숨어들고 싶을 만큼 환하고 따뜻해 보인다. 하지만 그 화려한
불빛은 정물처럼 붙박여 있는 방 주인 덕에 불이 켜지는 이 순간
만 지나면 곧 화사한 빛을 잃은 채 적막 속에 빠져들 것이다. 어쩌
면 그 방의 적막은 지나치게 환하고 밝은 저 조명 탓인지도 모른
다. 적요한 방 안에 어울리지 않는 화려한 샹들리에라니. 불빛 환
한 그 방을 나는 오늘도 바라보고 있다.

그의 방은 내 방과 다를 바 없는 열다섯 평짜리 복층형 원룸 오

피스텔이다. 창문 크기만 보아도 평수를 짐작할 수 있는 근처의
오피스텔들은 거의 엇비슷한 평수에 크게 다를 바 없는 인테리어
를 하고 있다. 들어가 본 적은 없지만 방 안을 대강 그릴 수도 있
을 만큼 오피스텔의 구조란 뻔한 것이다. 남다른 것이 있다면 대
부분 창문 크기에 꼭 맞춘 세로 블라인드나 가로로 된 롤스크린으
로 실내를 가린 데 비해 그의 방은 어디선가 쓰던 것인 듯 커튼 자
락이 창턱에서 50~60센티 정도 올라가 있다는 점이다. 보통 길
이의 커튼을 창문이 높은 복층의 오피스텔에 매달아놓으니 얻어
입은 치마처럼 달랑하다. 시린 발목처럼 그의 방 일부가 외부를
향해 노출돼 있다. 그 덕에 내 방에서는 책상에 앉아 있는 그의 상
체가 고스란히 드러나는 꼭 그만큼의 높이까지 내부가 훤히 들여
다보인다.

　오늘도 그는 책상 앞에 앉아 있다. 미동도 않고 앉아 있는 그의
옆모습은 마치 좌선에 든 스님 같다. 가을 벌판의 억새 같은 흰머
리를 30도쯤 기운 등에 얹은 채 내내 책상에 앉아 무언가에 몰두
해 있는 남자의 옆모습을 오래 바라보고 있노라면 적막한 산사의
입구에 서 있는 기분이 들기도 한다.

　남자의 등을 처음 본 것은 중학교 3학년 겨울이었다. 그해 초부
터 위태롭기만 하던 나는 겨울방학이 되자 기어이 가출을 했다.
친구와 함께 그 애의 사촌언니가 일한다는 햄버거 가게에 오후 내
내 앉아 기다리다가 일이 끝난 사촌언니와 함께 그녀의 좁은 옥탑

방으로 기어들었다. 첫날 밤은 온몸을 감고 있던 사슬에서 풀려난 기분으로 생전 처음 소주도 한잔 마셨다. 신발을 꺾어 신거나 규정보다 더 머리를 기른 채 사복을 입고 대학교 앞 생맥줏집을 가도 좀처럼 느슨해지지 않던 것들이 일시에 풀려버리기라도 한 듯 나는 밤새 잠을 이루지 못했다. 갑갑하기 짝이 없는 집과 학교에 폭탄이라도 하나씩 던지고 나온 기분이었다. 다음 날 학교의 점심시간 무렵에야 일어나 늦은 아침을 먹을 때 학교로 불려갔을 엄마의 얼굴이 잠깐 떠올랐지만 곧 포연 속으로 사라지고 그날 나는 친구와 함께 종일 명동거리를 쏘다녔다. 오후 서너시경이었다. 추위도 녹일 겸 백화점에 들어가 시간을 보내던 우리는 1층의 잡화 코너를 하나씩 돌며 구경했다. 귀고리와 목걸이를 몇 개씩 걸쳐보기도 하고 큐빅이 촘촘히 박힌 머리핀을 꽂아보기도 했다. 선글라스 코너를 돌 때였다. 샤넬 로고가 선명히 찍힌 짙은 검정 선글라스를 만지작거리고 있던 어느 순간 친구와 눈이 반짝 마주쳤고 망설일 새도 없이 나는 태연히 그 선글라스를 들고 있던 가방 속에 집어넣었다. 화장을 곱게 한 점원은 중년의 여자에게 구찌 선글라스를 끼워주느라 정신이 없었다. 무언가 견고한 장벽 하나를 부수어버렸다는 쾌감으로 손을 꼭 잡고 재빨리 백화점 현관문을 나서던 나와 친구는 그러나 멀리 가지 못했다. 현관문을 채 나서기 전에 소리 없이 달려온 남자 직원의 조용한 악력에 꼼짝없이 잡혀 경비사무실로 끌려갔다. 사람들 사이를 지나 계단을 내려가는 동안 남자의 한쪽 손에 든 무전기에서 새 나오는 잡음 때문에 신경이 곤두섰다. 지하 3층 경비사무실의 파리한 형광등 불빛 아래 내 가방에서 나온 샤넬 선글라스가 무참히 빛나고 있었다.

연락도 안 되는 딸을 기다리느라 밤을 꼬박 새운 후 하루에 학교와 백화점 두 군데서 호출을 받은 엄마는 혼절 직전이었고 그런 엄마 대신 달려온 아버지의 얼굴은 대리석 조각처럼 굳어 있었다. 이혼한 친구의 엄마는 식당 일이 바빠서 백화점까지 오지도 못한 채 전화로 모든 걸 아버지에게 일임했다.

반듯이 맨 넥타이에 정장 코트까지 걸친, 영락없는 은행원 차림으로 허겁지겁 달려온 아버지가 철없는 아이들이 한 짓이니 한 번만 용서해달라며 빌고 또 빌고 나서도 삼십 분 이상 경멸 어린 훈계와 시선을 받고야 겨우 풀려 나오던 길이었다.

"아무래도 내가 잘못 산 거 같구나."

서너 발자국 앞서 걷던 아버지의 감색 코트 위로 저물어가는 겨울 햇살 한 줄기가 시리게 내리꽂히고 있었다. 그 인색한 햇살 때문이었을까, 아니면 아버지에게 끝내 한마디도 할 얘기가 없다는 사실을 깨달은 내 완강한 침묵 때문이었을까, 코트가 땅에 끌릴 듯 내려앉은 아버지의 등허리가 눈에 들어왔다. 딱딱하게 굳은 아버지의 등은 오랫동안 사람의 손이 닿은 적 없는 옛 무덤처럼 적막하기 그지없었다. 돌아온 내 등과 머리를 닥치는 대로 때리다가 끝내 큰 소리로 흐느끼던 엄마는 적어도 아버지처럼 적막해 보이지는 않았던 것이다.

그의 바로 옆방과 아랫방에도 불이 들어온다. 하늘에 푸른색이 덧칠을 거듭할 무렵의 방심한 시간대에는 꽤 많은 집들이 블라인드나 커튼 단속을 하지 않은 채 불을 켜기 때문에 내부가 훤히 들여다보인다. 밖이 아직은 완전히 캄캄하지도 않을뿐더러 설령 누군가 들여다본다 해도 거리낄 게 별로 없는 시간대인 것이다. 그렇게 방심한 채 불이 켜진 몇몇 집의 내부는 그들이 생각하고 있는 것보다 조금 더 환히 들여다보인다. 704호는 오늘도 내복만 입은 초등학생 여자아이 둘이 엄마인 듯한 여자와 함께 식탁에서 무언가를 먹고 있다. 셋이서 둘러앉아 아이스크림이라도 퍼 먹는 자세다. 905호, 그의 옆집에선 이십대로 보이는 여자가 블로그에 글이라도 올리는지 모니터에 열중해 있다. 긴 생머리를 한 여자의 길고 가는 어깨선이 모니터 불빛 탓에 더 창백해 보인다.

신도시로 들어오는 인터체인지의 가로등에도 불이 들어와 있다. 크고 둥근 반원을 이룬 인터체인지와 직선으로 뻗은 외곽순환도로의 가로등 불빛들은 제법 그럴듯한 밤 풍경을 만들어낸다. 유영하듯 흐르는 자동차 불빛들과 호위하듯 도열한 가로등과 멀리 보이는 아파트 단지까지 합세한 불빛들의 아련한 반짝임이 절로 상념에 젖게 만든다. 그러나 정확히 말하면 오피스텔 사이로 보이는 이 느닷없는 야경보다 더 먼저 내 시선이 가닿는 곳은 불빛들을 부표처럼 띄워놓고 바다처럼 음험하게 누워 있는 들판의 검은 여백이다. 낮에는 남루하게 비닐하우스들이 들어선 그저 넓고 빈 들판에 불과한데 어두워지면서 벌판은 대천 앞바다처럼 막막해지고 그 가장자리로 비닐하우스들이 파도라도 일렁이는 양 희끗희끗한 갈기를 세우고 몰려들 기세인 것이다. 그럴 때마다 나는 육지의 한 끄트머리에 앉아 먼 바다에서 반짝이는 고기잡이 배들이라도 보듯 아련해지곤 하는 것이다.

집을 떠난 아버지가 간 곳도 바다라고 했다. 십 년 전 어느 날 갑자기 아버지가 모든 걸 버리고 떠난 후 가닿은 곳이 바다였다는 사실은 아직도 내게 불가사의다. 재를 세 개나 넘어야만 대처로 나올 수 있는 충청북도 산골짜기 출신 아버지가 하필이면 떠난 곳이 바다였다니, 아니 무엇보다 이해할 수 없는 것은 아버지가 갑자기 집을 나갔다는 사실이었다. 시중 은행의 만년 과장에서 부장이 된 지 삼 년째였고 정년을 꼭 한 해 앞둔 시점이었다. 일 년만 더 직장생활을 하고 나면 아버지는 남은 생애 동안 생계 걱정 없을 만큼의 연금을 받으며 안온한 노후를 보낼 수 있을 것이었다.

그날 아침에는 북상한 벚꽃이 여의도에 만개했다는 소식이 전해졌고 나는 무사히 입학한 대학에서 신입생 환영회를 겸한 학과 MT를 강촌으로 다녀왔다. 뒤풀이까지 마치고 밤늦게 집에 들어와서야 나는 아버지가 사라져버렸다는 걸 알았다. 대를 물려온 청빈이 유일한 자랑거리인 선비 집안의 장남으로, 한 장 한 장 벽돌 쌓듯 일군 가정의 가장으로, 오십오 년 동안 한 번도 넘치거나 치우치지 않게 살아냈던 아버지는 마치 벚꽃이 피기만을 기다려온 사람처럼 여의도에 모인 그 많은 인파 속으로 사라져버렸다. 삼십

년이나 근속한 은행에는 이미 사표가 수리된 상태였고 퇴직금도
정산이 끝나 있었다. 나와 엄마, 그리고 살던 집과 다달이 붓던 적
금 통장과 보험 따위를 고스란히 남겨두고 입던 옷가지를 계절별
로 두 벌씩만 챙겨서 거짓말처럼 사라졌다. 삼십 년 근속한 대가
인 퇴직금은 지하철역 앞 작은 점포의 등기권리증으로 바뀌어 적
금 통장과 함께 있었고 깨끗이 정리된 아버지의 책상 서랍에는 짧
은 편지 한 장이 남아 있었다.

어떤 말로도 당신에게 지금의 나를 설명할 수 있으리라
곤 믿지 않소. 하지만 최소한 한마디라도 남겨야 한다는
마지막 의무감으로 더듬거리고 있소. 당신도 알다시피
난 평생 누구보다 열심히 살았소. 헛된 길을 걸은 적도
없고 삿된 길을 기웃거린 적도 없이 주어진 길을 묵묵히
걷는 게 최고의 선이라고 믿었소. 하지만 지금 나는 그
모든 게 허무하고 허전하기만 해 견딜 수가 없소. 내 속
이 텅 비어버린 것 같소. 더 이상 이곳에 있을 수 없다는
생각만 하루하루 절박했소. 뭐가 기다리고 있는지 모르
겠소. 하지만 가보고 싶소. 낯설고 먼 곳으로 가니 부디
나를 찾지 마시오. 당신과 소연에겐 미안하기 그지없소.

아버지는 그렇게 거짓말처럼 사라졌다.

저녁을 먹으려는지 그가 의자에서 일어나 천천히 뒤돌아서 냉장고로 간다. 방 안에서도 트레이닝복이나 러닝셔츠 차림을 절대로 하지 않는 그는 푸른색 남방을 입고 있다. 무늬나 배색을 구분할 수는 없지만 전체적으로 푸른빛을 띠고 있는 남방이라는 것 정도는 충분히 알 수 있다. 냉장고 문을 열자 속에서 쏟아져 나온 불빛 때문에 유난히 등이 굽은 그의 실루엣이 더 두드러져 보인다. 그의 등 너머로 불이 환히 켜진 냉장고 선반들이 보이지만 그 안의 내용물들까지 알아볼 수는 없다. 안경을 끼지 않으면 눈앞의 사물들을 제대로 구분해내지 못하는 불량한 시력 탓도 있지만 설령 시력이 아무리 좋다 해도 그의 방 냉장고 속까지 들여다볼 수 있을 만큼 가까운 거리는 아닌 것이다.

8층의 내 방에서 맞은편 비잔티움 오피스텔을 볼 경우 같은 8층보다는 9층이 더 눈높이에 맞았다. 전면의 벽이 가슴까지 올라와 있는 높은 턱 때문에 같은 층보다는 한 층 높은 9층이 더 잘 보이는 것이다. 집에서 일본 만화책을 번역하는 나는 창문 아래에 커다란 책상을 두고 있는데 책상에 앉아 있다가 습관적으로 눈을 들면 시선은 자연스럽게 맞은편 오피스텔로 갔고 그때마다 그는 늘 부동의 자세로 책상에 앉아 있었다. 아침 일찍부터 밤 열두시까지, 밥 먹는 시간을 제외하곤 그는 늘 책상에 앉아 무언가에 몰두해 있었다. 북향을 한 그의 오른쪽 옆모습을 나는 하루에도 몇 차례씩 바라보지만 자세는 쉽게 흐트러질 줄 몰랐다. 도대체 그는 무얼 하고 있는 걸까. 흰머리를 눈 덮인 초가처럼 이고 있는 그가 종일 책상에 앉아 무얼 하고 있는지 궁금해질 때마다 나는 큰 잔에 물을 따라 한 컵씩 마시곤 했다. 가구와 하나가 돼버린 듯 책상 앞에 앉아 그는 도대체 무얼 하고 있는 걸까.

흔히 젊은 남자의 실종은 의심과 배반감이 먼저인 반면 나이 든 남자의 실종은 무엇보다도 혼돈을 가져왔다. 어릴 적부터 허튼 욕 한번 내뱉는 법이 없었으며 콩 심은 데 콩 나고 팥 심은 데 팥 나는 사람이라고 입에 침이 마르도록 되뇌던 조부모의 전폭적 신뢰가 아니어도 아버지는 누가 보아도 그런 사람이라는 걸 금방 알 수 있었다. 고등학교까지 한 번도 결석을 한 적이 없으며 나이 많은 조부를 대신해 고등학교를 졸업한 후 곧바로 작은 회사에 취직을 했다. 야간대학을 다니면서 어려운 집안 살림은 물론 동생들의 학비와 끝내 중풍과 치매로 마지막 생을 마감한 조부모를 모시는 몫까지 모두 혼자 도맡았다. 군복무 동안 틈틈이 공부한 덕에 제대 후 곧바로 취직을 한 은행에서 삼십 년 동안이나 근속했으며 부모의 상중을 제외하곤 결근 한 번 없이 근무해왔다. 90년대 초반 은행이 여전히 인기 직장이던 시절 몇 군데 보험회사와 신생 금융회사에서 아버지에게 스카우트 제의를 해온 적이 있었다. 물론 훨씬 나은 직위와 연봉을 제시했지만 아버지는 뿌리라도 내린 바위처럼 움직일 줄을 몰랐다. 동료들 사이에서 아버지의 별명은 노계였다고 한다. 미련스럽게 한곳에 오래 붙어 있다고 누가 알아주겠는가. 결국은 노계가 되어 폐사 처리밖에 더 하겠느냐 빈정거림 당하던 노계.

　집안에서라고 별로 다를 게 없었다. 혼사를 서두르는 부모의 성화에 먼 친척이 소개한 참한 처녀였던 엄마와의 결혼에 앞서 아버지는 한 가지 조건을 내세웠다. 밑으로 두 남동생과 여동생 한 명을 모두 대학까지 졸업시키고 결혼 때까지 보살펴야 하니 묵묵히 따라주기 바란다는 게 아버지의 요구였다. 일생을 한량으로 지낸 외할아버지 덕에 외할머니가 살림을 도맡아야 했던 까닭에 무엇보다 남자의 책임감을 먼저 쳤던 엄마는 보험이라도 드는 기분으로 결혼을 했다. 그리고 엄마의 보험은 시간이 지날수록 더 든든하고 미더웠다. 이틀을 끄는 난산 끝에 탈진한 엄마를 위해 더 이상은 아이를 낳지 않겠다며 일찌감치 단산 수술을 해준 마음 씀씀이까지 엄마는 아버지가 고맙고도 믿음직하기만 했다. 딸 하나는 너무 외롭다며 돌아가는 날까지 아쉬워한 걸 제외하곤 아버지는 부모의 마음을 섭섭하게 한 적도 없었다.

　아버지는 술에 취해 인사불성이 된 모습조차 가족들에게 보인 적도 없었고 언제나 같은 시각에 일어나 같은 시각에 잠이 들었고 집은 물론이거니와 가구나 가전제품 따위를 아버지가 나서서 바꾸는 것도 본 적이 없었다. 심지어는 취직을 한 아버지가 제일 먼저 했다는 조간신문 구독을 삼십 년째 한 번도 바꾸지 않았다. 한번은 자전거 한 대를 디밀며 제발 한 번만 바꿔보라는 보급소 직원의 유혹에 넘어간 엄마가 신문을 바꾸었다가 다음 날로 자전거를 돌려주고 머리 숙여 사과한 적도 있었다. 밑으로 두 남동생과 여동생 하나까지 대학을 보냈으며 결혼할 때에도 집을 얻을 때에도 적잖은 몫을 기꺼이 감당했다. 결혼 후에도 두 삼촌은 전세를 올려달라는 집주인의 연락을 받으면 가장 먼저 아버지에게 달려오곤 했다.

겨우 오 년 전, 자기가 다니던 은행의 주택부금과 정기적금으로 고지식하게 마련한 서른세 평짜리 아파트 역시 아버지는 더 이상 평수를 늘리려고 들지 않았다. 엄마는 그런 아버지가 답답해 가슴을 친 적도 있지만 한편으론 안심을 했다. 하나하나 반듯하게 다듬어 아귀 꼭 맞게 쌓은 성곽 속에 들어앉아 있는 기분은 몹시도 안온하고 평화로웠다. 아버지의 남은 인생은 물론 엄마와 나의 앞날 역시 눈에 훤히 보이는 것만 같았다. 나는 선글라스 사건 이후로 집 안에서도 학교에서도 더 이상 금을 넘는 짓은 하지 않았다. 그 한 번으로 내가 할 수 있는 모든 것을 다 해본 듯 미련이 없어지고 시시해졌다. 고등학교 삼 년 동안 착실히 공부해서 부모가 그리 섭섭지 않을 만큼의 대학에 무사히 진학도 했다. 그즈음 나는 생이란 앞에 놓여 있는 몇 개의 궤도 중 하나를 선택하고 나면 그다음은 올라간 레일을 타고 끝까지 가는 기차일지도 모른다는 생각이 들기도 했다. 하지만 아버지는 어느 날 갑자기 그 모든 것들을 단숨에 뒤집어놓은 채 사라져버렸다.

그가 간이 식탁에 앉아 밥을 먹는 모양이다. 책상과 스탠드 너머로 희미하게 그의 상체가 보인다. 가끔씩 주방에서 한참 동안

요리를 하는 경우도 있지만 대부분은 간단히 식사를 때우는 모양이었다. 혼자 사는 것이 가장 불편할 때는 식사 때였다. 혼자 먹는 밥은 아무리 진수성찬을 차려놓아도 맛이 나지 않았다. 한동안 나는 그의 식사시간에 맞춰 밥을 먹기도 했다. 아침 여덟시 삼십분에 아침을 먹고 한시에 점심을, 저녁은 일곱시에 먹는 매우 규칙적인 식사였다. 그가 식탁에 앉아 식사를 하는 동안 나 역시 그의 방이 똑바로 마주 보이는 간이 식탁에 앉아 밥을 먹었다. 두 달 동안 함께하던 그 기묘한 동반 식사는 그러나 오래가지 못했다. 무엇보다 아침 일찍 일어나 밥을 먹는 게 내겐 쉬운 일이 아니었다.

때로 나는 그의 밥상을 상상하며 내 밥상과 크게 다르지 않으리라는 짐작을 해보기도 한다. 그의 건물 1층에는 솜씨 좋은 중년 여자가 하는 반찬가게가 있다. 다른 어떤 점포보다 성업 중이었고 나도 그곳을 자주 이용했다. 일주일에 한 번쯤 그곳에 가 된장에 박은 콩잎이나 연근조림 따위의 밑반찬을 사 오곤 하는데 화려하진 않지만 집 반찬과 다르지 않아 주변 오피스텔 입주자들의 단골집이었다. 물론 반찬가게에 갈 때마다 나는 맞은편 그의 방을 확인하곤 한다. 그가 여전히 책상에 앉아 있는 걸 확인하고 나서야 나는 지갑을 들고 그가 사는 건물 1층으로 간다. 가는 길에 그의 우편함을 한 번씩 살펴보는 것도 잊지 않는다.

지난여름 어느 날 네 시간째 미동도 않고 책상에 앉아 있는 그를 바라보다가 도대체 그가 무얼 하고 있는 건지 참을 수 없이 궁금해진 나는 벌떡 일어나 열쇠를 챙겨 들었다. 갑자기 그의 우편함이 떠오른 때문이었다. 우편물을 보면 무언가 짐작이라도 할 수 있지 않을까. 우편함을 찾으러 그의 오피스텔 건물에 들어간 나는 곧 난감해졌다. 매일 수차례 바라보는 방이지만 정작 호수를 몰랐다. 나는 망설일 새도 없이 1층에 멈춰 서 있던 엘리베이터에 재빨리 올라탔다. 누군가 그 안으로 들어오기 전에 서둘러 닫힘 버튼을 누른 후에야 나는 그런 자신에게 당황했다. 도대체 그의 우편함은 뒤져 무얼 어쩌자는 것인가. 9층까지 올라가는 동안 나는 자신에게 되묻고 있었다. 혹 그를 만나게 되는 건 아닐까 더럭 겁이 나기도 했다. 하지만 9층에 멎은 엘리베이터의 문이 열리자 나는 그곳에서 예상치 못한 장벽에 부딪히고 말았다. 복도로 진입하는 입구에는 투명한 유리벽이 쳐져 있었다. 최근 몇 년 새 지어진 아파트에 흔히 있는 무인단속용 출입문이 복도 입구에 떡 버티고 있었다. 해당 호수의 벨을 눌러 호출을 하면 실내에서 문을 열어줘야만 들어갈 수 있는 통제 시스템이었다. 순간 당혹감과 함께 어처구니없지만 배반감 같은 것이 몰려왔다. 마치 바리케이드 앞에라도 서 있는 기분이었다. 맨 오른쪽 문이 분명한 그의 방문은 너무 멀어 숫자가 보이지 않았다. 대신 그의 바로 옆집인 905호는 똑바로 보였다. 그리고 905호 왼쪽으로 901~904라는 아크릴 표지판이 보였다. 그의 방은 분명코 906호였다. 방 호수만 확인한 나는 도망치듯 다시 엘리베이터를 타고 내려왔다. 경비가 졸지 않는다면 무인 카메라에 비친 수상한 내 거동을 보고 달려올 것만 같았다.

예상과 달리 우편함은 1층 주차장으로 나간 외부에 있었다. 나를 위해 그곳에 만들어놓기라도 한 듯 반가웠다. 그러나 확신에 가까운 기대감과 달리 우편함은 텅 비어 있었다. 광고 전단 한 장 볼 수 없는 텅 빈 우편함. 마치 내가 올 줄 알고 누군가 우편함마저 비워버린 듯했다. 그날 나는 두 번의 난데없는 배반감에 당혹하여 도망치듯 내 방으로 돌아와 다시 한 번 그를 건너다보았다. 그는 그동안 화장실조차 다녀오지 않은 모습으로 여전히 책상 앞에 앉아 있었다. 그 후로 나는 가끔씩 습관처럼 그의 우편함을 뒤져보곤 한다.

엄마와 나는 갑자기 급정거를 한 선로 위에서 당황한 채 주위를 두리번거렸다. 아버지가 갈아탄 기차가 어디로 사라졌는지 도통 감도 잡을 수 없었던 것이다. 혹 딴 여자가 생긴 게 아닐까, 엄마는 모두가 한 번쯤은 의심할 법한 말을 가장 먼저 입 밖으로 꺼냈다. 젊은 여자와 함께 도피행이라도 떠난 건지도 모른다는 그럴듯한 시나리오였다. 하지만 그럴만한 증거는 어디서도 찾을 수 없었고 돈 한 푼 안 챙긴 채로 여자와 떠난다는 건 거의 가능성 없는 얘기였다. 게다가 여자라곤 엄마가 처음이었고 평소 그토록 과묵하고 변변한 주변머리도 없던 사람이 갑자기 여자와 함께 세상 끝으로 사라졌다는 얘기는 곧 설득력을 잃었다. 그 밖에도 이모와 삼촌들은 절에라도 들어갔을지 모른다거나 깊은 산속의 빈집을 찾아 들어갔을지도 모른다는 저마다의 상상력을 동원했으나 그 모두가 아버지의 성품과 한계 안에서의 추측일 뿐이었다.

　아버지의 소식을 안 것은 실종된 지 두 달이 지나던, 보리가 누렇게 변하기 시작할 무렵이었다. 아버지가 돌아올 때까지 기다려보자는 게 최종 의견들이어서 한동안 잠잠히 지내던 차에 작은 삼촌이 종로경찰서 정보과에 있다는 고등학교 동창을 우연히 만나 아버지의 행적을 알아봐 달라고 부탁을 한 것이다. 삼촌이 가져온 정보에 의하면 뜻밖에도 아버지는 집을 나간 사흘 후 부산에서 외항선을 타고 나갔다고 했다. 더욱 놀라운 것은 밀항도 아니었고 언제 준비했는지 선원증까지 받아 갑판원 자격으로 유럽행 컨테이너선을 타고 갔다는 것이었다. 정식 해운회사 소속은 아니었고 주로 잡역부들을 송출하는 용역회사를 통해서였다. 외항선을 타고 나갔다는 소식은 아버지가 갑자기 집을 나간 때만큼이나 우리를 당혹스럽게 했다. 충청도 산골짜기 출신의 골샌님인 아버지는 여름휴가라 해서 그 흔한 해수욕장을 가거나 자신이 먼저 나서 겨울 동해바다를 보러 간 적도 없었다. 그저 이모네가 어쩌다 콘도를 빌렸다며 함께 가자고 할 때나 그 일행에 붙어 속초 바닷가나 서해의 대천 바닷가를 가보았을 뿐이다. 아버지는 하다못해 직장 사람들끼리 떠나는 바다낚시조차 즐기지 않았다. 그런 사람이 집을 나가 찾아든 곳이 저 망망대해라니, 갑자기 대양 한가운데로 뛰어든 아버지의 마음의 행로를 도무지 짐작조차 할 수 없어진 나는 심한 뱃멀미라도 하듯 어지러웠다.

　두 달 동안 멍하니 당혹스럽기만 하던 엄마에게 아버지가 망망대해로 떠났다는 소식은 비로소 깊은 배반감을 불러왔다. 절도 아니고 산도 아니고 하다못해 여자도 아닌 바다라니, 엄마는 아버지가 가출을 했다는 사건보다 아버지가 간 곳이 단 한 번도 생각해보지 못한 바다라는 사실에 더 심하게 몸을 베인 사람 같았다. 엄마는 그때까지 옷장에 고스란히 걸려 있던 아버지의 옷들을 모두 꺼내 아파트 쓰레기통 옆의 헌옷 수거함에 넣어버렸다. 그것으로도 분이 풀리지 않은 엄마는 아버지의 양복 재킷 하나를 수거함에서 다시 가져와 밤새 가위로 잘게 자르며 통곡을 했다. 퉁퉁 부은 눈으로 숟가락도 들지 않은 채 몸져누워 있다가 몰려온 이모들이 억지로 일으켜 앉힐 때까지 엄마는 깊이 앓았다.

그가 담배를 피운다. 라이터 불빛 하나로 견고한 적막이 깨진다. 단지 담뱃불을 붙였을 뿐인데 방 안 풍경이 달라 보이고 그는 방금 전과 전혀 다른 존재가 돼버린 것 같다. 같은 자세로 여전히 책상에 앉아 있지만 그의 손에 들린 담배 한 개비가 그를 어딘가 다른 곳으로 잠시 데려가기라도 한 듯 전혀 딴사람처럼 보이게 한다. 담배를 피우는 간간이 커피라도 마시는지 그가 컵을 들어올린다. 그의 방 안에 누군가 다른 사람이 마주 앉아 있기라도 한 것만 같다. 오래 묵혀두었던 가슴속 비밀이라도 꺼내놓고 있는지 그의 자세가 사뭇 촉촉하고 은밀해 보인다. 하지만 아무리 다시 보아도 그의 방 안엔 타인의 그림자조차 보이지 않는다. 나는 서랍 속에 넣어둔 담배 한 개비를 꺼내 급히 불을 붙인다. 담배 연기가 창문가로 번져 시야가 안개 낀 듯 흐려진다. 먹빛으로 변하기 직전 마지막 짙푸른 하늘 가운데로 손톱으로 찍어낸 듯한 초사흘 달이 실눈을 뜬 채 내려다보고 있다. 손가락 사이에서 짚불처럼 타들어 가던 던힐 라이트의 흰 재가 무릎관절이라도 꺾듯 책상 위로 떨어진다.

담배를 다 피운 그가 갑자기 창문 앞으로 다가온다. 나는 급하게 방 안의 불을 끄고 책상 의자에 앉아 자세를 낮춘다. 그가 창가로 와 밖을 내다보고 있다. 그가 보고 있는 곳이 어딘지 정확한 시선을 구별할 수 없다. 혹 나를 보고 있는 건 아닐까. 어쩌면 그럴지도 모른다. 언젠가 해가 남서쪽으로 넘어가는 오후에 그와 나는 대치하듯 마주 서서 한참 동안 서로를 쳐다본 적이 있다.

그날따라 나는 비닐하우스와 가을걷이가 끝난 들판을 무심히 내다보고 있었다. 인터체인지의 휘어진 도로 위를 달리던 차창에서 햇살이 은어 비늘처럼 튀어 올랐다. 언제부터 나를 쳐다보고 있었던 건지 무심히 던져진 눈길을 돌리다가 나는 그와 시선이 맞닥뜨렸다. 아니 그의 시선이 보일 만큼 가까운 거리는 아니니 시선이 부딪친 것은 아니었다. 실내등이 켜진 밤도 아니고 대낮의 햇살 아래서는 창문 유리에 빛이 반사돼 실내가 또렷이 보이지 않았다. 하지만 저 사람이 분명 나를 보고 있다는 확신이 들 만큼 그의 자세가 나와 겹쳐지는 느낌만은 또렷했다. 얼굴 윤곽이 보이는 것도 아니고 표정이 보이는 것은 더더욱 아니지만 그가 나를 보고 있다는 걸 충분히 알 수 있는 어떤 기척. 평소 같으면 얼른 주방 쪽으로 몸을 돌리거나 롤스크린을 내려버렸을 터인데 그날은 나 역시 피하지 않고 그를 마주 보았다. 내가 그를 마주 보고 있다는 걸 충분히 알 만큼 나도 그를 쳐다보았다. 미동도 하지 않고 그와 나는 서로를 쳐다보았다. 그의 어깨는 낯선 사람에 대한 호기심으로 적당히 긴장돼 있었고 눈빛은 이곳에서도 느낄 수 있을 만큼 형형했다. 나는 단지 그런 그를 바라보았다. 켜놓은 라디오에서 흘러나오던 노래 한 곡이 끝날 즈음이던가, 그가 먼저 고개를 돌렸다. 하던 일을 잠시 잊고 있었다는 듯 서둘러 몸을 돌린 그는 곧바로 다시 책상에 앉았다. 그는 순식간에 벽면을 향해 좌선하는 모습으로 돌아가 있었다. 그토록 매정하게 자신의 자리로 돌아가버리는 그가 참을 수 없었던지 그날 나는 다시 한 번 그의 우편함에 가보았다. 통신사에서 온 지로고지서와 2,550원짜리 가스요금 고지서, 흰 봉투에 넣은 근처의 나이트클럽 개업 안내장이 들어 있었다. 그는 나와 비슷한 정도로 밥을 해 먹고 있었고 A통신사의 인터넷을 사용하고 있었다. 엘리베이터를 버리고 8층까지 하나하나 계단을 밟아 돌아오는 길, 통신요금 고지서에 선명히 찍혀 있던 박규범이라는 이름 석 자가 몸속 어디선가 찰랑거렸다.

  사실 아버지가 떠난 이후 생활 형편이 크게 달라진 것은 없었다. 엄마에게는 정기적으로 들어오던 월급봉투 대신 아버지가 퇴직금으로 마련해놓은 구청 앞 10평짜리 점포에서 최소한의 생활비가 나왔다. 몇 해 전, 한 해의 시차를 두고 돌아가신 할아버지와 할머니의 제사도 아버지는 집을 떠나기 일 년 전 서해안의 한 암자에 맡겨두었다. 할머니의 세 번째 기제사를 마친 아버지는 삼촌들과 고모가 모두 모인 자리에서 할머니 돌아가신 지 삼 년도 지났으니 이제 제사는 절에 모시겠다는 폭탄선언을 했다. 대대로 제사 모시는 걸 장남의 제일 큰 임무라 생각해온 집안 분위기로 보아 그것은 말 그대로 폭탄선언이었다. 제사야 당연히 장남인 아버지가 지내리라 믿었던 엄마는 무엇보다 삼촌들의 눈초리가 무서워서라도 왜 그러냐고 놀란 얼굴로 되물었다.

"제사는 마음으로 지내고 이젠 그만 홀가분하게 살아도 되지 않겠소?"

중풍으로 삼 년을 누워 지낸 할아버지와 돌아가기 전 일 년을 치매로 엄마를 고생시킨 할머니인지라 아버지의 말은 놀랍긴 했지만 설득력이 없는 건 아니었다. 무엇보다 삼촌들 옆에 나란히 앉아 있는 두 숙모의 홀가분한 표정 덕분에 아버지의 선언은 큰 저항 없이 받아들여졌다. 집을 떠나기 위한 아버지의 첫 준비 작업이었다.

아버지가 없는 내 삶 역시 크게 달라질 건 없었다. 나는 이미 스무 살이 되었고 내가 태어나자마자 아버지가 붓기 시작한 교육보험이 대학 학비를 끝까지 책임질 것이었고 졸업 후에는 늘 꿈꾸던 독립을 자연스럽게 할 수 있게 돼버렸다. 가장으로 살았던 삼십 년 동안이 마치 떠나기 위한 준비 기간이기라도 했다는 듯 아버지는 모든 걸 완벽하게 정리해놓고 떠났다.

그러나 아버지가 남긴 엄마의 상처는 쉽게 아물지 않았다. 그렇잖아도 폐경기 여인의 우울증을 표 나지 않게 앓고 있던 엄마는 아버지 없는 빈 시간들을 급기야 종합병원 정신과에서 받아 오는 약들로 겨우 버텨내기 시작했다. 한 삼 년 정도 호르몬 변화가 안정기에 들 무렵 조금씩 약을 줄이기 시작한 엄마는 아버지가 떠난 지 오 년 만에 겨우 약을 중단했고 이모들과 어울려 조금씩 바깥 출입도 하게 되었다. 그리고 삼 년 전, 엄마는 내게 열다섯 평짜리 아파트 하나를 남기고 이모가 사는 천안으로 내려가 버렸다. 큰 이모네 찜질방엔 제 일처럼 관리를 거들어줄 사람이 필요했고 엄마는 수다하면서도 잔정 많은 이모가 필요한 때문이었다.

나는 아버지의 실종이 혼란스러웠지만 아프지는 않았다. 흔히 책임감 강하고 고지식한 사람들이 그렇듯이 아버지는 워낙 말이 적고 속을 드러내는 게 익숙지 않는 사람이었기에 함께 사는 동안에도 나는 아버지와 그리 살갑게 지낸 기억이 없었다. 내가 머리에 염색을 하거나 곧 실밥이 터질 듯한 교복 따위로 반항하던 중학교 때는 학생 시절 교모조차 한 번도 비뚤게 써본 적 없는 아버지와 사사건건 부딪쳤지만 선글라스 사건 이후 내가 그런 일들에 흥미를 잃는 바람에 아버지와 더 이상 충돌이 일지 않았다. 학교에서도 소심한 모범생들에게 호기심은 일지 않지만 한번 마음을 트고 나면 여간해선 변치 않는 신뢰감이 생기듯이 아버지에게도 나는 비슷한 심정이었다. 혈액형이나 별자리처럼 사람을 몇 가지 유형으로 나누어 분석하길 좋아하던 내게 아버지는 절대로 변하지 않을 한 인간 유형의 모델이었다. 하지만 아버지는 그런 내 신넘을 비웃기라도 하듯 모든 걸 헝클어놓았다. 이후로 나는 대학생활 내내 다가오는 남자들을 쉽게 받아들이지 못했다. 그 사람 속에 감춰져 있을 또 다른 곳에 가 못 박힌 내 시선을 남자들이 견디지 못하고 떠난 것이다.

　잠시 한눈파는 사이 외출이라도 하려는 건지 그가 갑자기 겉옷을 걸치고 있다. 멀리 가는 길은 아닌 듯 입은 옷 위에 파카만 걸치는 모양이다. 드물게 보는 장면이다. 이십사 시간 그를 지켜보고 있는 것은 아니지만 기억컨대 그가 집을 나가는 장면을 본 것은 처음이다. 한참 동안 방에 불이 꺼져 있어 그가 외출을 했으리라 짐작을 한 적은 있지만 이렇듯 그가 옷을 입고 나가는 장면을 본 적은 없었다. 그의 방에 불이 꺼지고 그가 어둠 속으로 사라진다. 나는 내 방의 불을 모두 끄고 길 아래쪽을 뚫어지게 내려다본다. 그가 혹 다른 출입구로 가버린 건 아닐까 포기할 즈음 검은 파카를 입은 키 작은 은발의 남자가 편의점 옆 정문에서 나와 내 오피스텔 쪽으로 걸어온다. 점퍼 주머니에 손을 찌른 채 신호등을 기다리고 서 있다. 책상 앞에 앉아 있을 때와는 달리 유난히 키가 작아 보이고 무게감이 느껴지지 않을 만큼 가벼워 보인다. 길을 건넌 그가 내 건물 앞쪽으로 커브를 돌며 사라진다. 망설일 새도 없이 나는 급히 오리털 점퍼를 입고 모자를 눌러쓴 채 방을 나선다. 마침 10층에 서 있던 엘리베이터가 갓 돌 지난 아이 걸음마처럼 천천히 내려온다. 나는 엘리베이터를 재촉하며 1층으로 내려

간다. 미용실과 세탁소를 지나 옆문으로 급히 뛰어나가 그를 찾는
다. 며칠 전에 개업한 옆 동의 맨 끝에 있는 퓨전 주점 오뎅 사케
집으로 들어가는 그의 뒷모습이 간신히 눈에 잡힌다. 나는 반짝이
는 작은 전구들에 칭칭 감긴 채 단지 한가운데 고문당하듯 서 있
는 벚나무 옆에 멈춰 서서 겨우 숨을 고르며 사라진 그의 뒷모습
을 바라본다.

　그가 들어간 퓨전 주점을 지나며 표 나지 않게 안을 들여다본
다. 분홍 리본이 매인 행운목과 벤자민, 꽃이 핀 서양란 사이로 대
여섯 명의 그림자가 비친다. 창가 맨 구석 자리에 혼자 앉아 있는
사람의 그림자가 분명 그라는 걸 짐작할 수 있다. 따뜻한 정종이
라도 마시는지 잔을 든 그의 어깨는 가까이서 보니 더 좁고 낮게
내려앉아 있다. 주변의 누구도 그에게 눈길 주지 않고 그 역시 어
떤 곳에도 시선 가지 않는 완연한 독작이다. 홀로 드는 술잔이 그
림자 연극처럼 느리게 올라간다. 나는 태연히 그 곁을 지나 길 건
너 스시집으로 들어가 늦은 저녁식사로 알밥을 주문한다. 돌아앉
은 그의 완고한 등이 창문 너머로 희미하게 내비친다. 뚝배기 속
의 날치 알들이 입안에서 폭죽처럼 터진다. 인도양 한가운데를 가
르마 타듯 지나가는 배 양쪽으로 지느러미를 날개처럼 활짝 편 채
새처럼 날아간다는 날치 떼가 눈에 본 듯 선하다.

　바다에서 돌아온 아버지의 소식을 알려준 사람은 종숙 어른이
었다. 아버지와 동갑의 나이로 공교롭게도 아버지와 고등학교 동

창이기도 한 종숙은 나이 차가 많이 나는 삼촌들보다 아버지와 더 가까운 사람이었다. 건설회사 퇴직 후 부동산 사무실을 차려 소일거리로 삼던 종숙은 어느 날 친구의 부동산 사무실에서 우연히 아버지를 만났다고 했다. 아버지는 마침 외국에서 살고 있는 집주인이 시세보다 5백만 원이나 싸게 내놓은 방의 전세 계약서를 쓰던 중이었다. 작은집 장남인 아버지와 함께 늘 집안의 대소사를 분담해오던 종숙은 아버지가 사라진 후 그 모든 일들을 혼자 도맡고 있었다. 어려서부터 모든 걸 아버지에게 미뤄온 두 삼촌들은 문중 대소사에 이런저런 핑계를 대며 빠지곤 했다. 종숙이 죽은 사람이라도 살아 돌아온 양 아버지를 반긴 건 당연했다.

그날 근처 찻집으로 아버지를 끌고 간 종숙은 아버지에게서 오 년간 떠돌았던 바다 이야기를 물어물어 겨우 들었다고 했다. 뱃사람 중 최하 직급인 갑판원으로 승선을 한 아버지는 처음엔 소원하던 대양을 쳐다볼 새도 없이 낯선 일들을 익히는 데 몸이 바빴다. 갑판장의 지시에 따라 기름때 전 작업복을 입고 배에 페인트를 칠하거나 선적된 컨테이너를 조이는 레싱 작업을 했으며 입출항 시마다 긴장감 팽팽한 갑판 위를 뛰어다녔다. 휴식은 인도양에 들어서야 겨우 찾아왔다. 찌그러진 곳 하나 없이 공처럼 둥근 대양 한복판에서 지나가는 배 한 척 눈에 보이지 않고 오직 자신이 탄 배 하나만이 홀로 바닷길을 가르고 있었다. 엔진 소리 하나 들리지 않는 고요한 선수(船首)에서 문득 담배 한 개비를 피우며 아버지는 비로소 자신을 동여매고 있던 것들이 비늘처럼 떨어져 나가는 걸 보았다. 그토록 무겁고 두렵기만 하던 세상 것들이 어느 순간 뱃전으로 튀는 물 한 방울보다도 더 가볍고 덧없어지고 있었다. 순간 그는 예감했다. 둥그런 수평선 너머로 내려가는 쇳물 같은 해를 보며 다시는 떠나온 곳으로 되돌아가지 못하리란 걸.

　제일 낯선 세상을 보고 싶었다고 하더라. 지금까지 자기가 살아오면서 한 번도 가본 적이 없고 앞으로도 그럴 것 같은 곳 말이다. 세상의 가장 눈 선 데가 어딘가 생각해보니 바다였더란다. 그것도 망망대해에서 자기가 일생을 지렁이처럼 기듯이 산 땅덩어리를 보고 싶었다더구나. 우주선을 타고 하늘로 올라갈 수는 없는 노릇이었으니까. 그래서 혼자 몰래 준비한 선원증을 얻어 갑판원으로 이 배 저 배를 타고 오 년간 세상 구경을 하고 왔단다. 태평양, 인도양, 대서양을 모두 돌았다더라. 일부러 낯설고 멀리 가는 배들만 골라 탔대. 다른 사람들이 기피하는 배를 타는 건 그중 수월했나 보더라. 정해진 휴가도 될 수 있으면 단축해서 오 년 내내 물 위를 떠다니다시피 했단다. 그렇게 한 오 년 떠돌고 나니까 가슴속에 바위처럼 뭉쳤던 것들이 뭐였는지 이젠 기억조차 나지 않더란다. 그 망망대해서 이 좁아빠진 땅덩어리를 보면 참 허망하기 짝이 없더란다. 사는 게 어이없기만 하고……. 죽는 날까지 그렇게 보내도 하나도 억울할 게 없을 것 같더란다. 나이 때문에 더 이상 탈 수가 없어 배에서 내리고도 부두에서 막일을 하며 바닷가에 붙어 있다가 작년에야 서울 근처로 왔나 보더라. 이젠 떠돌이 신세니 어딜 가도 바다나 다름없겠지. 너나 네 어머니에겐 염치없는 짓이니 절대 연락 말라고 했지만 아무리 생각해도 너는 알고 있어야 할 것 같아서 불렀다.

입고 있던 옷이라도 터진 건지 그가 내복 빛깔의 옷을 들고 바느질을 하는 모양이다. 실을 너무 길게 꿰었는지 손놀림이 크고 느리다. 한 땀 한 땀 떠가는 손길이 더없이 신중하고도 정성스럽다. 그의 시선과 바느질감이 한 몸이라도 이루듯 빈틈없이 몰두해 있다. 어떤 누구라도 그 사이로 비집고 들어갈 틈이 없어 보인다. 바느질 하나에도 저토록 자신의 전부를 던져 하나가 될 수 있다니. 나는 그의 바느질 모습을 넋을 잃고 바라본다. 어느덧 그에게 바느질은 책상 앞에 앉아 종일 꼼짝하지 않고 책을 읽던 모습이나 홀로 술을 마시던 모습들과 다를 바 없어 보인다. 그는 늘 홀로 있지만 정부와 틈 하나 없이 포개져 있는 사내처럼 충만해 보인다. 고독하지만 외로워 보이진 않는다.

나는 방 불을 남김없이 켜놓고 세 쪽으로 나뉜 롤스크린 모두를 끝까지 감아올린 후 와인 한 잔을 들고 2층으로 올라가 계단에 앉는다. 자동차 통행이 줄어든 시각의 야경은 한결 차분해져 있다. 환한 불빛 속의 내 방과 계단에 앉아 있는 내 모습이 맞은편에서 훤히 들여다보일 것이다. 그의 방이 나란한 눈높이에서 더 가까이 보인다. 바느질을 마친 그가 다시 책상에 앉아 무언가를 쓰고 있다. 그가 쓰는 것이 일기인지 혹은 가계부인지 나는 알 수 없다.

일 년 가까이 훔쳐보고 가늠해보고 우편함까지 뒤졌지만 나는 그가 하루 종일 앉아 있는 책상에서 무엇을 하는지 결국 알아내지 못했다.

바로 저기다. 저기서 혼자 살아. 절대 찾아오지 말라고 해서 이사하는 날도 안 가봤다. 종숙 어른이 가리킨 곳은 비잔티움이라는 알파벳 글자가 건물 벽면에 크게 붙어 있었고 그의 방은 9층 서쪽 맨 끝 방이었다. 그날 나는 종숙 어른과 헤어진 뒤 근처 부동산에 들러 그의 방 맞은편 오피스텔에 빈방이 나온 게 있는지 알아보았다. 마침 서너 달 전부터 새로 입주를 하고 있던 오피스텔은 빈방이 많았고 나는 한 달 뒤 그의 방이 마주 보이는 이곳 8층으로 이사를 했다.

그는 어릴 적 조부에게서 배웠다는 천자문이나 동몽선습을 읽고 있는 걸까. 중국사를 공부하고 싶었지만 회사 다니면서 공부하는 야간대학에는 사학과가 없었기에 아쉽게도 경영학과를 다녔다는 그가 혹 중국 고대사를 읽고 있는 건 아닐까. 아니 어쩌면 그는 자신이 지나다녔던 베링해나 아라비아만의 해류나 캄차카 반도의 만년설이나 빙하에 대해 공부하고 있는지도 모른다. 그가 읽고 있는 책을 짐작조차 할 수 없듯이 나는 그가 지나온 인도양과 태평양의 물빛과 깊이를 알지 못한다. 그 깊은 바닷속으로 흐르던 어떤 해류가 어느 날 갑자기 불어온 바람 한 줄기에 방향을 틀어 물 위의 우리를 어떻게 흔들어댈지도.

느닷없이 휴대폰이 울린다. 잠이 오지 않으면 새벽 세시에도 전화를 걸어오는 엄마다. 뭐 하니? 엄마는 마치 내가 무얼 하고 있는지가 참을 수 없이 궁금해진 사람처럼 늘 절박하게 물어오곤 한다. 뭐 하긴, 술 한잔하고 있어요. 혼자? 혼자인 줄 뻔히 알면서도 꼭 되묻곤 하는 것도 엄마의 버릇 중 하나다. 나도 포도주 한잔 마셨다. 잠이 통 안 오네. 포도주에 젖은 엄마의 목소리에 내 손에 들린 와인 잔이 슬며시 흔들린다. 엄마는 천안의 열여덟 평짜리 아파트 구석구석을 화분으로 채우고 있다. 그렇게 꽃으로라도 빈 공간을 채워 넣지 않으면 허전해서 견딜 수가 없다고 했다. 지금도 엄마의 방에선 연분홍 철쭉이 철 이른 꽃을 화사하게 피워내고 있을 것이다. 나하고 한잔 더 마시면 잠이 올 거야. 우리 건배할까? 나는 자꾸만 잠기려는 목소리를 애써 가다듬는다. 그럴까? 젖은 엄마의 목소리에 습기가 조금 가신다. 건배! 나는 캄캄한 어둠에 묻혀버린 그의 방을 향해 술잔을 든다. 투명한 술잔 속에 꼬리를 매단 가로등 불빛들이 한데 들어와 꼬물거린다. 오늘이 네 아버지 생일인 거 너도 알지? 엄마는 끝내 참았던 한마디를 내뱉고야 만다. 꼭 십 년인데…… 어디서 잘 살고 있겠지? 마침내 엄마의 목소리가 포도주잔 깊숙이 젖어든다. 나는 불 꺼진 그의 방을 바라보며 가만히 고개를 끄덕인다.

검은

강

새벽부터 바람 소리가 심상치 않았지만 다행히 비행기는 떴다. 사흘 만에 뜨는 비행기다. 예띠 에어라인의 쌍발 프로펠러 비행기가 관광객들을 실어 나르느라 아침부터 몹시도 분주하다. 좀솜과 포카라 사이를 오가는 15인승 경비행기. 대체로 오전 열시 전까진 잠잠해진다는 계곡의 바람은 사흘 전부터 잦아들지 않았고 관광객들은 고도 2,700미터의 고원 마을인 이곳 좀솜에서 아침마다 창밖만 내다보며 운을 하늘에 맡겨야 했다. 기압 차이 때문에 열시가 지나면 방향까지 바뀌어 거세진다는 좀솜의 바람. 촘촘히 짜인 일정대로 움직이지 못하리란 건 이미 여행 초반에 눈치챌 수 있었다.

　트레킹을 위해 일행과 함께 포카라에 도착한 다음 날이었다. 아침 일찍 짐을 꾸려 포카라 비행장에 나가 짐표까지 받고 기다렸지만 좀솜행 비행기는 갑자기 뜰 수 없다고 했다. 바로 앞의 비행기 두 대가 떠나는 걸 눈으로 본 터라 전혀 예상치 못한 일이었다. 갑자기 좀솜의 바람이 거세진 때문이라는 가이드의 설명을 이해할 수 없었다. 포카라는 바람 한 점 없이 맑은 날이었다. 그러나 한참을 기다려도 끝내 뜨지 않는 비행기만 바라보다 결국 짐을 찾아 숙소로 돌아갈 수밖에 없었다. 다음 날 아침도 비행기는 뜨지 않았다. 히말라야 트레킹이 네 번째인 P선배는 급히 일정을 변경했고 가이드가 수배한 승합버스를 타고 나야풀로 갔다. 안나푸르나 라운딩의 중심지인 좀솜에서부터 내려오려던 계획을 바꿔 아래서부터 걸어 좀솜으로 올라온 것이다. 그 누구도 장담할 수 없게 만드는 게 바로 이곳 칼리간다키 계곡의 바람이었다.

긴 잠자리채 모양의 바람주머니가 간간이 부풀어 오른다. 서해대교나 영동고속도로 대관령 구간에서 보았던 바람의 표지판이다. 잠이 깨자마자 커튼을 젖히고 그것을 찾았을 때만 해도 낡고 바랜 바람주머니는 수평으로 팽팽히 부풀어 맹렬히 펄럭이더니 언젠가부터 거짓말처럼 다소곳해졌다. 로지 옥상의 나를 발견한 일행이 손을 흔든다. 양손을 흔드는 K의 두 팔이 허수아비의 그것처럼 펄럭인다. K는 두 발까지 펄쩍 뛰며 손을 흔든 뒤 비행기에 오른다. K를 선두로 운 좋게도 오늘 세 번째 비행기의 좌석을 구한 일행 다섯 명이 모두 비행기에 오른다. 어제부터 분주하게 뛰어다닌 가이드 수닐 덕분이다. 작은 비행기가 위태롭게 질주하더니 생각보다 가볍게 떠올랐다. 드디어 혼자가 되었다. 어디선가 숨어 있던 바람이 한꺼번에 내게로 몰려온다. 지척인 듯 마주 보이는 7,061미터 눈 덮인 닐기리 봉의 북벽 위로 흰 눈보라가 쌀가루 부대라도 쏟은 듯 바람에 날린다. 햇살을 받은 만년 얼음벽이 갓 빨아 넌 옥양목처럼 희다.

"밤새 맘 안 변했어? 그냥 같이 가면 좋을 텐데……."

같이 왔던 일행은 혼자 두고 가는 길이 못내 서운한 듯 아침까지 내 눈치를 살폈다. 아니 그들이 서운한 건 나를 혼자 두고 가는 것보다 묵티나트까지 가지 못한 채 끝내 돌아서야 하는 자신들의 상황이었는지도 모른다. 비행기가 뜨지 않는 바람에 포카라에서 보낸 이틀과 산을 올라오면서 모두 지쳐 예정보다 하루 더 묵어 온 탓에 열흘간의 여행 일정이 모두 차버렸다. 월차까지 모조리 끌어다 겨우 낸 휴가가 끝나거나 서울에서 기다리고 있는 약속들 때문에 일행은 떠날 수밖에 없었다. 게다가 결항을 밥 먹듯 하는 좀솜의 비행기 사정을 생각하면 하루라도 빨리 산을 내려가는 게 옳았다. 하지만 어제 점심때 이곳 좀솜에 도착한 나는 내내 마음에 품고 있던 생각을 조심스럽게 P선배에게 털어놓았다. 혼자 남아 묵티나트까지 갔다 오겠다는 계획이었다.

"그래, 이왕 여기까지 왔는데 묵티나트는 가봐야지. 여기까지 와서도 현실에서 한 발짝도 못 벗어나는 우리가 바보지. 겁날 거 하나도 없어. 이렇게 믿음직한 가이드와 포터가 있는데 뭐."

인솔자인 P선배가 불안과 불만 섞인 표정의 일행을 보며 간단히 정리해주었다. 그의 말은 사실이었다. 아무리 혼자 남고 싶어도 가이드와 포터를 믿을 수 없으면 이 낯선 고산에서 엄두도 내지 못할 일이지만 일주일 동안 함께 지낸 가이드 수닐과 포터 썬집은 전적으로 신뢰할 만한 사람들이다.

"우리도 서둘러 떠나야 해요. 오늘 일정이 긴 건 아니지만 강바람이 세서 걷기가 쉽지는 않을 거예요."

일행을 배웅하고 돌아온 수닐이 아침을 먹자 서둘러 떠날 채비를 했다.

좀솜 거리는 황량하기 짝이 없는 서부영화의 세트 같은 꼴로 흙먼지를 잔뜩 뒤집어쓰고 있다. 아직 비행기가 오가는 시간이라 거리는 짐을 들고 막 도착하거나 곧 떠나려는 외국인 트레커들과 일자리를 구하는 현지 가이드와 포터들로 북적인다. 그중에는 로지나 호텔을 찾는 관광객들을 호객하러 나온 사람들도 제법 될 것이다. 혼자 걷는 여자에 대한 호기심 어린 시선을 뒤로하며 빠르게 지나가는데 누군가 새된 발음의 영어로 아는 척을 한다.

"너 아직 안 갔니? 바람도 자는데."

바람과 햇볕에 그은 얼굴에 전형적인 티베트 장족의 이목구비를 하고 있는 젊은 여자가 말을 건다. 어제 갔던 인터넷 방에서 일하는 여자다. 언제 떠나느냐고 묻기에 내일 갈 거라고 말했던 걸 여자는 기억하고 있다.

"묵티나트 가려고……."

묵티나트에서 누군가 나를 기다리고 있기라도 한 듯 나는 서둘

70

러 여자와 헤어졌다.

　당신의 부음을 들은 것은 어제였다. 아침 먹고 마르파에서 출발한 탓에 점심도 훨씬 전에 좀솜에 도착한 일행은 짐을 풀자 가장 먼저 인터넷 방으로 몰려갔다. 일주일간 메일도 확인하지 못했다며 P선배와 나를 제외한 일행은 우르르 몰려 나갔다. 문명의 이기들과 떨어져 지낸 일주일 동안 진정한 휴식은 그 많은 통신수단들과의 단절인 것 같다며 입을 모았던 일행도 인터넷이라고 쓰인 간판을 보는 순간 "어, 인터넷이다!"를 외치며 반가워했다. 익숙한 곳으로 다시 돌아왔다는 안도감 같은 것이었는지도 모른다.

　산을 오르던 둘째 날이었다. 잠시 쉬어 가기로 한 로지에서 밀크티를 기다리는 동안 자꾸 익숙한 소리가 들렸다. 내 귀에만 그런가 했는데 맞은편에 앉았던 L이 먼저 입을 열었다.

　"어디서 자꾸 휴대폰 소리가 나지?"

　나는 그제야 내 귀가 이상한 게 아니었다는 사실에 안심했다. 나도 자꾸 휴대폰이 울리는 것 같아 돌아보면 아니야, 벌써 몇 번째인지도 몰라, 중독이야, 다른 일행도 저마다 한마디씩 했다. 자신의 발소리와 숨소리밖에 들리지 않는 히말라야 산중에서 휴대폰 환청에 시달리다니, 습관이란 게 새삼 무서웠다.

　"처음 며칠간은 원래 그래."

　P선배가 낄낄거렸다. 오지 여행 경험이 많은 P선배는 집을 떠나온 이후 단 한 차례의 전화도, 인터넷도 하지 않았다. 그렇게 자

주 전화를 하고 인터넷 검색을 할 거면 여행은 뭐하러 왔냐며 핀잔을 주기도 했다. 일을 미처 다 못 끝낸 채 떠나와 포카라에서도 노트북을 들고 인터넷 방에서 한국으로 원고를 전송하던 에세이 잡지 기자 K에게 한 말이었다.

인터넷 방에 갔던 일행이 예상보다 일찍 돌아왔다. 사용료가 너무 비싸서 중요한 메일만 확인하고 왔다고 했다. 접속이 느리고 접속 상태도 불안정해 메일 몇 개만 확인하는 데도 인터넷 사용료는 카트만두의 서너 배는 된다고 투덜거렸다.

"하긴 해발 2,700이 넘는 곳에서 저 먼 나라 소식을 들을 수 있다는 것만으로도 기적이지 뭐."

무엇이 나를 자극했던 것일까, 네팔에 도착한 이래 단 한 번의 전화도 인터넷도 하지 않았던 나는 순간 참았던 마음이 흔들렸고 그 길로 혼자서 인터넷 방으로 달려갔다. 유일하게 한글을 쓸 수 있는 컴퓨터에 앉아 어렵사리 한국의 포털사이트에 접속했다. 그런데 메일박스에 들어가는 순간 갑자기 정전이 되었다. 붉은 숄을 두른 젊은 여자가 새된 발음으로 잠시만 기다리라고 했다. 곧 다시 전기가 들어올 거라고……. 나는 멍하니 창밖의 활주로를 내다봤다. 바람주머니가 곧 터져버릴 듯 팽팽하게 부풀어 있었다. 바람이 거셌다. 한참을 보고 있자니 마치 바람 때문에 전기가 끊어진 것만 같았다. 하긴 정전이야 카트만두에 도착하는 순간부터 하루에도 몇 번씩 경험한 터였다. 그때마다 이곳 네팔 사람들은 그저 기다리면 되는 일이라는 듯 태연했고 관광객들은 초조하게 전기가 들어오길 기다리다 결국 짜증을 내곤 했다. 나는 차라리 정전이 다행이다 싶어 바람 부는 창밖만 내다보았다. 저 바람은 도대체 어디서 몰려온 걸까, 상념에 빠진 나를 깨우듯 전기가 곧 다시 들어왔고 컴퓨터는 드드륵 소리를 내며 만삭의 산모처럼 굼뜨게 움직였다. 나는 결국 메일박스를 열었다.

내가 시카에서 포터 데이지가 가르쳐주던 히말라야 민요, '레썸 삐리리'를 일행과 함께 부르고 있던 나흘 전, 당신은 홀로 다른 세상으로 떠났다고 했다. 내가 마르파에서 애플브랜디를 마시며 주먹만 한 별들을 올려다보고 있던 그 시간에 당신의 시신은 한 줌 가루가 되어 허공을 날아가고 있었다. 해발 2,700미터가 넘는 곳에서 듣는 당신의 부음은 그 고도만큼이나 비현실적이고 실감이 나지 않았다. 산소가 부족한 탓이었는지도 모른다.

좀솜을 벗어나 강을 끼고 걷던 길은 곧 하상(河床)으로 접어들었다. 칼리간다키. 검은 강이라는 뜻이라고 했다. 다나까지도 좁은 협곡에 불과하던 칼리간다키는 툭체 근처에 이르자 갑자기 홍두께로 밀어내기라도 한 듯 강폭이 넓어졌고 모래와 자갈이 섞인 하상이 드러나기 시작했다. 검은 자갈과 회갈색 모래가 섞여 강은 말 그대로 검게 보인다. 하상을 치마폭 자르듯 매끈하게 가른 강물은 넓은 강폭에 비해 수량이 적고 흙이 섞여 탁하기 짝이 없다. 강을 낀 양쪽에는 나무는커녕 풀 한 포기도 키워내지 못하는 거대한 바위산들이 겹쳐져 고원지대의 황량한 분위기가 압도할 듯 눈

앞에 펼쳐진다. 해발 8,091미터의 안나푸르나 1봉과 8,167미터의 다울라기리 봉우리 사이에 있는, 지구상에서 가장 깊은 계곡이라는 사실이 믿어지지 않을 만큼 드넓은 강폭과 장엄하게 도열한 산들 사이로 물은 그 움직임조차 느껴지지 않게 고요히 흘러간다.

바람이 분다. 이제 좀솜에서 비행기는 더 이상 뜨지 못할 것이다. 등 뒤에서 몰려오는 바람이 온몸을 떠민다. 저항할 새도 없이 몸이 앞으로 쏠린다. 겹쳐 입은 옷들이 마른 내 몸을 깃대삼아 만장처럼 펄럭인다. 펄럭이는 소리가 귓등을 때린다. 햇살은 살갗을 파고들 듯 쨍쨍하다. 지상 어디에도 그늘이라곤 없을 것 같은 햇살이 갑자기 선글라스의 자외선 차단 지수를 의심하게 한다. 눈이 멀 것 같은 빛이다.

포터 썬집은 그 바람에도 자세 한번 흐트러뜨리지 않고 굳건히 강바닥을 걷는다. 네 명의 스물네 살 동갑내기 친구들인 젊은 포터들이 짐을 진 채 노래 부르며 산을 뛰어다닐 때 혼자 묵묵히 걷던 쉰이 넘은 포터. 그의 등에 얹힌 짐이 그를 흔들리지 않게 만드는지도 모른다. 그의 등은 무거운 짐과 바람을 견뎌내느라 빳빳이 굳어 벽처럼 단단해진 것인지도……. 쑨집은 자꾸 휘청거리는 내가 불안한지 앞서서 걷다가 좀 처질라치면 뒤로 와서 바람이라도 막아주듯 뒤따라오길 반복하고 있다. 그는 움직이는 이정표가 되어 내 발길을 인도한다. 어떤 바람에도 쉽게 흔들릴 것 같지 않은 든든함이 그의 몸 전체에 배어 있다. 몽골리안인 구룽족이라는 그의 얼굴은 우리와 별반 다르지 않다. 햇볕에 그은 피부색만이 다르다면 다른 점이다. 그는 다시 큰 오라비처럼 앞장서 걷고 있다.

암세포가 간 전체에 퍼져버렸다는 당신의 몸은 여전히 뜨거웠다. 아니 그날따라 당신은 더 격렬했다. 모텔 방문을 미처 닫기도 전에 입술을 비집고 들어온 당신은 내 목구멍을 막아버리기라도 할 듯 맹렬히 파고들었다. 무엇보다 나를 단숨에 허물어뜨리던 당신의 그 부드럽고 따뜻한 혀가 그날은 쇳덩이처럼 단단하고 차가웠다. 나는 갑자기 섬뜩해지며 당신의 혀를 밀어내려 했지만 당신은 굴착기로 굴이라도 뚫듯 정신없이 파고들었다. 숨이 턱턱 막힐 만큼 강하고 집요했다. 마치 입을 통해서 몸 전체를 내 속으로 밀어 넣으려는 사람 같았다. 당신의 혀를 한입 가득 물고 있던 순간, 나는 자신이 입안 가득 당신의 몸뚱어리를 삼키고 있는 보아뱀 같다는 생각이 들었다.

그날 당신은 당신 몸의 숨겨진 곳들을 내게 보이고야 말았다. 당신 몸속 어디에 그토록 많은 감각세포들이 숨어 있었던 건지 당신은 걷잡을 수 없이 열려버린 몸의 감각들에 무방비 상태로 자신을 맡기고 있었다. 늘 단정함을 잃지 않았고 언제나 마지막 자리는 남겨두며 자신을 통제해내던 당신. 그날 당신은 내 몸속에서 격렬히 부딪치고 울부짖고 소용돌이치다가 마침내 뜨거운 쇳물을 쏟아내며 쓰러져버렸다.

"꼭 한 생을 다 살고 나온 것 같군."

그날 당신은 온통 땀에 전 몸으로 담배 연기를 내뿜으며 방금 전까지의 격렬함이 무색하리만치 적막한 목소리로 중얼거렸다.
몸이 미처 다 제자리로 돌아오지 못한 채 누워 있던 내겐 다른 세
상에서 들려오는 목소리처럼 아득했다. 그 일주일 후 나는 당신이
간암 말기라는 소식을 듣게 되었다. 일주일 전 그날, 당신은 병원
에서 간암 선고를 받았던 것이다. 그제야 나는 늘 내가 먼저 가서
바쁜 당신을 하염없이 기다리던 붉은 모란꽃 그림이 걸린 모텔 방
안에서 그날따라 당신이 한 시간이 넘게 나를 기다리고 있었다는
사실을 새삼 깨달았다.

　흙과 돌과 물과 바람, 그리고 시간이 퇴적된 산의 날카로운 경
사면이 마음에 칼자국을 남긴다. 나무 한 그루 자라지 못하는 회
갈색 고원은 사포로 문지르기라도 한 듯 매끈한 면과 누군가 연필
로 그은 듯 날렵한 선으로 나뉘어져 있다. 창조의 처음을 보고 있
는 기분이다. 아직 나무와 풀과 이끼와 꽃들을 만들기 이전에 창
조한 처음 산의 모습. 성근 망사 한 겹도 거부한 채 완강히 버티고
선 날것으로서의 존재, 어떤 관념도 어떤 관능도 감히 다가갈 수
없는 태초의 그것. 나는 새삼 강과 그 강을 둘러싼 산들을 바라본
다. 이 깎아지른 바위산들과 저 만년설로 뒤덮인 지구 최고의 산
맥이 몇천만 년 전에는 바다였다는 사실이 도무지 믿기지 않는다.
칼리간다키 강바닥에 널린 까만 돌멩이에선 삼엽충이나 암모나이
트 화석을 어렵지 않게 발견할 수 있다. 저 작은 돌멩이에 새겨진
시간들이 적어도 몇천만 년이라니, 내가 살아온 시간의 단위가 모

래알 하나보다도 보잘것없어져 버린다. 애초에 바다였다가 두 대륙이 부딪쳐 생긴 힘으로 융기한 산맥이라는 히말라야는 아직도 해마다 조금씩 고도가 높아지고 있다고 한다. 돌연 저 황막한 산들이 살아 꿈틀거리는 것만 같다. 20미터쯤 앞서 가던 수닐이 나를 기다리고 있다. 그가 서 있던 산길을 돌아가니 갑자기 꽃이 만개한 큰 살구나무와 연둣빛 새잎이 온통 사막 같은 길옆으로 잘못 그린 상상화처럼 생뚱맞게 나타난다. 회갈색 고원에 난데없이 나타난 분홍 꽃들이라니, 그 화사함이 당혹스럽다.

"다 왔어요. 카그베니, 예쁘지요?"

수닐이 휘장을 걷어내기라도 하듯 한쪽 팔을 펼쳐 보인다. 한국의 가구공장에서 일하는 친구를 따라 몇 달 후 한국에 갈 거라는 그는 서툰 한국말과 간단한 영어를 섞어 쓰며 주로 한국 트레커들의 가이드를 한다. 견디기 쉽지 않을 거라고 고개를 가로젓는 내게 그는 한국에 갔다 오면 최소한 한국말이라도 유창하게 하지 않겠냐며 흰 이를 드러내며 웃었다. 한국어 가이드는 영어 가이드보다 일당을 3달러 더 받는다고 했다. 한국에 가기만 하면 큰돈을 벌어 올 거라고 기대하는 것보다는 안심이 됐지만 그래도 그의 한국살이는 분명 쉽지 않을 것이다.

시간으로만 따지면 묵티나트까지도 갈 수 있지만 꼭 하루 거기서 묵으라던 P선배의 말을 이제야 알 것 같다. 카그베니는 지상의 마지막 마을처럼 강어귀에 숨어 있다. 흑백으로 돌아가던 영화가 갑자기 총천연색으로 바뀐 것 같다. 분홍색 살구꽃과 돌담을 따라 핀 벚꽃, 햇빛을 받아 투명하게 빛나는 연둣빛 버드나무 잎사귀들, 마을 앞에 융단처럼 펼쳐진 초록빛 보리밭들, 그 너머로 광활한 칼리간다키 강과 흰 눈에 덮인 닐기리 봉까지, 그리고 그 모든 것들에게 잠시도 정지 상태를 허락하지 않는 바람, 바람들. 이 풍경들을 창문 하나에 전부 담고 있는 아늑한 방에 들어서자 갑자기 참을 수 없는 공복감이 몰려온다. 이 완벽한 풍경이 갑자기 사무치게 서러워졌다.

"할 수만 있다면, 아무도 모르는 곳으로 숨어버리고 싶어. 그럴 수만 있다면…… 당신 하나만 가질 수 있다면……."

나는 중력을 거스르기라도 할 듯 버티다가 지치면 가끔 당신에게 술주정을 하곤 했다. 아무도 모르는 곳이라고 말은 했지만 당신도 나도 알고 있었다. 그 말은 누군가 나를 찾을 수 없는 곳이 아니라 숨어서도 스스로를 견뎌낼 수 있는 곳이라는 걸. 어쩌면 이곳 카그베니라면, 이 골짜기라면 내가 그토록 도망쳐 숨고 싶었던 곳이 돼줄 수도 있을 것 같다. 아무것도 버리지 못한 당신과 내가 모든 걸 버리고 와 있어도 견딜 수 있는 곳. 세상에 그런 곳이 어디 있겠냐고 자조적으로 웃던 당신. 마침내 그곳을 찾아낸 것일까, 나는.

침대에 앉은 나는 등산화를 벗고 발목 보호대를 푼다. 산을 올라오는 내내 나는 발목 보호대를 한 채로 걸었다. 양손에 쥔 스틱에 아무리 힘을 분산해보아도 발목에 무리가 가는 것은 어쩔 수 없었다. 한번 크게 접질린 발목은 좀처럼 회복이 되지 않았다. 아니 어쩌면 평생 나는 발목을 달래가며 살아야 할지도 모른다. 당신도 기억하는, 대학 동아리 모임이 있던 이 년 전 그날, 식사를 하고 나오던 중 나는 길이 파인 것도 모른 채 걷다가 갑자기 넘어져 버렸다. 함정은 늘 그렇게 예고 없이 나타났다. 갑자기 바깥으로 발목을 접으며 넘어져 어깨에 멘 가방까지 나동그라진 내 꼴이 얼마나 우스울지 충분히 짐작할 수 있었지만 나는 그 자리에서 도저히 일어날 수 없었다. 발목 인대가 파열이라도 된 것 같았다. 앞서 걷던 당신이 비명소리를 듣고 뒤돌아 내게 다가왔다.

당신은 몹시도 침착했다. 당신은 도저히 걸을 수 없는 나를 업었고 스타킹과 구두를 벗게 했고 누군가 약국에서 사 온 파스를 붙이려고 하자 얼른 얼음주머니를 가져왔다. 당신은 두 손으로 내 발을 들어 발목 주변을 살피며 여기저기 손가락으로 눌러보았다. 나보다 두 달 전에 발목을 삐었던 당신은 정형외과 의사보다도 더 신중했다. 그날 저녁 내내 나는 얼음주머니를 발목에 대고 있어야 했고 시간이 지날수록 통증이 조금씩 가라앉는 게 마냥 신기하기만 했다. 자리가 끝날 무렵 갑자기 밖으로 나가 한참 후에 돌아온 당신은 내게 미키마우스 인형이 그려진 슬리퍼 한 켤레를 내밀었다. 당분간 구두는 절대 신지 말라며 내민 미키마우스 슬리퍼를 보며 나는 결국 웃음이 터졌다.

그리고 사흘 후 당신은 이 발목 보호대를 들고서 몹시도 조심스럽게 내 방문을 두드렸다. 두 눈은 바람 부는 호수처럼 흔들리고 있었다.

"그냥 다니면 또다시 접질리게 돼요. 불편하더라도 당분간은 꼭 이걸 하고 다녀요."

여전히 부기가 가라앉지 않은 발목을 딛고 위태롭게 서 있던 내가 당신 품에 안겨버리자 당신은 차마 나를 마주 보지 못한 채 고백했다.

"당신 발을 보지 말았어야 했어. 이렇게 툭 튀어나온 못생긴 발가락을 보지 말았어야 했어."

당신은 학습지를 들고 십 년 넘게 걸어 다닌 굳은살 박인 내 발을 마치 경배라도 드리듯 두 손으로 감싸들고 가만히 입 맞추었다. 230밀리는 너무 조이고 235는 커서 헐렁거리는 어중간한 발 사이즈 때문에 늘 꽉 끼는 구두를 신어 유난히 엄지발가락 뼈가 옆으로 튀어나온 나의 왼발을 당신은 내 몸의 그 어느 부분보다 좋아했다.

당신의 키스는 늘 나의 왼쪽 엄지발가락부터 시작되었고 정사의 마무리도 항상 그 튀어나온 발가락에 입 맞추는 것으로 끝났다. 나중에 안 일이었지만 평생을 보험 가방을 들고 걸어 다녔던 당신 어머니의 발가락이 꼭 나처럼 한쪽으로 튀어나와 있었다고 했다. 수년 전, 당신 어머니가 갑작스런 교통사고로 죽었을 때 달려간 응급실에서 제일 먼저 눈에 들어온 당신 어머니의 맨발이 내 발과 꼭 닮아 있었다고…… 그날 이후로 당신에게 어머니는 늘 얼굴보다 삐죽하게 튀어나와 있던 그 비틀어진 발가락이 먼저 떠오르는 사람이라고.

　까마귀 울음소리에 잠이 깼다. 아니 나를 깨운 건 어쩌면 바람 소리인지도 모른다. 아니면 바람에 펄럭이는 룽다와 타르초의 기도 소리였는지도. 짐을 풀고 잠깐 잠이 들었던가 보다. 침낭도 깔지 않은 채 침대 위에 잔뜩 웅크리고 누워 있었다. 까마귀 떼가 녹색의 보리밭에서 군무라도 추듯 바람을 타고 날아다닌다. 산 아래쪽에선 이삭까지 패었던 보리가 이곳에선 겨우 잔디보다 조금 웃자란 정도다. 스무 살 남짓 돼 보이는 젊은 여자 둘이 겨우 눈만 내놓고 숄로 얼굴을 칭칭 동여맨 채 풀이라도 매는지 보리밭에 앉아 있다. 까아악. 탁한 까마귀 울음소리가 저물어가는 골짜기를 울린다. 그 소리에 방 안은 더 적막해진다. 카트만두와 포카라에서도 아침이면 어김없이 까마귀 울음소리에 잠이 깨곤 했다. 갑자기 까마귀 소리를 산에서 들은 기억이 나지 않는다.

　산에서 아침잠을 깨우는 소리는 단연 당나귀 떼 지나가는 소리였다. 사람보다 먼저 일어나 새벽길을 떠나는 당나귀 떼. 모든 물자를 당나귀로 운송하다 보니 히말라야의 산길에서 당나귀는 사람보다 귀한 존재였다. 트레킹 중에도 좁은 길에서 당나귀 떼를 마주치면 반드시 당나귀 떼가 모두 지나갈 때까지 사람들은 기다려주곤 했다. 당나귀 떼의 맨 앞에 선 대장 당나귀는 이마에 화려한 장식을 화관처럼 쓰고 다녔다. 그러나 그 당나귀 역시 등 양쪽으로 닭이나 쌀, 양파 따위의 짐을 가득 진 것은 뒤따라오는 당나귀 떼와 다를 바 없었다. 짐과 동여맨 끈 자국으로 등 곳곳이 깊이 파인 당나귀들. 올라오는 길 어디였던가, 스무 마리 넘게 서 있는 당나귀들이 휴식하고 있는 걸 본 적이 있었다. 짐을 다 내려놓고 마구간 근처에서 쉬고 있는 당나귀들 중 상처 없이 성한 당나귀는 단 한 마리도 찾을 수 없었다. 산을 올라오는 내내 로지에 누워 있으면 박명도 트기 전에 늘 컴컴한 길을 가는 당나귀 행렬 소리가 제일 먼저 들렸다. 멀리서부터 꿈속인 듯 들려오다가 조금씩 가까워져 마침내는 잠을 깨우는 소리. 이곳 당나귀들의 목에 매인 워낭은 쇠가 얇고 큰 탓인지 유난히 둔탁하고 공명이 커 당나귀 눈처럼 순한 소리를 냈다. 스무 마리가 넘는 당나귀 떼 소리가 산길을 울릴 때마다 가슴속 날선 것들이 사그라지곤 했다.

"집에 돌아가도 이 소리는 아마 잊지 못할 거야."

절반쯤 올라온 다나였던가, 당나귀 떼 소리에 잠을 깬 새벽녘 한방에 자던 K가 몽유병자처럼 몸을 일으켜 꿈속인 듯 잠긴 목소리로 중얼거리곤 다시 침낭 속으로 기어들었다. 산을 올라오는 내내 길에 지천으로 깔린 당나귀 똥을 피하느라 유난히 뒤처지던 K였다.

수닐이 문을 두드린다. 저녁식사가 준비됐다는 신호다. 나는 한 끼도 거르지 않고 밥을 챙겨 먹는다. 밥을 먹지 않으면 그날치의 길을 걸을 수가 없다. 산에서 먹은 온갖 종류의 볶음밥이 이젠 쳐다보기도 싫었지만 나는 또 꾸역꾸역 씹어 삼킨다. 국물이 있는 얼큰한 찌개가 간절하다. 하지만 나는 묵티나트까지 가야 한다.

아니 가고 싶다. 모래처럼 단단한 이 밥알들이 나를 묵티나트까지 데려다줄 것이다. 나는 마지막 밥 한 톨까지 남김없이 먹어치운다. 허겁지겁 삼킨 밥 알갱이들이 명치끝에 걸려 아프다.

"묵티나트에 가면 뭐가 있는데?"

내가 기어이 혼자 남아 묵티나트를 다녀오겠다고 하자 C가 시비조로 물었다.

"꺼지지 않는 불이 있대."

C의 불만을 충분히 알고 있는 나는 그녀의 신경을 건드리지 않으려 조심스럽게 대답했다. 그건 여행책자에서 읽은 것일 뿐이었다. 힌두교와 불교의 성지로 네팔 사람들이 평생 한 번이라도 가보고 싶어 하는 곳이라고 했다.

"넌 힌두교도도 불교도도 아니잖아."

C가 기어이 참았던 말을 내뱉고야 말았다. 나는 거기서 그만 입을 다물었다. 스스로도 설명할 수 없는 말을 더 이상 잇고 싶지 않았다. 왜 그토록 그곳에 가려 하는지. 아니 왜 갑자기 그렇게 기를 쓰고 히말라야엘 오려 했던 것인지. 이곳에 오기 위해 나는 십 년이나 해오던 학습지 교사를 그만두었다. 햇수가 쌓인다고 퇴직금이 있는 것은 아니지만 십 년이나 한 탓에 학부모들이 이리저리 소개를 해주어 어렵지 않게 학생들을 확보했었다. 그것들을 모두 포기한 채 나는 대학 동창 모임에서 우연히 만난 P선배가 히말라야 트레킹 팀을 꾸렸다는 말을 듣고 무조건 끼워달라고 졸랐다. 이미 일행의 비행기 표를 모두 예약해놓은 상태라서 나는 따로 며

칠을 초조하게 기다려 예약 취소가 생긴 자리에 겨우 끼어 올 수 있었다. 대학 동창들이라곤 하지만 오랫동안 만나지 않았던 나와 달리 일행은 서로 간의 유대감이 남달랐다. 그 틈에 겨우 끼어 온 처지에 다시 혼자 남겠다고 하자 모두들 싫은 기색을 감추지 않았다. 하지만 나는 이미 산으로 떠나오기 전 포카라의 한국 게스트 하우스에 비행기 표를 맡겨놓았고 전화만 하면 날짜를 연장해주기로 돼 있었다.

"히말라야에 가고 싶어요."

한 달 만에 다시 병원에 입원을 한 당신을 찾아갔을 때 당신의 아내는 할머니에게 맡겨둔 아이들을 챙기느라 집에 가고 병실은 비어 있었다. 아니 그 빈 시간을 이용해 당신이 나를 불렀다. 나는 그 잠시의 빈틈에 투정이라도 부리듯 당신에게 말했다. 이미 시기를 놓쳐버린 항암 치료로 남은 시간과 힘을 다 써버리느니 차라리 대체 의학으로 몸을 회복시켜보겠다고 병원을 나갔던 당신은 한 달 만에 결국 다시 입원을 할 수밖에 없었다. 죽조차 먹을 수 없었다는 열흘간 살이 반은 더 내렸다.

"왜, 히말라야 가서 석청이라도 구해 오려고?"

때론 불치의 환자들에게 기적의 약이 되기도 한다는 삼백 년 된 히말라야 석청은 국내에서 유통되는 대부분이 가짜라는 걸 얼마 전 신문 기사에서 봤다. 이걸 구할 수 있으면 당신이 회복될까, 기사를 보며 나는 정말 석청이라도 따러 가고 싶었다. 히말라야 중

에서도 오지의 벼랑 아래에 있다는 석청은 숙달된 현지인들 외에
는 채취가 불가능하다고 했다. 그래서 진짜 히말라야 석청을 구하
기는 하늘의 별따기라고. 하지만 진짜라는 확신을 하지 못하면서
도 지푸라기라도 잡는 심정으로 고가의 석청이나 차가버섯 따위
에 기대기도 하는 것이 벼랑에 몰린 사람들이었다.

"그래요. 석청이라도 구해 와야겠어요."

나는 당신을 위해 죽 한번 끓일 수 없는 자신을 견딜 수 없었다.
어쩌다 문병이라는 이름으로 당신의 얼굴을 잠깐 보고 갈 수밖에
없는 나는 당신의 손조차 제대로 잡을 수 없었다. 행여 울음이라
도 터질까 봐 병원에 가기 전날에는 집에서 실컷 울어 내 몸의 물
기를 다 빼고 나서야 겨우 당신을 보러 갈 수 있었다.

"빨리 나아서 내년 봄에 남도로 꽃구경 가야지요."

처음 당신의 문병을 갔을 때 당신의 아내와 아들이 있는 병실에
서 나는 낯선 당신의 직장 동료라는 여자와 나란히 서서 그렇게
덧없는 위로의 말을 건넬 수밖에 없었다. 해마다 봄이면 당신은
가족들을 태우고 남도로 봄맞이를 가곤 했다는 사실이 떠올라준
게 그나마 고마웠다. 나도 세 번이나 동행했던 당신의 그 꽃 마중.
당신의 직장 동료는 아무렇지도 않게 당신의 손을 잡고 눈물을 글
썽거렸다. 나는 그렇게 눈물을 보일 수 있는 그 여자가 한없이 부
러웠다.

"히말라야를 가든 남극을 가든 오늘이 마지막이야. 이젠 더 이
상 오지 마."

나는 당신의 퀭한 눈을 들여다보았다. 단호한 말투와는 달리 당신의 눈은 흔들리고 있었다. 홀로 전장에 나가 두려움에 검을 휘두르는 자의 눈빛이 그럴까, 당신은 더할 수 없이 고독해 보였다. 그러나 나는 당신의 그 고독에 한 발자국도 다가갈 수 없는 사람이었다. 당신을 보고만 있어야 하는 내 외로움을 당신은 알아차렸을까.

"지금까지 지은 죄를 용서받기에도 내겐 시간이 모자라."

당신의 아내가 올 시간이 다 되어 쫓기듯 돌아서는 내게 당신은 비수를 뽑아 던지고 말았다. 가슴 한가운데를 관통당한 비수를 미처 뽑을 새도 없이 나는 병실을 빠져나와야 했다. 당신의 아내가 막 택시에서 내렸다고 전화를 해 온 때문이었다. 나는 가슴에 칼이 꽂힌 채 13층이나 되는 당신의 병실에서 계단을 통해 천천히 아래까지 걸어 내려왔다. 계단마다 핏방울이 듣는 듯했다.

카그베니를 떠나자 가파른 오르막길이다. 2,807미터의 카그베니에서 3,798미터의 묵티나트까지 고도는 하루에 1,000미터나 올라간다. 고소증이 올지도 모른다고 수닐은 내게 구토증이 일거나 머리가 아프면 지체 없이 말해야 한다며 길을 떠나기 전 두 번이나 당부를 했다. 겹쳐 입은 옷을 간단히 뚫고 파고드는 쨍쨍한 햇살과 고원의 모래흙, 그리고 가파르게 올라가는 길이 지치고 숨차게 했지만 고소증은 오지 않았다. 나는 자꾸 흐트러지는 호흡을 조절하며 보폭을 유지하려 애썼다. 트레킹에서 가장 중요한 것은 호흡이다. 호흡이 흐트러지면 걸음도 흔들리고 걷는 일 자체가 힘들기만 하기 때문에 일정한 호흡과 보폭으로 걷는 것이 무엇보다 중요했다. 그렇게 걷다 보면 걸음에 리듬이 생기고 마침내는 걷고 있는 자신의 발걸음만이 전부인 것 같은 순간이 왔다. 무념무상의 희열이었다.

힌두교의 축제일이라 카트만두서부터 몰려온 순례자들이 생각보다 많다. 사람을 가득 태운 트랙터와 오토바이를 탄 한 떼의 사람들이 시끄러운 기계음을 내며 지나가자 큰 가방을 두 개나 등에 진 중년 여인이 슬리퍼 차림으로 고원의 고갯길을 올라왔다. 차려입은 붉은 사리와 이마에 찍힌 티카가 회갈색 고원 때문인지 더욱 붉어 보인다. 나마스테, 나는 여인과 함께 걷고 있는 토피를 쓴 노인을 향해서 손 모아 인사한다. 근엄해 보이던 얼굴의 남자가 순간 환히 웃으며 나마스테, 하고 인사를 한다. '내 안의 신이 당신 안의 신께 경배를 드립니다' 라는 뜻이라는 나마스테는 힘든 길일수록 더 쉽게 나온다. 어쩌면 숨 가쁜 산길에서 호흡 조절을 위해 만들어진 말인지도 모른다.

왼쪽에는 은둔의 왕국 무스탕으로 들어가는 길이 나무로 얼기설기 허술하게 막혀 있다. 고액의 입장료를 내야 갈 수 있는 곳이라고 수닐이 설명을 잊지 않는다. 그 고액의 입장료란 욕심 사나운 달러 벌이가 아니라 자신들의 왕국을 지키기 위한 최소한의 방어라고 했다. 트레킹 내내 호위병처럼 따라오던 칼리간다키 강이 무스탕 쪽으로 사라져갔다. 길 왼편으로 펼쳐진 산들 역시 풀 한 포기 없이 매끈하다. 석주 같은 받침들이 빙 둘러 떠받치고 있는 산 위로 큰 두레상이라도 펴놓은 듯 잘 고른 빈터가 널따랗게 펼쳐져 있다. 히말라야의 신들이 모여 만찬이라도 여는 곳 같다. 나는 그 만찬장에 초대받은 사람처럼 서둘러 발길을 옮긴다. 고원의 흑갈색 산허리를 따라 길이 허리끈처럼 길게 풀어져 있다. 황무지 산 너머로 만년설을 이고 있는 흰 산이 차일을 편 듯 우뚝 서 있다. 길은 외길로 아득하기만 하고 사람들은 눈부신 햇빛 속을 걸어간다. 나는 그만 현기증이 인다. 저들은 왜 이토록 힘겹게 묵티나트에 가려는 걸까. 나는 왜 이토록 끈질기게 묵티나트엘 가려는 걸까. 앞서 가는 수닐의 등이 걷잡을 수 없이 흔들리기 시작했다.

자르코트를 지나면서 커다란 보리수나무들이 보이기 시작한다. 황량하기 짝이 없는 동네에 난데없이 커다란 고목들이 먼지가 잔뜩 쌓인 가지들을 엉킨 전선처럼 늘어뜨리고 있다. 보리수 밑에 노란 민들레 꽃 두 송이가 피어 있다. 이곳까지 날아온 꽃씨가 눈물겹다. 다시 가파른 언덕길을 오르자 '웰컴 투 묵티나트'라는 입간판이 보인다. 기어이, 묵티나트다.

당신을 마지막으로 보던 날, 당신의 배는 복수가 차올라 있었다. 마흔 살쯤 되면 배 나오는 거야 흔한 일이지만 당신은 밥을 많이 먹어 배가 조금만 불러도 참아내지 못하던 사람이다. 어쩌다 배가 부르다고 느끼고 나면 다음 끼니는 반드시 걸러 포만감을 제거해야 직성이 풀렸다. 그런 당신을 볼 때마다 나는 당황했다. 그토록 결벽한 사람이 나를 만나고 있다는 게 이해할 수 없었기 때문이다.

"당신이 아마 내 인생의 유일한 예외일 거야."

내가 아는 한 그 말은 사실이었다. 단 한 번도 길이 아닌 길로 발을 디뎌보지 않은 사람이었다, 당신은.

"어쩌면 유일한 길일지도 모르지. 오로지 마음으로만 낸……."

스치듯 중얼거린 당신의 그 말에 나는 목숨이라도 걸 듯이 매달려왔다.

그날 부풀어 오른 당신의 배는 침대 시트로 가려져 있었지만 나는 한눈에 당신의 배를 알아볼 수 있었다. 뼈와 가죽만 남은 몸에 부풀어 오른 배는 아무리 감추어도 침대 시트 한 장으로 가려질 수 없었다. 걷잡을 수 없이 두려움이 몰려왔다. 당신의 몸속에서 당신의 목숨 줄을 갉아먹고 있다는 암 덩이보다 그 솟아오른 배가 곧 당신을 집어삼켜 버릴 것만 같았다. 아니 나를 삼켜버릴 것만 같았다. 나는 당신의 배를 보지 않으려 얼른 시선을 피했다.

그때였다. 병실로 내가 들어오는 것을 미동도 없는 텅 빈 시선으로 바라보고만 있던 당신이 갑자기 시트를 움켜잡았다. 당신은 병원 로고가 찍힌 침대 시트를 오른쪽에서부터 천천히 걷어냈다. 당신의 오른쪽 다리가 발가락까지 남김없이 드러났다. 부종이 와 퉁퉁 부은 당신의 발이 제일 먼저 눈에 띄었다. 그리고 한때 단단한 근육과 불끈 튀어 오른 힘줄로 당신의 몸을 굳건히 받치고 있던 다리가 길쭉하고 가는 뼈에 주름진 껍질만 남아 성기게 떠 있었다. 무릎뼈가 그토록 튀어나온 것인 줄 그때 나는 처음 알았다. 잠시 후 당신의 손은 마지막 결심이라도 한 듯 서둘러 움직였다. 시트는 완전히 젖혀졌고 드러난 당신은 알몸이었다. 배가 팔 개월쯤 된 임산부처럼 부풀어 있고 유난히 희던 피부색마저 황갈색으로 변해 낯선 몸이 돼버린 당신. 당신의 몸을 아름답게 만들어주던 근육과 몸을 팽팽하게 하던 물은 모두 당신의 뱃속으로 들어가버린 것 같았다. 풍선처럼 부풀어 오른 배 때문에 갈비뼈들은 살점 하나 붙어 있지 않은 것처럼 더 앙상해 보였다. 사십 년 전 묶었던 탯줄이 곧 풀어져 바람이라도 새 나올 것처럼 팽창해 있었다. 그리고 마른 사타구니 사이로 당신의 성기가 보였다. 중학교 1학년 때 자연포경이 되었다는 당신의 귀두는 유난히 맑고 빛이 났었다. 당신 스스로 황금분할이라던 당신의 성기는 귀두와 성기의 비율이 조화로워 아름다웠고 크기 또한 지나치게 크지도 작지도 않았다. 내 속에 들어올 때마다 틈 하나 없이 구석구석을 밀고 들어와 내 몸의 빈 곳이란 빈 곳을 모두 채워버려 결국에는 목구멍으로 턱, 숨소리를 내뱉게 하던 당신의 단단한 성기. 그 성기가 검은 숲 같은 체모 속에 매미 허물처럼 숨어 있었다.

　나는 그제야 나를 바라보고 있는 당신의 눈을 마주 보았다. 당신의 눈은 이미 모든 욕망이 사라져버린 것 같았다. 아니 어쩌면 더할 수 없이 차오른 생에의 욕망이 당신의 눈을 태워버린 건지도 몰랐다. 텅 빈 당신의 눈이 찰나처럼 흔들렸던가. 나는 천천히 당신에게 다가갔다. 당신의 침대로 다가가 무릎을 꿇었다. 그리고 당신의 알몸에 입을 맞추었다. 곧 터져버릴 듯한 당신의 배꼽에 가만히 입술을 갖다 댔다. 당신 뱃속의 암세포가 긴장이라도 하는지 뱃가죽이 팽팽했다. 그 팽팽한 긴장을 견딜 수 없었는지 나는 당신의 성기를 입에 물었다. 갑작스런 침입에 놀라기라도 했는지 당신은 잠깐 움찔했다. 그러나 내처 두려는 듯 당신의 성기는 더 이상 움직이지 않았다. 나는 내 몸의 모든 온기를 모아 당신의 성기를 부드럽게 감쌌다. 내 몸이 고요히 데워져 잠이라도 올 듯 포근했다. 마지막으로 나는 당신의 마른 입술에 입을 맞추었다. 차고 거칠어진 피부였지만 내 입술엔 희미한 온기가 남았다. 나는 당신의 알몸에 바람 들지 않도록 다시 꼼꼼히 시트를 덮었다. 당신의 복수 찬 배가 구릉처럼 솟았다. 당신은 희미하게 미소 지었지만 끝내 통증으로 일그러지고 말았다. 나 역시 웃었던가, 굳어버린 입술로 나는 애써 웃었다. 다음 날 나는 히말라야에 오기 위해 홍콩행 아시아나 비행기를 탔다.

묵티나트는 몹시도 소란스럽다. 힌두 축제일이라고 모여든 신자들은 차례도 없이 저마다 경전을 암송하며 티카가 든 접시를 들고 분주히 사원 안을 돌고 있다. 이마에는 붉고 노란 티카와 재가 나란히 찍혀 있다. 사원 안의 신상들도 모두 붉은 티카로 범벅이 된 채 카타라는 흰 천들을 몇 개씩이나 목에 두르고 있다. 기름에 담긴 심지불로 소지(燒紙)를 하며 가져온 과일과 곡식을 바치고 끊임없이 게송을 외우는 신자들은 일생 동안의 기도를 모두 하고 갈 셈인지 타인에게 눈길 한번 주지 않고 저마다 몹시도 분주하다. 한번 오기 어려운 곳이니 그만큼 간절해지기도 하겠지만 나는 그 소란스런 분위기를 벗어나려 황급히 사원 안을 빠져나왔다. 건물 벽 위에서 108개의 물줄기가 떨어지고 있다. 그 108개의 성수를 차례차례 마시면 죄와 업보가 씻어진다고 수닐이 설명을 붙이며 손으로 물을 받는다. 나는 물줄기 하나에 무심코 손을 뻗었다가 수닐의 설명을 듣고 황급히 거둬들인다. 어눌한 그의 발음으로 듣는 죄와 업보라는 말이 신의 음성처럼 낯설다. 나는 쫓기듯 불교 사원으로 올라간다.

다행히 불교 사원은 한가한 편이다. 경전이 쓰인 오색 천 타르초와 룽다가 말갈기처럼 바람에 날린다. 티베트족들이 주로 사는 무스탕 지역에 접어들면서 마을 입구나 작은 탑이 있는 곳엔 어김없이 나부끼던 오색 천들. 굳이 경전을 읽지 않아도, 경전이 바람에 날리는 것만으로도 이들에겐 더없는 기도라고 했다. 원통형의 마니차 역시 손으로 돌리기만 해도 기도였다. 수닐과 썬집이 도열한 마니차를 차르르, 돌리며 조람키 곰파로 들어선다. 두 사람은 먼저 신을 벗고 법당 안으로 들어가 경건한 자세로 두 손을 모은다. 그들을 따라 나도 조심스럽게 작은 법당 안으로 들어간다. 가만히 두 손을 모으고 눈을 감는다. 기도가 생각나지 않았다. 아니 너무 많은 것들이 떠오르는 건지도 모른다. 하지만 나는 어떤 것도 빌 수가 없다. 때론 기도가 모욕이 되는 경우도 있는 것이다. 수닐이 내 소매를 앞으로 끌었다. 법당 바닥에 석쇠 조각 같은 것으로 덮인 작은 불꽃이 보인다.

"꺼지지 않는 불꽃이에요."

수녈이 불을 향해 두 손을 모은다. 나도 엉겁결에 두 손을 모았으나 순간 배반감이 몰려온다. 여행 책자를 볼 때는 바위틈에서 나오는 천연가스 불꽃이 신성한 분위기를 내뿜으며 타오르는 장면을 상상했다. 불꽃은 너무 작고 법당은 초라하기 짝이 없다. 실망한 채 그 작고 초라한 불꽃으로부터 시선을 거두려는 순간 갑자기 하나의 영상이 나를 급습한다. 온몸의 물기 마르고 누렇게 색마저 변한 피부와 부종이 온 발, 그리고 복수로 가득 찬 배. 갑자기 그 몸이 심지가 되어 저 작고 초라한 불꽃으로 타오르는 것만 같다. 현기증이 몰려온다. 나는 간신히 몸을 버티며 법당을 나온다. 해발 3,800미터에서 오는 고소증인지도 모른다.

당신의 죽음을 알리는 부음은 당신의 아내이자 나의 가장 절친한 친구인 해경으로부터 온 메일이었다. 고등학교 때부터 늘 붙어 다녔고 대학 동아리 선배인 당신을 내가 소개해주었으며, 지금도 여전히 내가 가장 좋아하는 친구 해경.

그 사람이 갔다. 삼월 스무하루 새벽 한시에. 네가 떠난 사흘 후부터 혼수가 와서 덜 아프게 갔다. 잠자듯 고요하게……. 히말라야에서 다 떠나보내고 와라. 나 역시 여기서 그럴 테니……. 인연이란 게 참 모질구나.

발신일을 보니 당신의 장례식 날 밤 자정 즈음이었다. 당신을
떠나보내고 와서 해경은 내게 메일을 쓴 모양이었다. 컴퓨터가 있
는 당신의 방 안에 홀로 앉아 자판을 두드리고 있었을 해경의 모
습이 옆에서 보고 있는 듯 선하게 떠올랐다. 유난히 어깨가 가늘
어 더 애틋한 여인, 해경. 당신의 부음이 떠 있는 모니터 화면을
멍하니 쳐다보며 나는 검은 저고리를 입은 해경의 가는 어깨를 떠
올리고 있었다. 이제는 한 발자국도 더 다가갈 수 없는 사람이 돼
버린 친구 해경. 그날 나는 바람 부는 좀슘 거리를 몇 시간이나 헤
매고 다녔다.

당신을 마지막으로 보던 날 해경은 내게 전화를 걸어왔다.

"보험회사에 갔다 와야 하는데 병실을 지킬 사람이 없네. 혼자
놔두긴 불안해서. 잠깐 와서 있어줄래?"

그날 해경은 내가 병실에 도착도 하기 전에 이미 떠났고 나는
거의 다 왔다는 해경의 전화를 받은 후 서둘러 병실을 나왔다. 도
망치듯 집에 돌아와서야 나는 해경에게 전화를 걸어 히말라야에
간다는 말만 간신히 했다. 더 이상의 어떤 말도 할 수가 없었다.
해경 역시 아무 말도 하지 않았다. 나도, 그녀도, 간신히 감춘 두
려움을 온몸으로 견뎌내고 있었다.

내려오는 길은 훨씬 빠르고 수월하다. 황막한 고원 길도, 지상
의 수분을 모두 말려버릴 것 같은 햇빛도 막막하기만 하던 발길도
한결 나았다. 카그베니를 거치지 않고 에클레바티로 곧장 가는 길

은 깎아지른 듯한 경사면을 가로질러 칼리간다키와 나란히 흐른다. 흙과 모래와 자갈로 이루어진 깎아지른 산과 그 산의 피부 한가운데를 칼로 긋듯이 난 길로 나는 걷고 또 걸었다. 도대체 왜 이 황막한 고원 길을 떠돌고 있는 걸까. 먼지가 더께 앉아 본래의 색상조차 알아보기 힘든 등산화를 물끄러미 내려다보았다. 왜 그토록 간절히 묵티나트에 가려고 했던 것일까. 힌두 사원에서도 불교 사원에서도, 그 초라한 가스 불을 보고도 나는 왜 그토록 그곳에 오려 했는지 이유를 알 수 없었다.

에클레바티를 지나자 길은 결국 다시 칼리간다키 강바닥으로 내려왔다. 나는 길에서 좀 떨어진 강바닥을 혼자 걷기 시작한다. 바람이 분다. 갈 때와 반대로 이번엔 바람을 정면에서 안고 가야 한다. 넓은 강폭이 거대한 바람골이 되어 세상의 모든 바람이 그곳에만 모인 듯 거세게 몰려왔다. 모자가 날아갈 것 같다. 등산모의 끈을 바짝 조인다. 윈드재킷의 지퍼도 끝까지 올려 틈을 막는다. 마스크를 꺼내 썼지만 모래바람이 입가에 버석거리는 걸 막을 수는 없다. 선글라스가 얼굴로 바짝 밀려와 눈가를 압박한다. 나는 고개를 최대한 숙이고 입을 꼭 다문 채 두 손에 스틱을 단단히 부여잡고 바람의 저항 면적을 최소화해 걷기 시작한다. 두 발과 두 개의 스틱이 번갈아 가는 발걸음의 리듬을 놓치지 않기 위해 오직 걷고 있는 내 발길에만 호흡을 집중한다. 멀리 좀솜에서, 아니 그 너머 마르파에서, 아니 그보다 더 먼 히말라야의 모든 골짜기에서 불어온 바람이 한꺼번에 내게로 몰려온다. 나는 더 이상

바람에 맞서지 않는다. 마주 오는 바람을 껴안기라도 하듯 바람의
한가운데를 묵묵히 걷는다.

　얼마쯤 걷고 있었을까, 내 발이 저절로 옮겨지고 머릿속이 텅
비어버렸다는 걸 깨닫는 순간, 무언가 내 몸속에서 흔들렸다. 출
렁, 그동안 지나온 히말라야 계곡의 흔들다리 한가운데를 지날 때
도 그랬던가. 아니다. 그건 마치 마른 강바닥을 뚫고 솟구치는 한
줄기 물기둥 같기도 하고, 퓨즈마저 나갔다고 방심하던 순간 갑자
기 전선을 타고 흘러드는 고압의 전류 같기도 한 돌연한 전율이었
다. 다시 한 번 흔들린다. 나는 당황했다. 갑자기 시작된 전율의
진원지는 내 몸속 가장 깊은 곳이다. 가벼운 지진이 일기라도 하
듯 자궁 속 어디부터인가 물줄기가 솟구쳐 오르는 것만 같다. 어
쩔 줄 몰라 나는 걸음을 멈춰 섰다. 하지만 한번 흔들린 몸은 가라
앉지 않는다. 무언가 곧 차올라 터져버릴 것만 같다. 그제야 떠올
랐다. 당신이 내 속으로 들어와 내 안의 빈 곳을 가득 채울 때 그
터질 듯하던 순간, 한 생이 솟구쳐 올랐다 곧 스러지는 듯한 그 순
간과 꼭 닮았다. 당신과 내가 틈 하나 없이 하나가 되어 낯선 어딘
가로 날아가 버릴 것만 같던 그 순간. 바람은 어느새 내 몸속으로
몰려들고 있다. 내 몸이 바람으로 뻥 뚫려버릴 것만 같다. 나는 결
국 무릎을 접고 강바닥에 주저앉았다. 두 손에 꼭 쥐고 있던 스틱
이 내팽개쳐졌다. 울음이 터졌다. 당신이 간절히 내 몸속으로 파
고들 때마다 터져 나오던 숨소리 같기도 하고 울음소리 같기도
한, 아니 내 속에서 나온 소리라는 게 믿기지 않는 낯선 소리가 목

구멍 깊은 곳에서 터져 나온다. 아래로부터 몰려 들어온 바람이 내 몸 한가운데를 관통한 후 목구멍으로 솟구쳐 나오는 것만 같다. 울음소리가 더 커졌다. 소리는 바람을 따라 룽다와 타르초처럼 펄럭인다. 울음은 이제 통곡이 되었다. 앞서 가던 수닐이 놀라 다가왔으나 넋을 놓은 채 우는 내 모양을 보곤 등을 돌려 먼 강줄기만 쳐다보고 있다. 나는 히말라야를 걷는 내내 참았던 울음을 운다. 아니 당신을 만나는 동안 내내 참아왔던 그 울음을 이제야 터트린다. 아마도 나는 울 곳이 필요했던 모양이다. 당신, 내 울음소리가 들리는가.

꽃

진

자리

산처럼 큰 배가 대양 한가운데에 가르마 같은 길을 내며 나아가고 있습니다. 고요하고도 망설임 없는 항진입니다. 뱃길 옆으로 무언가가 일제히 날아오릅니다. 바닷속에서 나온 그것들은 오리 떼처럼 낮게 날더니 곧 다시 바닷속으로 사라져버립니다. 말로만 듣던 날치 떼입니다. 갑자기 입안에서 날치 알들이 한꺼번에 터지는 것 같습니다. 먼 곳까지 왔다는 사실이 새삼 사무쳐옵니다. 위도 10°N, 경도 40°E, 수심 3천 미터의 인도양을 지나고 있습니다. 인도양에 들어선 지 닷새째, 홍콩에서 배를 탄 지는 열흘, 당신이 있는 그 땅을 떠나온 날로부터는 열하루째가 되었습니다. 가벼운 롤링이 이젠 몸의 일부처럼 익숙합니다. 침대에 누워 있노라면 나른하게 흔들리는 것이 요람에 든 신생아라도 된 기분입니다.

컨테이너를 오천오백 개나 싣는다는 이 쇳덩이도 수심 3천 미터의 대양 위에선 미풍의 나뭇잎처럼 가볍게 몸을 흔듭니다. 항해를 떠나면서부터 시작된 흔들림이야말로 태초의 세상이었던 것만 같습니다. 파고가 높아졌는지 책상 위의 로션 병이 다르르, 흔들리는 소리가 납니다. 바다 위에선 존재하는 모든 것이 흔들립니다. 흔들리는 배 안의 침대는 선실 바닥과 벽에 고정돼 있고 책상과 옷장도 모두 철사나 볼트로 고정시켜놓았습니다. 거울도, 그림도, 탁자마저 고정되지 않은 채 그냥 바닥에 놓이거나 벽에 걸린 것은 아무것도 없습니다. 사람도 저렇게 철사를 몇 겹씩 둘러 못질을 하거나 볼트로 조여 고정시킨다면 흔들리지 않을까요? 온몸을 철사로 칭칭 동여매 못질을 하고 볼트로 고정시켰다면 물길 따라 내내 이렇게 흔들리며 오지 않을 수도 있었을까요?

흔들림은 내가 타고 있는 이 컨테이너선, 포춘(fortune)호가 움직이던 순간부터 시작되었습니다. 홍콩항에서 상선회사 현지 직원의 안내로 처음 배 앞에 섰을 때, 나는 배가 때론 하나의 섬일 수도 있다는 걸 깨달았습니다. 배는 생각보다 더 크고 웅장했으며 도무지 이동성이 느껴지지 않는, 바다에 뿌리라도 내리고 있는 섬 같았습니다. 나는 육지의 빌딩에 들어서듯 정박한 배에 올랐습니다. 육지와 연륙교로 이어진 남해나 진도라도 온 기분이었습니다. 방을 배정받아 짐을 풀고 선장의 안내로 배의 구석구석을 구경하고 나니 어느덧 날이 어두워졌고 예정된 출항 시간이 되었습니다. 섬이 갑자기 움직이기 시작했습니다.

배가 곧 움직인다고 항해사가 알려준 대로 나는 저녁을 먹은 후 출항을 보기 위해 브리지에 나왔습니다. 운항실은 긴장이 감돌았습니다. 길을 떠난다는 것이 그토록 긴장되고 엄숙한 일이란 걸 그날 브리지의 팽팽한 정적을 보며 깨달았습니다. 전자 해도의 초록 불빛과 레이더 표시등만 반짝이는 불 꺼진 운항실. 항해사와 조타수는 초긴장 상태로 해도만 바라보고 있었고 나는 그제야 숙연한 마음으로 곧 나설 검은 바다와 떠나갈 홍콩항의 휘황한 불빛을 번갈아 바라보았습니다. 이제 곧 캄캄한 저 바다를 향해 길을 나서야 한다는 게 비로소 실감이 났습니다.

깊은 정적 속에서 미세한 움직임이 느껴졌습니다. 섬의 뿌리 하나쯤 잘린 듯 가벼운 흔들림이었습니다. 그제야 나는 내가 서 있는 곳이 섬이 아니라 움직이는 배라는 사실을 깨달았습니다. 섬이라고 생각한 것은 어쩌면 내 고집이었을 뿐인지도 모릅니다.

배가 서서히 움직이기 시작했습니다. 접안돼 있던 홍콩항 부두 임벽으로부터 거대한 배가 소리 없이 떨어져 나왔습니다. 수면에서 40미터도 더 떨어진 브리지에서 내려다보는 배와 부두의 간격은 겨우 손가락 하나만큼 벌어진 듯 보였습니다. 간격은 점점 더 벌어지기 시작했습니다. 손가락 두 개만큼 벌어지는가 싶더니 어느덧 손바닥만큼 벌어졌습니다. 부두의 암벽과 배 사이에 불빛을 받아 반짝이는 바닷물이 보였습니다. 앞머리부터 서서히 벌어지기 시작한 배가 선미를 마지막으로 떨어져 나오더군요. 배는 땅으로부터 완전히 분리되었습니다. 갑자기 눈물이 왈칵 쏟아졌습니

다. 느닷없는 눈물이었습니다. 당황스러웠습니다. 옆에 있던 동료
들에게 들키지 않으려고 고개를 돌려 건너편 어두운 바다를 쳐다
보았습니다. 캄캄한 길이 앞에 놓여 있었습니다. 그 순간의 감정
을 뭐라 설명해야 할까요. 단지 배가 부두의 암벽과 분리된 것뿐
인데 거기서 무슨 감정이 복받친 걸까요.

돌이켜보니 태어나 평생을 살아온 육지를, 단 한 발자국도 벗어
난 적 없었습니다. 오십 평생을 살아온 고단한 땅덩어리를 떠나고
있다는 실감이 왈칵 몰려온 것인지도 모릅니다. 물론 기차나 여객
선, 혹은 비행기를 타고 멀리 떠나간 적도 있었습니다. 하지만 그
어느 곳도 결국은 이 땅 위에서 한 치도 벗어나지 못한 지점일 뿐
이었습니다. 접안돼 있던 부두에서 배가 떨어져 나오는 순간, 나
는 지금까지 살아온 곳과는 다른 세상으로 떠나고 있다는 기묘한
감정이 몰려온 것입니다. 내가 떨어져 나온 그 땅덩이는 도대체
무엇이었을까요?

마흔아홉 번째 생일에 당신의 파산 소식을 들었습니다. 사십대
의 마지막 생일에 듣는 소식으로는 꽤나 그럴듯한 모양새였습니
다. 물론 충분히 예견된 일이었고 어느 정도 마음의 각오도 돼 있
었지만 당신 입으로 선언이라도 하듯 비장하게 흘러나오는 '파
산'이란 단어는 나의 사십대와 함께 한 시대가 끝난다는 조종처
럼 들리기에 충분했습니다.

"지금까지 온몸으로 버텨왔는데 더 이상은 도저히 안 되겠어."

당신은 모든 짐을 그 한마디에 얹어 온몸의 뼈마디들을 꺾으며 한꺼번에 주저앉아버렸습니다. 무너져 내리는 얼굴이 창백했습니다. 얼굴색이 표백이라도 한 듯 희게 변한 것을 보며 나는 그동안 당신이 버텨온 시간의 무게를 짐작할 뿐이었습니다. 그래요, 난 그저 짐작만 할 뿐 무엇을 어떻게 해야 하는지는 엄두가 나지 않았습니다. 아무리 작은 규모라도 사업이라는 이름으로 시작된 당신의 일은 내가 추슬러보기엔 이미 덩치가 너무 커져버렸고 나는 그저 무너져 내리는 당신과 우리 집의 운명을 가만히 지켜보는 수밖에 없었습니다.

"진작 내려놓을 일이지."

기껏 내가 할 수 있는 말의 전부였습니다.

버팀목이 빠져버린 집은 그때까지 지탱하고 있던 무게의 중압감만큼 급격히 내려앉기 시작했습니다. 은행에선 하루도 빠짐없이 대출금이나 연체 카드 독촉 전화가 왔고 밀린 세금 체납고지서들은 우편함에 가득가득 쌓였습니다. 체납된 세금과 국민연금, 일 년 전 목동의 친구 집에 갔다가 걸린 주차위반 범칙금 따위들이 빨간 글씨로 연체라는 도장이 찍혀 날아왔습니다. 보는 대로 집으로 가져왔지만 우편함은 늘 연체나 압류의 붉은 글씨들이 찍힌 고지서들이 남루한 깃발처럼 꽂혀 있었습니다. 나는 거실장 위에 연체고지서들을 봉투도 뜯지 않은 채 차곡차곡 쌓아두었습니다. 지나다닐 때마다 그곳으로 눈길이 갔지만 뜯어볼 엄두는 나지 않았습니다. 당신 역시 그것들이 무엇인지 잘 알면서도 뜯어보지 않은 채 그냥 지나갔습니다. 한 달이 지나고 다시 새로운 달이 시작되면 뜯지도 않은 고지서들에 한 달만큼의 연체료가 덧붙은 새 고지서가 발급됐습니다. 나는 그것들을 분류해서 지난 것들은 버리는 일조차 하지 못하고 무작정 거실장 위에 쌓아놓았습니다. 다달이 고지서는 쌓여갔고 걸려오는 독촉 전화도 늘어만 갔습니다. 나는 부동산에 들러 매물로 내놓은 집의 가격을 하루하루 낮춰갔습니다. 최저가 급매물로 내놓았지만 불황의 여파로 집을 보러 오는 사람조차 없었습니다.

　그 무렵이었습니다. 지난해부터 불규칙해지던 생리가 갑자기 석 달이나 나오지 않았습니다. 생리가 나오지 않던 그 석 달간의 기분을 뭐라 해야 할까요? 어쩌다 한 달에 두 번을 하기도 하고 때로 한 달을 거르기도 하며 불규칙한 주기를 보이던 생리에 짜증 내기도 하던 난 갑자기 생리가 석 달이나 끊기자 초조해지기 시작했습니다. 열다섯 살부터 지금까지, 이것이 얼마나 불편하고 귀찮은 일인지 당신은 결코 알지 못합니다. 처음 생리하던 날, 패드를 미처 준비하지 못한 탓에 커다랗게 얼룩이 진 검정 교복 치마를 가방으로 가린 채 버스를 두 번이나 갈아타고 학교에서 집까지 온 날로부터 무려 삼십오 년이나 되었습니다. 그 삼십오 년 동안 생리로부터 얼마나 벗어나고 싶었는지 모릅니다. 어쩌다 여행이라도 갈라치면 꼭 기다렸다는 듯이 터지는 생리 때문에 여자로 태어난 몸을 얼마나 원망했던가요? 그런데 막상 그 귀찮은 손님이 뚝

끊기고 나니 나는 뜻밖에도 그것이 다시 찾아오기를 초조하게 기다리기 시작하는 것이었습니다. 아이러니였습니다.

　석 달이나 생리가 끊기기 얼마 전이었습니다. 창고형 할인마트에서 장을 보던 나는 생리대 매장으로 갔습니다. 마침 거의 다 떨어진 생리대를 사기 위해서였습니다. 뭐든지 대용량을 싸게 파는 창고형 할인마트의 생리대는 중형을 네 팩이나 묶어서 팔고 있었습니다. 여느 할인점의 세 팩 가격으로 네 팩을 살 수 있었습니다. 나는 울트라슬림 덕용포장 생리대를 들고 한참 동안이나 고민했습니다. 이미 불규칙해지기 시작한 것으로 보아 생리가 언제 끊길지 모르는데 덥석 사기에는 생리대가 너무 많았습니다. 주위엔 이미 폐경이 된 친구들도 하나둘 생겨나고 있었지요. 이걸 다 쓸 때까지 생리가 나오긴 할까. 나는 커다란 생리대 포장을 들고 한참을 들여다보며 망설였습니다. 얼마 전부터는 생리 양도 눈에 띌 정도로 줄어들어 가뜩이나 생리대 사용량도 줄었습니다. 덕용포장 생리대를 카트에 담았다가 다시 매대에 놓았습니다. 하지만 몇 발짝 가다가 다시 돌아와 생리대를 카트에 담았습니다. 어쩌면 다 쓸 수 있을 것도 같았습니다. 그날 난 이 노릇을 두 번이나 더 반복한 후 결국 생리대를 사들고 왔습니다. 그건 무엇보다 그 생리대를 다 쓰고 싶다는, 느닷없는 욕심이었습니다.

　갑판 난간에 앉아 몇 시간째 눈 아래의 짙푸른 인도양 물빛을 하염없이 바라보고 있습니다. 인도양의 물빛이 더 짙어졌습니다.

물빛은 수심에 따라 그 색이 확연히 달라집니다. 아니 빛의 밝기와 각도에 따라서도 순간순간 물색이 달라집니다. 우리가 흔히 바다색이라고 부르던 푸른색이 이토록 시시각각 다르다는 건 이 바닷길을 떠나고 나서야 새삼 알았습니다. 따지고 보면 애초에 바닷물 색이 푸른 건 아니지요. 아무리 검푸른 바닷물이라도 물 한 바가지를 떠 흰 세면기에 담아본다면 그것은 그저 투명한 물빛에 지나지 않을 것입니다. 푸른 바다색은 어쩌면 깊이의 수치인지도 모릅니다.

홍콩항에서 배를 타고 떠난 항해에서 처음 만난 바다는 남지나해였습니다. 남지나해의 물빛은 검푸른 빛에 가까운 청색이었습니다. 날카롭고도 음험한 무언가가 숨겨진 듯한 짙푸른 바다. 삼엄한 결기에 주눅이 들어 바다를 선뜻 들여다보기가 어려웠습니다. 나는 칼자국처럼 예리한 수평선을 쳐다보거나 지나가는 배들을 보며 운항실에 들어가 점점 육지와 멀어져가는 배의 위치를 시시각각 체크했습니다.

하루 정박해 컨테이너를 내리고 다시 실었던 싱가포르를 떠나 들어선 말라카 해협의 물빛은 남지나해와는 많이 달랐습니다. 인도네시아와 말레이시아 사이의 좁은 해협은 얕은 수심과 배들의 빈번한 왕래 탓인지 우리의 연안 바다색과 크게 다르지 않았습니다. 여수나 목포쯤 가면 흔히 볼 수 있는 청록빛 바다 말입니다. 크고 작은 배들과 섬, 육안으로도 충분히 육지가 보이는 말라카 해협을 지날 때는 익숙한 것들이 주는 편안함과 권태로움이 동시에 찾아왔습니다. 여행지에서 아는 사람을 만났을 때의 반가움과 떠나온 곳에서 한 치도 벗어나지 못한 듯한 답답함이 동시에 이는 것이지요. 말라카 해협의 청록색 물빛이 내겐 그러했습니다.

　인도양에 들어서면서 물빛은 또 달라지기 시작했습니다. 색이 더 청명해졌습니다. 말라카 해협보다 짙고 남지나해보다는 환한 푸른색입니다. 함께 탄 동료가 울트라 코발트블루라고 불렀지만 여전히 세상 그 어떤 푸른색의 이름으로도 설명할 수 없는, 오직 인도양색이라고 할 수밖에 없는 빛깔입니다. 세상엔 그런 것들이 있습니다. 그 어떤 이름으로도 설명하기 힘든 일이나 사물들 말입니다. 지금 내게 닥친 일들처럼 말이지요.

　당신의 파산이 나를 이토록 휘청거리게 할 줄은 미처 예상치 못했습니다. 일 년 전부터 나는 마음의 각오를 다지며 일이 언제 터질 것인가를 기다리고 있었다 해도 과언이 아닙니다. 그만큼 당신은 위태로워 보였습니다. 아니 당신이 위태로워지기 시작한 것은 그 훨씬 전이었습니다. 삼 년 전, 당신 또래였던 동업자가 등산길에서 갑자기 죽고 난 후 느닷없는 세무조사가 시작될 무렵이었습니다. 당신은 어느 날 병원 응급실로 실려 갔습니다. 숨이 곧 멎을 것처럼 가슴이 답답하고 어지럽다며 얼굴은 창백해지고 손은 땀에 젖어 축축했습니다. 밤 열한시에 간 응급실에서 여러 가지 검사를 받았지만 아무 이상이 없었고 결국 병명을 알 수 없었습니다. 뇌졸중이 의심되기도 했지만 검사 결과 그것도 아니었습니다.

그 후로도 두 번 더 응급실을 갔다 온 후에야 당신의 병명은 밝혀
졌습니다. 공황장애라고 했지요. 패닉이라는 병명은 생소하기만
했습니다. 신경전달물질이나 시스템의 이상으로 오는 극도의 공
포 상태라고 의사가 설명하더군요. 곧 죽을 것 같은 공포감을 실
제 몸으로 겪는 것이라 했습니다. 그때부터 당신은 걷잡을 수 없
이 흔들리기 시작했던 거겠지요. 흔들림의 현기증을 견디다 못한
몸이 그렇게 먼저 비명을 지른 것이겠지요.

 하지만 그땐 난 몰랐습니다. 당신이 왜 이런 공포감을 갖게 되
었는지. 그저 유난히 예민한 신경 때문이라고 생각하고 약을 먹는
당신을 보며 안심했습니다. 실제 당신은 약을 먹고 나면 안정이
되곤 했으니까요. 사람이란 게 참 신기한 존재입니다. 정신과 마
음의 공포가 몸으로 나타나다니요. 눈에 보이는 몸과 눈에 보이지
않는 마음은 도대체 어디에서 서로 만나 이렇게 공포를 불러오기
도 하고 때론 더할 수 없는 희열을 주기도 하는 걸까요. 마음을 스
쳐 간 그 모든 것들이 몸 어딘가에 발자국이라도 남겨놓는 걸까
요. 거미줄 같은 신경 하나에도 마음이 스며들어 있다는 건가요.
도무지 알 수 없는 교접입니다. 그때 당신이 느낀, 곧 숨이 멎을
것 같은 공포는 무엇이었던가요? 혹 지금 우리가 겪고 있는 것들
은 아니었는지요?

 내가 예상한 파산이란 단지 가진 것들을 잃는 것이었습니다. 나
는 잃어버릴 것들을 하나하나 꼽아보았습니다. 집, 자동차, 집 밖

에 있는 내 방 따위들. 나는 가끔 모두가 잠든 깊은 밤 거실에 나와 앉아 집 안을 둘러보았습니다. 육 년 전, 이사를 하면서 새로한 인테리어는 아직도 말끔하고 윤기를 잃지 않았습니다. 조용한데다 호수공원도 가까워 한 십 년쯤, 아니 평생을 살아도 괜찮을 곳이라고 맘먹고 인테리어를 새로 했던 거지요. 인테리어는 단순하면서도 깔끔해 업자가 유행에 맞춰 요란하게 꾸민 집보다 한결 낫다고 주위 사람들의 찬사와 부러움을 샀던 집입니다. 가끔 새로 인테리어를 하려는 같은 아파트 사람들이나 소문을 들은 낯선 사람이 구경을 하러 오기도 했지요. 갤러리풍의 인테리어 콘셉트에 맞춰 타일 한 장, 문고리 하나까지 전부 내가 직접 고른 것들이었습니다. 인테리어 업자는 까다로운 내 요구에 맞추느라 발걸음을 몇 번씩 더 해야 했습니다. 가구 역시 마찬가지였습니다. 이태원 앤틱숍을 뒤져서 산 영국산 크리스털 식탁등이 여전히 빛을 잃지 않고 반짝이고 있었습니다. 6인용 식탁도 이태원을 이틀이나 헤맨 끝에 구한 오래된 물건이지요. 나뭇결이 살아 있는 튼튼한 목재에 오랫동안 손때가 묻은 소박하고도 묵직한 탁자입니다. 그래요, 가구나 작은 소품 하나까지, 내 까다로운 취향 탓에 그 어느 것 하나 쉽게 사거나 구한 게 없습니다. 전부 이태원, 황학동, 심지어는 경기도 광주까지 가서 몇 번씩 심사숙고해 들여온 것들이었습니다. 전화기를 올려놓고 쓰는, 투박하면서도 나무 질감이 부드러운 돈궤를 황학동의 고가구점 한 구석에서 발견했을 때는 얼마나 기뻤던지 지금도 그 순간이 생생히 떠오릅니다. 오래된 물건을 좋아한다고 사주에도 나와 있는 팔자답게, 물건들은 동서양을 막론하고 전부 오래된 것 투성이지만 어느 것 하나 튀지 않고 서로 어울리며 제자리를 차지하고 있었습니다. 나는 촛대 하나를 살 때도 그것을 발견한 기쁨에 들떴고, 가구에 숨을 불어넣기라도 하듯 제각각 의미를 부여하고 그것들이 지나온 시간과 이야기를 상상하며 쓰다듬곤 했습니다. 천장에 매달린 둥그런 쇠 장식 하나까지 내 손을 거치지 않은 것은 아무것도 없었습니다.

거실 전면엔 마란츠 앰프 세트와 오래된 보스 스피커 두 개가 놓여 있었습니다. 음악을 좋아하다 보니 어릴 적부터 오디오에 대한 관심이 컸던 난 오랫동안 인터넷 오디오 사이트를 드나들며 공부를 한 후 그것들을 어렵게 구했습니다. 앰프는 이촌동, CD플레이어는 부천, 스피커는 의정부의 낯선 동네까지 혼자 가서 싣고 온 것들이지요. 그것들을 사러 갔을 때 판매자들의 반응은 언제나 한결같았습니다. 남자가 아닌 여자인 데다, 그것도 젊지 않은 중년의 여자가 나타나면 모두들 놀란 표정을 숨기지 않았습니다. 오디오를 좋아해 그것들을 사고팔거나 조립하는, 이른바 오디오파일들은 대부분 남자들이지 나처럼 나이 든 여자는 거의 찾기 힘든 탓입니다. 앰프와 CD플레이어를 먼저 구하고 마지막으로 보스 스피커를 맞춰놓은 후 매일 아침 오디오를 켤 때마다 내가 얼마나 좋아했는지는 당신이 더 잘 알 것입니다. 여러 각도의 울림통에서 나오는 소리가 황홀했습니다.

식탁 맞은편 주방 벽에는 중국에서 건너온 작은 문짝 두 개가 나란히 걸려 있었습니다. 절에서 쓰던 것인 듯 오래된 문짝은 연꽃 모양이 섬세하게 조각돼 있는데 뒤를 보면 잇거나 덧댄 자국 하나 없이 통나무를 하나하나 파서 만든 귀한 조각품입니다. 그 역시 황학동 고물상에서 우연히 발견했을 때 얼마나 황홀했던지요. 흰 벽에 걸어놓으니 나무 조각 무늬가 더 또렷해 볼 때마다 마음 설레던 것이었습니다.

불도 켜지 않은 거실에 앉아 나는 작별 인사라도 하듯 집 안을 찬찬히 둘러보았습니다. 곧 잃어버릴 것들이라 생각하니 가슴 한쪽이 싸해졌습니다. 하나하나 눈으로 어루만지듯 둘러보았습니다. 그런데 거실에서 주방을 거쳐 베란다까지 눈으로 한 바퀴를 돌고 나니 갑자기 다른 생각이 몰려왔습니다. 무슨 물건들을 이리도 사들였을까. 그때그때, 필요에 의해 구했다고 생각했는데 50평 아파트를 가득 채우고 있는 물건들을 다 둘러보고 나자 새삼 무얼 이렇게 많이 가지고 있을까 싶었던 것입니다. 불현듯 부끄러움에 얼굴이 달아올랐습니다. 무얼 이렇게도 욕심 사납게 많이 사 모은 걸까. 명품 가방이나 고가의 옷, 시계 따위를 좋아하지 않는다는 이유로 스스로 물욕이 없다고 자부해왔던 난 문득 집 안을 채우고 있는 물건들을 보면서 이것들 역시 명품 가방이나 옷, 시계와 다를 바 없는 것이 아닌가 하는 생각이 든 것입니다. 거실 바닥에 깔린 젠 스타일의 카펫과 찻상으로 쓰던 오래된 통나무 떡판 역시 부인할 수 없는 소유욕일 뿐이란 걸 깨달았습니다. 자신의 몸을 치장하는 사치품이 아니란 이유로 나는 스스로 물욕이 없는 사람이라고 믿었던 것뿐이었습니다. 부끄러웠습니다. 욕심 사나운 내 물욕이 적나라하게 드러나는 기분이었습니다. 번쩍거리는 물건들이 아니어서 쉽게 눈치채기 힘든 내 욕심은 오히려 요란하지 않고 소박한 모습으로 위장하고 있어서 더 음험해 보였습니다. 스스로를 욕심 없는 사람이라고 믿을 만큼 내 욕망은 교묘하고 은밀하며 위선적이었던 거지요. 도대체 무얼 이렇게 사들였던 걸까. 집 안 구석구석에 들어찬 물건들을 보며 새삼 내가 너무 많이 가지고 있었다는 걸 깨달았지요. 그래서 생각했습니다. 이 기회에 다 비워내고 나면 오히려 홀가분하겠구나. 그 밤, 집 안을 둘러보며 나는 큰 깨달음이라도 얻은 사람처럼 오만해져 있었습니다.

내게 파산이란 그런 것이었습니다. 내가 가진 것들을 미련 없이 다 버리는 것. '버리고 갈 것만 남아 홀가분하다' 고 했던 한 노작가의 말씀처럼 나는 짐짓 홀가분한 표정을 짓고 있었습니다. 큰 깨달음을 얻은 선승이라도 된 기분이었습니다. 앞으로는 살아가는 데 필요한 최소한의 물건만 지니고 살리라는 결심도 했습니다. 크고 무거운 것들로 짓눌렸던 내 삶이 훨훨 가벼워지는 기분이었습니다. 가능하다면 물 좋고 공기 맑은 곳에 가서 항아리 세 개와 작은 나무 책상, 몇 개의 질그릇만 갖추고 유유자적 살아도 좋겠다는 생각도 들었습니다. 그러자 곧 닥쳐올 파산이 두렵지도 않았습니다. 지난 몇 년을 제외하곤 한 번도 풍족하게 살아본 적 없는 생에 그까짓 가난은 오히려 익숙한 것이었습니다. 본래의 내 자리로 돌아가는 것이라 생각했습니다.

날치 떼를 좀더 가까이서 보기 위해 브리지 아래 갑판으로 내려왔습니다. 하지만 배가 큰 탓에 갑판이라고 해도 바다와의 거리는 30미터도 더 되는 곳입니다. 햇살 비낀 난간에 겨우 엉덩이를 붙이고 앉습니다. 유람선이 아닌 상선은 승객을 위한 시설이 거의 없습니다. 보다 많은 짐을 싣기 위한 배니 당연합니다. 대신 혼자 있을 수 있는 호젓한 곳이 많아 나는 유람선을 탄 것보다 훨씬 더 만족합니다. 좁은 통로마저 가스와 연료 배관들이 얼기설기 얽혀 있는 배의 곳곳을 지나노라면 아무것도 치장하지 않고 바다와 배가 맨얼굴로 만나는 느낌이 듭니다. 영화에서 본 크루즈선의 화려한 치장은 눈을 씻고 찾아도 전혀 없으니까요.

덩치 큰 배가 지나갈 때마다 놀라 튀어 오르는 날치 떼는 마치 새 같습니다. 찰나에 불과하지만 허공을 날던 날개는 물속에 들어가면 다시 지느러미가 되어 깊은 바닷속을 유영합니다. 두 세상을 마음대로 오가는 날치 떼가 부럽기만 합니다. 나는 날치 떼가 튀어 오르는 바다를 정신없이 바라봅니다. 얼마나 시간이 지났는지도 알지 못할 만큼 오랫동안 바다를 쳐다보고 있노라면 어느덧 머릿속은 아무 생각 없이 텅 비워지고 무념무상의 찰나가 찾아옵니다. 들여다보던 수면의 물무늬가 어느덧 부드러운 청라(靑羅) 이불처럼 느껴집니다. 뛰어들면 부드럽고 포근하게 나를 안아줄 것만 같습니다. 바다의 깊이가 주는 두려움이나 공포도 어느새 말끔히 사라져버린 것입니다. 도무지 속을 짐작도 할 수 없는 저 물속에 들어가 3천 미터도 넘는다는 바닥까지 유영하고 싶다는 충동이 돌연 물 위의 나를 흔듭니다. 인도양, 태평양, 대서양까지 물길 따라 한없이 흐르고만 싶어집니다. 죽음을 떠올리지 않고도 바다에 뛰어들 수 있을 것만 같은, 일종의 황홀경 같은 것입니다. 그럴 때면 내 또래의 기관장이 들려준, 자신과 함께 배를 탔던 어느 갑판원의 이야기가 떠오릅니다.

　배를 탄 지 오 년차의 갑판원은 저녁을 먹고 자기 방에서 책을 읽고 있었다고 합니다. 늦은 밤 갑판으로 나간 그는 만월이 비치는 바다를 하염없이 바라보았답니다. 달빛은 마치 은빛 비단을 깔아놓은 듯 부드럽게 일렁였습니다. 몸에 감으면 어느 여인의 속살보다 더 부드러울 것 같은 비단필 같았겠지요. 갑판원은 읽던 책마저 잊은 듯 넋을 잃은 채 바다를 하염없이 바라보고 있었지요. 그날 밤, 갑판원은 끝내 자기 방으로 돌아오지 않았다고 합니다. 그의 방에는 읽던 책이 펼쳐진 그대로였고 어떤 작별의 말이나 흔적도 남아 있지 않았습니다. 그는 어디로 갔을까요? 끝내 시신도 찾지 못한 채 실종된 그의 이야기를 들으며 나는 그 실종을 충분히 이해할 수 있었습니다. 이렇게 한없이 바다를 쳐다보고 있노라면 그 갑판원의 충동을 충분히 이해할 수밖에 없으니까요. 한순간 홀린 듯 바다로 몸을 던지는 게 그리 어려운 일이 아닌 듯 보입니다. 그제야 나는 새삼 난간을 꽉 잡고 수면에서 시선을 돌려 컴퍼스로 그린 듯한 둥그런 수평선을 바라봅니다. 대양에 나와서야 지구가 둥글다는 사실을 새삼 깨달을 만큼 수평선은 내가 타고 있는 배를 가운데 두고 삐뚤어진 곳 하나 없이 둥글고 매끈한 원을 그리고 있습니다. 구름 한 점 없이 투명한 하늘과 짙푸른 바다 한가운데 오직 나 혼자만이 존재하는 것만 같습니다. 충만한 고독입니다.

닥쳐온 파산은 내 예상과 달랐습니다. 가진 것들을 잃는 거라고만 생각했던 것은 순진하기 짝이 없는 생각이었습니다. 각오했던 대로 나는 잃어버리는 것들은 기꺼이 감수했습니다. 아파트, 자동차, 나만의 공간이 생겼다고 그토록 좋아했던 오피스텔…… 오디오와 소파, 식탁 따위들. 작은 물건 하나도 시간과 이야기가 묻어 있지 않은 것이 없는 탓에 몹시 서운했지만 막상 돌아서니 미련이 싹 가시는 게 꼭 변심한 애인 같았습니다. 덩치 큰 물건들은 팔기도 했고 친지들에게 나눠 주기도 했습니다. 홀가분했습니다. 그런 자신에 은근히 자부심도 일었습니다. 바랑 하나 짊어지고 길 떠나는 순례자라도 된 기분이었습니다.

하지만 그렇게 다 버려도 남은 것이 있으리라는 건 미처 예상 못했습니다. 빚이 남았습니다. 가진 것들을 전부 팔아도 다 갚지 못한 부채가 유난히 가는 내 목을 조르기 시작했습니다. 나는 예상치 못한 상황에 당황했습니다. 내가 예상했던 파산은 단지 내가 가진 것들을 잃는 것까지였습니다. 하지만 현실은 늘 예측을 배반하듯, 난 어느새 주위 사람들에게 피해를 주는 사람이 돼 있었습니다. 그것도 가장 가까운 사람들에게 말입니다. 제일 견디기 힘든 일이었습니다. 가만히 앉아 있어도 숨이 턱턱 막히고, 머리는 터질 듯 달아오르고, 가슴이 졸아들며 식은땀이 나기 시작했습니다. 전화기를 꺼놓아도 하루 종일 벨 소리의 환청에 시달렸습니다. 당신이 앓던 공황장애가 내게도 찾아온 걸까요. 나는 매일 커튼 사이로 푸른빛이 스며들 때까지 잠을 이루지 못했습니다.

며칠째 섬 하나 보이지 않습니다. 말라카 해협의 산재한 섬들은 인도양에 이르자 흔적조차 보이지 않습니다. 어떤 날은 하루 종일 배 한 척 보이지 않는 날도 있습니다. 사방을 둘러보아도 둥그런 망망대해에 오직 이 배 한 척만이 유일한 실존인 듯 물길을 지나왔습니다. 시선에 들어오는 것은 둥그런 바다와 구름 하나 없는 하늘, 그리고 이 배가 전부입니다. 세상은 이 시퍼런 바다만이 유일한 듯싶습니다. 이 물 저쪽 어딘가에 땅 위의 삶이 있다는 게 점점 더 아득하고 실감이 나지 않습니다. 그 땅 위에 건물을 올리고, 도로를 내고, 자동차를 달려 어디론가 이동을 하며 사람들이 관계 맺고 있는 삶이라는 게 어이없도록 위태롭고 기이하게 여겨집니다. 이 바다가 조금만 몸을 비틀어도 그것들은 단숨에 산산이 부서지거나 물속에 잠겨버릴 것들이 아니던가요. 우리가 기대고 있는 것들이란 게 이토록 위태롭고 허약하다는 사실을 왜 진작 알지 못했을까요.

그를 만난 것은 우연이었습니다.

"난 쉰 살이 되면 뭐라도 하나쯤은 자신 있게 말할 수 있는 사람이 돼 있을 줄 알았어. 내가 살아보니 이러저러하더라. 큰소리칠 수 있는 게 적어도 하나쯤은 있을 줄 알았는데 환상이었어. 점점 더 아무것도 모르겠어."

　네 명의 남자들이 둘러앉은 옆 테이블은 가까운 친구들이라도 모였는지 왁자한 분위기였습니다. 술잔을 들고 자주 건배를 하다가 토론이라도 하듯 이야기를 나누더니 갑자기 취한 남자의 흔들리는 목소리가 잠시 망중한에 빠져 있던 내 귀를 파고들었습니다. 쉰 살이라는 말 때문이었는지 혹은 아무것도 모르겠다는 탄식 때문이었는지 나는 새삼 남자를 쳐다보았습니다. 어쩌면 두 가지 다였는지도 모릅니다. 순간 갑자기 내 눈에서 눈물이 흘러내리기 시작했습니다. 참으로 어처구니없는 상황이었습니다. 낯선 남자의 취중 탄식에 갑자기 눈물을 흘리다니요. 그것도 오래 독신으로 지내다 뒤늦게 결혼을 한 친구의 결혼식 피로연 자리였지요. 그런 자리라는 게 늘 그렇듯 가족, 친척뿐만 아니라 여러 종류의 지인들이 모이게 마련이지요. 나는 흘러내리는 눈물에 당황해 얼른 고개를 숙였지만 이미 터진 울음을 막기엔 늦어버렸지요. 코끝이 시큰해지면서 터진 둑처럼 눈물이 흘러내렸습니다. 옆에 앉은 친구 K가 호프집 상호가 찍힌 냅킨을 건네주었습니다. 그 바람에 대각선으로 맞은편에 앉아 있던, 쉰 살이 되었다는 남자가 나를 흘깃 쳐다보았습니다. 난감한 표정이었습니다. 나는 따라 일어서려는 K를 화장실에 간다며 겨우 앉혀놓고 슬머시 자리를 빠져나왔습니다. 호프집 앞 은행잎이 사거리에서 몰려온 바람에 우수수 떨어져 내렸습니다. 뒤늦게 떨어진 은행 한 알이 발끝에 밟혀 짓뭉개졌습니다.

"어디 가서 술 한잔 더 하실래요?"

난데없는 남자의 목소리가 들려왔습니다. 쉰 살이 되었다는 남자였습니다.

"아무래도 그러는 게 좋겠죠?"

담뱃불을 붙인 남자가 대답 없는 나를 보며 허전하게 웃었습니다. 나도 그제야 웃음이 나왔습니다. 낯선 남자를 난감하게 만들었다는 미안함 때문이었습니다.

그때부터였습니다. 남자와 나는 한 달에 두 번쯤 만나 술을 나눠 마시는 사이가 되었습니다. 동갑내기라는 연대감은 만난 첫날 이미 허물없는 친구가 되기에 충분했습니다. 이젠 돌이킬 수 없이 늙어가기 시작하는 지점에서 내뱉은 그의 탄식은 파산과 함께 폐경기를 맞은 나의 탄식이기도 했으니 숨기고 감추고 할 것도 없이 서로를 다 드러내고도 부끄럽지 않았습니다. 누구든 아는 척만 해주면 그간 쌓인 것들이 툭 터질 듯 위태로웠던 나는 그를 만나 나누는 술잔이 더할 수 없는 위로였습니다.

며칠째 내리쬐는 태양열이 쇳덩이로 만든 배를 뜨겁게 달구고 있습니다. 홍콩을 떠나 적도 근처의 싱가포르를 거쳐 인도양까지, 태양은 내내 배를 따라 이동이라도 하듯 뜨겁기만 합니다. 바로 머리 위로 벌건 불덩이가 떠 있는 것 같습니다. 엑스레이 광선보다 더 강력한 햇빛이 온몸을 실핏줄까지 투명하게 비춰낼 것만 같습니다. 들고 있는 얇은 양산이 막아낼 수 있는 것은 아무것도 없어 보입니다. 앉아 있던 오른쪽 갑판으로 해가 기울어 선수(船首)로 자리를 옮겼습니다. 넓은 선수에도 어김없이 햇빛이 쏟아지고 있습니다. 마스트 아래쪽에 겨우 좁은 그늘을 찾아냅니다. 기관실에서 멀리 떨어진 선수는 배에서 가장 조용한 곳입니다. 물 가르는 소리만 들리는 게 산사에라도 온 듯 적막하기만 합니다. 벌겋게 녹이 슨 닻이 거대한 체인에 감겨 있습니다. 흔들림이 클수록 더 무거운 닻이 필요한 법이겠지요.

남자를 바라보는 내 시선이 자주 흔들렸습니다. 그가 고개를 숙인 채 익숙한 솜씨로 맥주와 소주를 8:1로 섞을 때, 3분의 1쯤 번진 흰 머리카락을 쓸어 올린 손으로 턱을 괴고 내 눈을 쳐다볼 때, 노릇노릇하게 구운 고기를 접시 앞에 놓아줄 때, 미처 상환하지 못한 카드회사의 전화를 세 통이나 받고 지친 끝에 그에게 전화를 해 만났을 때마다 나는 그에게로 쓰러질 듯 기우는 몸의 각도를 바로잡느라 허리부터 어깨까지 온통 뻣뻣해졌습니다. 그를 만나고 돌아오는 길엔 굳은 목 뒷덜미를 몇 번씩이나 주물러야 했습니다. 자꾸만 기우는 내 몸이 두려웠습니다.

쉰 살이 된 여자의 몸과 마음은 불안정하기 짝이 없습니다. 중력의 억센 힘에 저항력을 잃은 몸은 이미 아래로 흘러내리기 시작했습니다. 가슴은 중심선이 15도쯤 처졌고 허리는 발효된 밀가루 반죽처럼 부풀며 엉덩이는 선이 흐트러지고 허벅지도 가늘어지기 시작합니다. 아무리 몸에 힘을 준 채 거울 앞에 서서 어떤 각도로 틀어보아도 만족할 만한 곳은 한 군데도 없습니다. 활시위처럼 팽팽하고 매끈했던 선들이 풀린 줄처럼 늘어져 있습니다. 곧 다가올 폐경이 지나면 걷잡을 수 없이 허물어질 선들입니다. 불규칙해진 생리 주기에 따라 마음도 롤러코스터를 탄 듯 요동을 칩니다. 물 빠진 개펄 너머로 사라진 줄 알았던 욕망은 햇살 밝은 어느 오후에 느닷없이 해일처럼 몰려와 썰물 진 몸속에서 찰랑거리기도 합니다. 끓어넘치지도 않고 쉽게 사라지지도 않는 그 끈질긴 욕망은 당황스러우면서도 무참하기 짝이 없습니다.

그럴 때마다 어김없이 남자가 떠오르곤 합니다. 막다른 골목에 숨어 있던 바람처럼 불쑥 튀어나오던 떨림. 다섯 번째 만났던 날이었습니다. 작은 셋집으로 이사를 마친 후 아무리 줄여도 넘쳐나는 물건들을 일주일 내내 겨우 정리해 집 꼴을 갖춘 어느 날 미친 듯 버스를 타고 나가 남자를 만난 나는 그날따라 빠르게 취했습니다. 1차에서 이미 취한 나를 남자가 부축해 찻집으로 가던 중이었지요. 남자가 조심스럽게 팔을 얹어 내 어깨를 감싸 안았습니다. 한쪽 손은 내 왼팔을 잡고 있었지요. 그의 팔이 얹힌 어깨가 두꺼운 목화솜 이불이라도 덮은 듯 따뜻했습니다. 역시 쉰 살이 된 그의 흐트러진 가슴근육이 내 옆구리에 닿았습니다. 순간 울컥했습니다. 그의 팔이 얹힌 내 어깨와 그의 가슴이 닿은 내 옆구리로부터 심장까지 전해지던 그 생생한 떨림에 울컥 무언가 터져 나올 것만 같았습니다. 나는 갑자기 바닥에 주저앉았습니다. 그렇게 그의 팔과 가슴으로부터 떨어져 나왔습니다. 낯설고도 생생한 떨림이었습니다. 도무지 믿을 수 없었습니다. 내 안에 이런 떨림이 남아 있었다니요. 이미 다 사라졌다고 믿었던 몸의 감각들이 도대체 어디서 몰려온 건지 당황스러웠습니다. 굳은 껍질을 뚫고 일제히 솟아난 새순들이 봄바람에 온몸을 흔드는 것 같았습니다. 나는 몸을 흔드는 그것들을 가라앉히느라 한참 동안 온몸을 감싼 채 주저앉아 있었습니다. 간절히 그에게 안기고 싶었습니다. 아니 그를 안고 싶었습니다. 몸의 솜털들이 일제히 일어나는 것만 같았습니다.

서쪽을 향해 가는 배의 선수 맞은편으로 해가 지기 시작합니다. 터질 듯한 붉은 알이 수평선을 향해 조금씩 내려가고 있습니다. 오늘은 어쩌면 바닷속으로 지는 해를 끝까지 볼 수 있을지도 모릅니다. 대양에 나왔으므로 늘 수평선 너머로 해가 떨어질 줄 알았던 기대는 쉽게 이루어지지 않았습니다. 종일 쾌청한 날도 해가 질 때면 어디서 나타나는지 엷은 해무나 구름이 슬며시 해를 가리기 일쑤였습니다. 어떤 날은 거의 수평선 가까이 내려온 해를 누군가 재빨리 훔쳐 가기라도 하듯 붉은 해가 순식간에 사라지기도 했습니다. 오늘은 잘 익은 홍시가 우물에 빠지듯 저 붉은 해가 바다로 빠질 것만 같습니다. 노랗게 변하던 하늘이 붉어지기 시작합니다. 아련하고도 투명하게 붉은색입니다. 문득 지난해 봄에 보았던 꽃 진 자리가 떠오릅니다.

마흔아홉의 동갑내기 친구 셋이서 봄꽃을 보러 나섰습니다. 남해에서 하루를 자고 다음 날 저물 무렵에 쌍계사 계곡에 도착했지요. 남해에는 반쯤 남아 있던 벚꽃이 지리산 자락엔 거의 다 진 상태였습니다. 지난밤 비바람 탓에 남은 꽃들이 거의 져버린 모양이었습니다. 바닥에 눈처럼 떨어진 꽃잎들이 차바퀴 바람에 하르르 날리며 흩어졌습니다. 한발 늦은 것이었지요. 오래 벼르던 쌍계사 십 리 벚꽃길이라 몹시 아쉬웠습니다. 그나마 다행인 것은 꽃이 진 탓에 사람이 없었습니다. 우리는 한가한 길가에 차를 세우고 일제강점기에 심었다는 벚꽃 터널을 걷기로 했습니다. 아직 매달려 있는 꽃잎도 간간이 남아 있었고 무엇보다 꽃을 피우느라 땅속 물을 온몸 가득 끌어올린 오래된 고목의 나무둥치가 저물녘 어스름에 더 검게 변해 엄숙해 보이기까지 했습니다. 2차선 도로 양쪽의 나뭇가지들이 서로 마주 서서 어깨를 껴안고 터널을 이룬 길도 장관이었습니다. 우리는 천천히 발길을 옮겼습니다. 계곡물 소리가 교교했습니다. 그때였습니다. 서둘러 지는 산골의 저녁 햇살이 벚꽃가지들 사이로 인색한 잔광을 비추었습니다. 순간 꽃잎이 거의 떨어져버린 꽃술들이 눈에 들어왔습니다. 화려한 옷을 벗은 나신의 붉은 꽃술들이 사양을 받아 요요히 드러났습니다. 그제야 눈을 크게 뜨고 나무들을 살피니 꽃 진 자리에서 더 요염하고 아련하게 타오르는 붉은 꽃술들이 긴 터널을 이루고 있었습니다. 아련하게 붉은 터널이었습니다. 가슴속에서 무언가가 출렁, 흔들렸습니다. 어쩌면 이걸 보기 위해 한발 늦게 온 건지도 모른다는 생각이 들었습니다. 누군가 마흔아홉의 여자 셋을 위해 일부러 마련한 꽃 잔치처럼 꽃술들은 꼭 우리 나이의 여자들 같았습니다. 이미 꽃잎은 다 떨어졌으나 아직도 붉은 몸으로 타오르는 저 꽃술들의 고요한 군무. 어지러웠습니다.

드디어 해가 수평선 너머로 사라졌습니다. 마지막 붉은 점까지 수면 아래로 알뜰히 지고 말았습니다. 곧 하늘이 어두워질 것입니다. 물로 씻은 듯 맑은 별들이 하나둘 보이기 시작하겠지요. 그곳의 밤하늘에선 찾아볼 수 없는 남십자성도 보일 것입니다. 당신이 있는 그곳으로부터 여긴 얼마나 먼 곳일까요?

가능한 한 멀리 가고 싶었습니다. 당신의 파산으로부터 도망치고 싶었습니다. 무력한 나를 덮치자마자 순식간에 황폐한 사막을 만들어버리는 그 냉엄하고도 무자비한 손길로부터 도망가고 싶었습니다. 어디든, 거기가 아닌 곳이라면 어디로든 멀리멀리 달아나고 싶었습니다.

남자에게는 전화조차 하지 않고 떠나왔습니다. 지금쯤은 내가 그 땅에 부재중이란 사실을 그가 알기는 했을까요? 어쩌다 특별할 것도 없는 안부 문자를 보내오는 그는 부재중인 내게 몇 번이나 문자를 보냈을까요? 처음 만나 술을 마신 다음 날 집에 잘 들어갔는지 물어온 그의 문자가 지금도 내 휴대폰의 저장함에 들어 있습니다. 아니 그동안 그가 보내온 모든 문자가 영구 저장함에 들어 있습니다. 저장해놓은 그 문자들을 나는 숨이 막히거나 무릎이 꺾이려 할 때마다 하나씩 들여다보곤 합니다. 내게 친구 이상의 어떤 사적 감정도 없는 그는 문자를 보낼 때마다 늘 검열이라도 거친 듯 단정한 말투로 안부를 물어오는 게 전부입니다. 명절이라도 되면 몇몇 지인들에게 함께 보낸 듯한 문자도 들어 있습니다. 입력된 그의 이름 석 자가 아니라면 전자상가나 보험회사에서 온 문자라고 착각할지도 모릅니다. 내가 하지 않으면 먼저 안부를 물어오는 일도 드문 그는 어쩌면 아직도 내가 그 땅에 부재한다는 사실조차 모르고 있을지 모릅니다. 배를 타기 전 홍콩에서 하룻밤을 지내며 나는 그에게 전화하고 싶은 마음을 다독이느라 온몸이 뻣뻣해졌습니다. 설혹 통화가 된다 해도 평소와 다를 것 없는 목소리로 안부를 물어올 그의 무심함이 두려웠는지도 모릅니다. 나는 끝내 전화를 하지 않은 채 배에 올랐습니다. 위급한 상황이 아닌 한 전화는커녕 이메일도 어려운 이곳에서 나는 인도양을 지나고 대서양을 거쳐 네덜란드 암스테르담에 도착할 때까지 남은 열흘을 버텨낼 것입니다.

　문득 섬 하나 보이지 않는 망망한 이 물길을 가르며 25노트의 속도로 항진하는 배가 지나고 있는 지점이 참을 수 없이 궁금해집니다. 내가 있는 여기는 도대체 어디일까요, 나는 그곳으로부터 얼마나 멀리 온 것일까요?

능소
화

지루한 장마가 한 달째 계속되고 있었다. 중국 대륙에서 형성된 저기압 기단이 서해를 사이에 두고 한반도와 중국을 오락가락하고 있다고 했다. 큰 산으로 둘러싸인 데다 바다가 멀지 않은 남쪽 도시 J시는 올여름따라 유난히 비가 잦고 습도가 높아 도시 전체가 습지라도 된 것 같았다.

경주는 갑자기 생각이라도 난 듯 치약을 찾았다. 그리곤 끈적이는 흰 목에 걸린 목걸이를 풀어 치약을 묻힌 화장솜으로 닦기 시작했다. 장마철의 습기 때문인지 신주로 만든 펜던트는 유난히 윤기가 죽어 보였다. 경주는 화장솜에 묻은 치약을 펜던트 표면 앞뒤로 바른 뒤 새 화장솜 하나를 꺼내 다시 정성껏 닦았다. 화아, 입김까지 불어 닦고 나니 검은 빗살무늬가 새겨진 노란 펜던트는 얼룩 하나 없이 반짝반짝 윤이 났다. 경주는 펜던트에 14K 줄을 끼워 목에 걸었다. 손가락 한 마디 길이의 노란 펜던트 목걸이가 목에서 빛났다. 경주는 그제야 안심한 듯한 표정으로 거울을 보았다. 오늘도 빛나는 경주의 부적, 경주는 이 부적을 하루도 거르지 않고 매일 닦았다.

"나중에 내가 돈 벌면 그땐 이런 가짜가 아니라 진짜 금으로 해줄게."

그날 명수는 손바닥만 한 작은 물방울무늬 종이봉투를 쭈뼛거리며 내밀었다. 가느다란 14K 줄에 이 신주 펜던트가 매달린 목걸이였다. 그날 이후 목걸이는 경주의 부적이 되었고 경주는 그것을 매일 치약으로 닦기 시작했다. 부적이 윤기를 잃으면 뭔가 불길한 일이 일어날 것만 같은 생각이 들었다.

카페 볼가는 아직 이른 시각이라 그런지 손님이 하나도 없었다. 경주는 푸른 담쟁이 사이로 능소화가 붉게 핀 창가 자리에 앉았다. 햇살에 환히 드러난 능소화가 눈부셨다. 유난히 짙은 진홍빛의 꽃이 너무 화려해서 오히려 외로워 보이는 꽃이다.

"옛날에 임금에게 하룻밤 안긴 궁녀가 다시 오지 않는 님을 기다리며 담장을 서성대다 죽어 그 밑에 묻혔는데 그 여자의 정한이 저렇게 붉게 피는 거래. 행여 올 님의 발자국 소리에 귀 기울이느라 꽃이 나팔처럼 둥글어지고 님이 오시는지 보느라 담을 타고 위로 오르는 거라고."

이 카페에 처음 왔던 날 진이가 말해주었다. 그날 이후 경주는 능소화만 보면 마음이 아렸다. 빨간색을 칠한 한옥의 창문 프레임으로 보이는 바깥 풍경이 갑자기 난 햇살 때문인지 사진 속 장면처럼 정지된 듯 보였다. 그 정지된 화면을 깨트리며 멀리서 진이가 걸어오고 있었다. 약속 시간이 삼십 분이나 지났지만 서두르는 기색도 없다.

좀처럼 입지 않는 치마 탓인지 진이의 걷는 모습이 부자연스러웠다. 무릎이 언뜻언뜻 드러나는 보라색 시폰 치마가 햇살에 비쳐 더 하늘하늘해 보였다. 언제 저런 옷을 산 것일까, 늘 청바지에 운동화만 신고 다니던 진이의 여성스러운 옷차림이 눈에 설었다. 진이는 한 발을 떼고 다시 반대편 발을 떼다가 말고 갑자기 박자를 잃은 아이처럼 한참을 서 있더니 느리게 또 같은 발을 뗐다. 큰 키에 유난히 가는 발목이 위태로워 보였다. 그 발목으로 진이가 경주를 향해 다가오고 있었다. 경주는 의자에 파묻혀 있던 자세를 고쳐 앉았다.

진이가 문을 열고 들어와 갑자기 어두워진 실내를 더듬어 경주가 앉은 자리로 다가왔다. 꼭 다문 입술로 경주를 향해 만들어 보이는 진이의 미소가 끝내 일그러졌다.

"갑자기 해는 나고 지랄……."

의자에 앉으며 나지막이 내뱉는 진이의 목소리가 건기의 대지처럼 갈라졌다. 밤새 잠을 제대로 못 잤는지 눈도 충혈돼 있었다. 경주는 창밖을 바라보았다. 어두운 실내와 바깥의 햇살이 확연히 구분되는 게 마치 세상이 둘로 나눠진 기분이 들었다.

"비 오면 좋을 텐데……."

경주 역시 오늘만큼은 장마철 반짝 난 해가 반갑지 않았다. 진이는 앉자마자 탁자 위에 놓인 경주의 담뱃갑으로 손을 뻗었다. 무심코 꺼내 하나를 입에 물다 황급히 담배를 빼 탁자 위에 놓았다.

"제기랄."

진이가 담배를 부러뜨리며 중얼거렸다. 경주는 슬며시 담뱃갑과 라이터를 가방에 넣었다. 어쩌다 술 마실 때 한 대씩 피우는 담배가 요즘 부쩍 늘었다.

"여기 대추차 좋잖아, 우리 그거 마시자. 몸살기가 있는지 대추차 생각난다."

경주는 언젠가 감기에 걸렸을 때 이 카페에서 마셨던, 직접 끓인 진한 대추차를 떠올리며 서둘러 메뉴판을 진이 앞으로 내밀었다. 사실은 아까부터 진한 커피를 마시고 싶었다. 미리 주문해 마실걸, 후회가 될 정도로 커피 생각이 간절했다.

"저희 대추차 둘 주세요."

경주는 멍하니 메뉴판만 바라보고 있는 진이를 무시하고 대추차를 주문했다. 하는 수 없다는 듯 진이가 메뉴판을 덮었다.

"괜찮지?"

경주는 가능한 한 무심한 표정과 심상한 말투로 표 나지 않게 진이를 살폈다.

"너무 애쓰지 마라. 괜찮아."

진이가 쓴웃음을 지었다. 보름새 얼굴이 드러나게 상해 있었다.

"나, 임신했어."

보름 전, 진이의 집에서 와인을 마시던 그녀가 말했다. 할인마트에서 사 온 칠레산 레드와인을 둘이서 한 잔씩 마신 다음이었다. 만 이천 원짜리를 팔천 원에 판다고 자꾸 권하는 바람에 산 것이었다. 텁텁하고 떫은 맛이 혀 깊숙이 진하게 배어들었다. 임신이라니. 순간 경주는 입에 막 넣으려던 슬라이스 치즈를 바닥에 떨어뜨렸다.

"두 달 지났대. 어제 병원 갔다 왔어."

발갛게 물이 배어들던 경주의 머릿속이 순식간에 정지되었다. 들고 있던 잔을 내려놓을 생각도 못하고 멍하니 진이를 쳐다보았다. 그제야 경주는 진이의 유난히 흰 얼굴에 살비듬 같은 각질이 언뜻언뜻 보이고 턱이 뾰족한 게 한층 여위어 있다는 걸 깨달았다.

"나랑 병원 같이 가줘."

진이가 꺼져가는 목소리를 겨우 붙들기라도 하듯 위태로운 눈길로 경주를 마주 보며 말했다. 경주는 와인 잔을 든 채 진이의 입만 바라보고 있었다. 진이의 입에서 나오는 말들이 해독 불능의 암호처럼 들려왔다. 경주는 더 이상 해독할 수 없는 언어를 피해 빈 와인 잔을 채우려 병을 들었다. 그때였다. 대리석처럼 단단한 진이의 얼굴로 느닷없는 눈물이 흘러내렸다. 방울져 있다 흐르는 눈물이 진주알이라도 굴러떨어지는 것 같았다. 놀라웠다. 진이를 알게 된 이후 단 한 번도 그녀가 우는 모습을 본 적이 없다. 고인 물같이 갑갑한 이 도시를 벗어날 유일한 방법인 서울의 4년제 대학 사진학과에 떨어졌을 때도 진이는 울지 않았다. 아니 중학교 2학년 때 간암으로 갑자기 죽은 엄마 이야기를 할 때도 진이는 그저, "사람이 그렇게 갑자기 사라지기도 하더라"면서 쓴웃음만 지었다. 이야기를 듣던 경주만 한참을 훌쩍거리다 "독한 년" 하고 중얼거렸다.

경주는 와인 잔을 상 위에 놓고 일어섰다. 더 이상 그녀를 보고 있을 수 없었다. 어서 집에 가고 싶었다. 아니 집이 아니라도 어디든, 진이의 집만 아니라면 어디든 괜찮았다. 어서 그 자리를 피하고만 싶었다. 경주는 갑자기 가방을 들고 허둥대며 현관을 향해 몸을 돌렸다. 진이는 눈물을 닦을 생각도 하지 않은 채 꼼짝없이 앉아 있었다. 어쩌면 자신이 울고 있다는 사실조차 모르고 있는 것처럼 보였다. 다시 신음 같은 소리가 새 나왔다.

"아무리 생각해도 부탁할 사람이…… 너밖에 없어."

진이가 도망치려는 경주의 발목에 족쇄라도 채우듯 말했다.

"나, 임신했어."

하필이면 그때 맞은편에서 막 걸음마를 떼기 시작한 아이가 오고 있었다. 엄마 손을 뿌리치고 뒤뚱거리며 뛰어왔다. 바람을 팽팽하게 넣은 고무공이 튀는 것 같았다. 경주의 말은 어쩌면 그 아이를 보며 무심코 튀어나온 것이었는지도 모른다. 시장통 입구였다. 학교 앞에 있는 명수의 방에 나란히 누워 책을 보다가 갑자기 떡볶이가 너무 먹고 싶어서 그의 손을 끌고 근처 떡볶이집에 가던 길이었다. 며칠째 밥을 제대로 먹지 못하고 속만 메슥거렸다.

"무슨 말이야?"

명수가 자동차의 급브레이크라도 잡듯 멈춰 섰다.

"도대체 무슨 말을 하고 있는 거야?"

명수는 한눈팔며 걷는 아이를 칠 뻔한 사람처럼 소리쳤다. 호통에 가까웠다.

"아기가 생겼다고."

경주는 절대로 차선을 침범한 적이 없는 아이처럼 그의 두 눈을 똑바로 마주 보며 말했다. 아이가 생겼다고. 명수가 갑자기 손을 빼는 바람에 그의 외투 호주머니 속에서 꼭 잡고 있던 경주의 손이 찬 겨울바람에 노출돼 덜렁거렸다. 경주는 성난 그의 호통보다 갑자기 빼내진 손을 어디에 둬야 할지 몰라 당황했다.

그날 경주는 혼자서 떡볶이를 먹었다. 명수가 곧바로 뒤돌아 그의 방으로 가버린 후에도, 아니 찬바람 속에 시린 손이 혼자 남겨진 후에도 경주의 속에선 맹렬한 식욕이 사라지지 않았다. 경주는 그 길로 혼자 떡볶이집 문을 열고 들어가 떡볶이 3인분을 모두 먹어치웠다. 걷잡을 수 없는 허기였다. 고추장 뒤범벅인 마지막 남은 떡살을 포크로 찍어 들고 입에 넣으려는 순간 경주의 눈에서 갑자기 눈물이 삐져나왔다. 염치도 모르는 허기가 무참했다.

떡볶이를 다 먹고 어묵 국물까지 모두 마신 경주가 천천히 걸어 명수의 옥탑방에 다시 갔을 때 그는 이미 온몸이 떡볶이보다 더 벌게져 있었다. 소주를 병째 들이부은 듯 안주도 없는 상 위에 빈 병만 덩그러니 놓여 있었다. 갑자기 소주 냄새를 맡은 경주는 화장실로 달려가 구역질을 하기 시작했다. 떡볶이가 단숨에 식도를 되짚어 올라왔다. 예측할 수 없는 몸의 변화가 당황스럽기만 했다.

"이런 일이 생길 거라곤…… 정말 생각 못했어."

명수가 취하지도 못한 목소리로 중얼거렸다.

"미안해. 네가 안 보여. 내 앞에 벌어진 일만 보여."

명수는 정말 경주를 보지 않았다. 붉은 얼굴을 웅크린 몸 안에 말아 넣고 그는 경주를 쳐다보지 않았다. 경주의 몸속에서 어떤 일들이 일어나고 있는지조차 묻지 않았다. 자기 안의 두려움만 응시한 채 방 안에 빈 나무처럼 우두커니 서 있는 경주를 보지 않았다. 주머니에서 손이 내쳐졌을 때보다 더 시린 한기가 몰려왔다.

진이는 대추차를 달게 마셨다. 사발만 한 큰 잔에 담긴, 탕약처럼 진한 찻물을 다 마시고 채 썬 대추까지 티스푼으로 말끔히 건져 먹었다. 쨍쨍히 해가 난 여름날 먹기엔 아무래도 적당한 음료가 아니었다. 경주 앞의 대추차는 반쯤 마시다 그만둔 채로 식어 가고 있었다. 경주는 냉수를 두 잔째 마셨다. 커피 생각이 더 간절했지만 끝내 입 밖에 내지 않았다.

"우습지? 곧 수술하러 갈 거면서 대추차는 왜 마시는 건지……."

진이가 끝내 모른 척하지 못하고 한마디 내뱉었다. 진이는 늘 그런 식이다. 그냥 말없이 넘어가도 좋을 일을 이렇게 입 밖으로 내뱉어야 직성이 풀리는 건 진이의 결벽증이었다.

"혼자 가보려고 했는데 무서웠어. 혹시 안 깨어나면 어쩌나 싶어…… 엄마도 나랑 둘이 있을 때 혼수가 와서 영영 깨어나지 않았거든."

말을 마친 진이가 입을 꼭 다물면서 시선을 창밖으로 돌렸다. 야무진 입매가 조개껍질처럼 단단히 닫혀 있었다. 얼마나 어렵게 뗀 입인지 굳게 다문 입술이 말해주는 것 같았다.

"그래도 죽는 건 무서운가 봐."

진이가 입술을 비틀며 싸늘히 중얼거렸다. 경주는 환한 햇살 아래서 혼자 알몸으로 피 흘리고 있는 진이를 보는 기분이었다. 누구 하나 손 내밀어 엄살 부릴 사람도 없이 홀로 서서 날카로운 쇠붙이로 연한 제 살을 찔러대는 것만 같았다.

"그만해."

그런 진이를 보다 못한 경주가 겨우 한마디 했다. 상처 입은 짐승이 제 손으로 상처를 덧내고 있었다. 경주는 만개한 능소화로 고개를 돌렸다. 햇살에 비친 꽃잎이 레이스 속옷처럼 투명하게 비쳤다. 손톱만 살짝 갖다 대도 상처 자국이 선명히 새겨질 것 같은 연한 꽃잎 속으로 노란 줄기들이 환히 보였다. 저 연한 꽃잎 속에 치명적인 독이 숨어 있다던가. 꽃가루가 눈에 묻으면 눈이 상하고, 향기를 많이 맡으면 뇌의 신경세포가 파괴된다는 말도 있었다. 아름다운 것들은 치명적인 독을 숨기고 있었다. 아니 어쩌면 그 독 때문에 능소화가 더 아름다운 건지도 모른다.

"네 앞에서 엄살이라니…… 가자."

진이가 든 쇠붙이는 끝내 경주의 연한 살마저 찔렀다. 어쩌면 이걸 기다리고 있었던 걸까. 경주는 자기 몸을 찌르며 피 흘리고 있는 것은 진이뿐만 아니라 자신 역시 마찬가지라는 생각이 문득 들었다. 경주 역시 자기 살을 찌르며 상처를 덧내고 있었다.

몇 달 전이었다. 그날도 점심때부터 만난 진이와 함께 시립미술관에서 열리는 사진 전시회를 본 후 지쳐 커피 전문점에 앉아 있었다. 경주가 좋아하는, 피오나 애플이 부르는 〈across the universe〉가 흘러나오고 있었다. 원곡인 비틀즈에 비해 나른한 여자 목소리가 우주를 가로지르는 일이란 어쩌면 산책 같은 것일지도 모른다는 생각이 들게 했다.

하필 왜 그때 그 감촉이 떠올랐던 걸까. 경주는 문득 처음으로 남자의 입술이 자신의 입술에 와 닿던 그 순간을 떠올리고 있었다. 몸의 긴장이 풀리며 경주는 손가락 끝으로 아랫입술을 만지작거리다가 무의식적으로 첫 키스의 기억을 더듬고 있었다. 몸의 세포 하나하나가 모두 일어나 바람꽃처럼 떨리며 곧 다가올 무언가를 기다리던 그 순간의 팽팽한 긴장과 설렘이 새삼스레 나른한 몸을 파고들었다.

서울행 밤기차 안이었다. 밤이 깊어가면서 제각기 떠들던 기차 안 사람들도 하나둘 잠이 들기 시작하고 마침내 어둠 속을 달리는 기차의 바퀴 소리만이 심장 소리처럼 규칙적으로 들려올 때 명수는 자신의 어깨에 기댄 경주의 머리를 조금씩 눕히기 시작했다. 그의 손길이 너무 조심스러워 경주는 내처 자는 척하지 않을 수 없었고 마침내 경주를 제 무릎에 눕힌 명수가 조금씩 어깨를 숙여 왔다. 떨리는 그의 심장박동 소리가 증폭기라도 댄 듯 생생하게 전해졌다. 마침내 문풍지처럼 떨며 그의 입술이 경주의 입술에 닿았을 때, 밤새 어둠 속을 달려온 기차 차창으로 장막이 걷히고 있는 푸르스름한 도시의 허공이 보였다.

"한강이 보여."

명수가 안개라도 낀 음성으로 나직이 속삭였다. 입술이 까칠했다.

"넌 키스할 때 기분이 어땠어?"

혼자 회상에 빠져들었던 경주는 난데없이 진이에게 그렇게 물었다. 갑자기 지리산 골짜기에 있다는 시골집에 간다며 일주일째 연락이 없는 명수의 전화를 기다리다 지쳐 경주는 진이를 만난 참이었다. 아프다며 나오지 않으려는 진이를 찾아가 투정 같은 푸념을 늘어놓다가 차라리 밖으로 나가자는 진이를 따라 영화를 본 후 크지 않은 도심을 두 바퀴쯤 돈 후였다. 아마도 연락이 없는 명수에 대한 서운함과 불안감이 난데없이 진이에게 자랑을 늘어놓고 싶게 만든 건지도 몰랐다. 경주는 진이에게 명수와 나눈 첫 키스를 영화의 한 장면처럼 생생하게 묘사하며 얘기했다. 진이에게 말하다 보니 그때의 떨림이 다시 몸속으로 파고드는 기분이었다.

"키스 안 좋아하니? 난 섹스보다 키스가 더 좋더라."

"키스?"

진이가 마른 찰흙처럼 굳은 얼굴로 되물었다. 진이는 결국 이 도시의 유일한 전문대 사진학과에 들어간 첫해 같은 과 동기와 좀 싱거운 연애를 한 경험이 있었다.

"해봤을 거 아냐."

진이는 그 남자 동기와 늘 함께 출사를 나가 시내의 남쪽에 있는 한옥마을을 누비는 걸로 데이트를 대신한다고 툴툴거렸다. 아무래도 자기보다는 사진에 더 미쳐 있는 것 같다며, 진이는 한 학기 동안만 사귀고 난 후 곧 과 친구로 돌아갔다. 남자친구라는 과목을 한 학기 동안 수강한 것 같다며, 학점은 재수강이라고 웃었었다.

"너무…… 두려웠어."

진이는 두려움이라고 했다. 경주의 상투적인 수식과 초코 아이스크림 같은 묘사가 무색하리만치 굳은 얼굴로 진이는 두려웠다고 했다. 진이의 입이 다시 굳게 잠겼다. 진이의 뜻밖의 대답에 경주는 당황했다. 진이의 목소리에는 남자와 첫 키스를 하는 소녀의 떨림에서 오는 두려움이 아닌, 뭔가 어둡고도 비밀스러운 분위기가 묻어났던 것이다. 불현듯 경주는 투정과 푸념을 가장한 자신의 자랑이 유치하고 부끄러워졌다. 그 부끄러움 탓인지 혹은 진이에게서 전해지던 뭔지 모를 두려움 탓인지 경주는 진이에게 더 이상 아무것도 묻지 못했다.

병원은 한산한 간선도로 가에 있었다. 간판에 여의사라고 써놓은 것이 호객행위처럼 불순해 보였다. 진이가 사는 동네와는 정반대편인 동쪽 끝 신도시 주택가였다. 낯선 동네에서 병원을 찾아 혼자 헤맸을 진이의 가는 발목이 떠올랐다. 버스를 타고 무작정 반대편 동네로 와서 눈 선 길을 걷다가 눈에 띄는 산부인과 간판을 홀로 바라보며 멈춰 선 발길의 흔들림이 경주의 몸에 고스란히 전해지는 기분이었다.

"절대로, 누구한테도 말하지 마."

진이가 병원이 보이는 횡단보도 앞에 멈춰 서서 다시 한 번 다짐받듯 말했다. 비장한 얼굴이 마치 유언이라도 남기는 것 같았다.

"그럼 나한테도 끝까지 말하지 말았어야지."

비장하기 짝이 없는 진이의 말이 경주를 자극한 걸까, 대답이 화살처럼 튀어나갔다. 미처 생각할 겨를도 없이 먼저 화살이 튀어나간 것이다. 경주는 후회했지만 주워 담을 수도 없었다. 다시는 생각조차 하고 싶지 않은 장소로 자신을 데려온 진이에게 화가 난 것인지도 몰랐다.

"너무 서러울 것 같아서…… 한 존재가 이 세상에 왔다 가는 걸 아무도 모른 채 지나간다면 너무 서러울 거 같았어. 누군가 한 사람이라도 그걸 알아준다면 넋이라도 위로가 될까 싶어서……."

진이의 눈이 바람 부는 호수처럼 흔들렸다. 곧 넘칠 듯 위태로웠다.

"그게 왜 하필 나니?"

흔들리던 호수는 결국 경주의 눈에서 넘쳐버렸다.

"너한테 말 안 하고 지나가려고 했어. 그래, 죽어도 너한테만은 안 하려고 했지. 그런데 어쩔 수 없었어. 같이 있어줬으면 싶은 사람이 아무리 생각해도 너밖에 없었어. 너만 옆에 있어주면 돼."

진이가 흔들리던 눈길을 거두고 다부지게 다시 입술을 다물었다.

"잔인하다."

경주는 산부인과 간판을 바라보았다. 어쩌다가 진이와 함께 다시 저 낯익은 산부인과 병원 앞에 서 있는 것인지, 상처 난 무릎으로 다시 넘어져 전의 상처까지도 파여 피가 흐르는 것 같았다.

"알아."

진이가 경주의 무릎을 들여다보고 있기라도 하듯 대답했다. 정말 진이는 알까. 자신이 어떤 존재인지, 진이는 알까. 경주는 갑자기 진이를 처음 만났던 때가 떠올랐다. 어색한 분위기가 미처 깨지지 못한 고등학교 1학년 새 학기 교실이었다. 이어폰을 낀 채 점심을 먹다가 옆자리에 앉은 진이와 장난삼아 이어폰을 바꿔 꽂았다.

하고픈 일도 없는데

되고픈 것도 없는데

남들은 뭐든 돼보라 하네

나 이상한 걸까

어딘가 조금 비뚤어진 머리에는

매일 매일 다른 생각만 가득히

나 괜찮은 걸까

지금 이대로 어른이 돼버린 다음에는

점점 더 사람들과 달라지겠지

같은 음악이 두 개의 이어폰에서 동시에 나오고 있었다. 나 괜찮은 걸까. 순간 경주는 진이가 자신에게 '너만 그런 게 아니야. 나도 그래' 라고 말하는 것 같았다. 오래 외롭던 떠돌이별이 자신과 꼭 닮은 또 하나의 별을 만난 기분이었다. 나란히 서서 함께 흐르면 평생 외롭지 않을 것 같았다.

경주는 가끔 그때의 일기장을 펼쳐보곤 했다. 온통 설렘과 흥분으로 들떠 종이가 날아갈 것만 같았다. 그날 음악으로 시작된 이야기는 수업이 끝나고도 계속되다가 결국은 진이를 데리고 집으로 가 밤을 꼬박 새우고도 끝이 나지 않았다. 전생에 우린 쌍둥이가 아니었을까 싶을 만큼 굳이 설명하지 않아도 척척 알아듣던 그 신기한 일치감은 사춘기 내내 꿈꾸던 솔메이트를 드디어 찾았다는 확신을 주었다. 그때부터 지금까지 진이는 나무처럼 경주의 속에서 뿌리내리고 가지를 뻗어 이제는 결코 다른 장소로 이식할 수도 없는 존재가 돼버렸다는 걸, 진이는 알고 있을까. 혹 이식하면 둘 다 제대로 살지 못할 거 같아서 지새운 불면의 시간들을 진이가 알까. 경주의 마음속에서 진이는 여전히 실뿌리 하나도 뽑아내지 못한 채 그대로 자라고 있었다.

"그래, 나도 네가 다른 사람하고 여길 왔다면 그것 역시도 못 견뎠을 거야."

경주는 더 버텨내지 못하고 항복했다. 진이의 가늘고 긴 손을 잡고 푸른 불이 들어온 횡단보도를 향해 발을 떼었다. '최수자 산부인과' 라는 입간판이 햇살에 빛나고 있었다.

"운명이 오해한 거야."

명수는 절대로 아이를 낳을 수 없다고 했다. 대학 입학 후 끊임없는 아르바이트로 학비와 생활비를 대기도 힘든 처지에 난데없는 아이라니. 군대도 다녀와야 하고 대학원만은 서울로 가 지방대학의 설움을 씻어보겠다는 계획이 휴학 탓에 늦어진 게 그가 말한 이유였다. 하지만 무엇보다 명수는 아직 누군가의 아버지가 될 마음의 준비가 전혀 돼 있지 않았다. 그는 운명이 뭔가를 오해해서 잘못 보낸 것이라고 거듭 중얼거렸다. 그런 명수 앞에서 경주는 마치 잘못 배달된 택배 물건을 들고 어쩔 줄 몰라 허둥대기만 하는 배달부 같았다. 반송할 주소조차 없었다. 명수는 난데없는 시험대에 오른 자신의 운명과 일을 이 지경에 이르도록 한 경주에 대한 분노가 뒤섞인 얼굴로 파르르 떨고 있었다. 경주는 겁먹은 그를 어서 빨리 안심시켜주고 싶었지만 한편으론 하루에도 몇 번씩 자신의 몸속에서 중력을 거스르듯 역류하며 자기 존재를 온몸으로 드러내 보이고 있는 그 또렷한 생명도 외면하지 못했다. 양치질을 하다 말고 갑자기 올라오는 흰 거품을 욕실 거울에 쏟아내면서 경주는 철 지난 오이처럼 말라갔다.

"안 돼."

명수는 더 이상 경주를 안아주지 않았다. 아무것도 먹지 못한 채 빈속에서 넘어오는 것들을 참지 못하고 찾아간 경주를 그는 핏발 선 눈으로 외면했다. 명수는 등 뒤에서 팔을 감아 담요처럼 포근히 감싸주던 포옹도 하지 않았고 모든 날선 것들을 허물어뜨리던 부드러운 입맞춤도 더 이상 해주지 않았다. 경주는 무엇보다 그런 그를 견딜 수 없었다. 그가 곧 떠나버릴 기차에 올라타기라도 한 듯 초조해졌다.

경주 역시 두려운 건 마찬가지였다.

"너만 생각해. 너 자신한테 좋은 것만."

밤새 불면과 헛구역질에 시달리다 찾아간 경주에게 진이는 어깨를 쓸어주며 그렇게 말했다. 하지만 진이 역시 더 이상 대책이 없기는 마찬가지였다.

병원에서 수술 시한을 넘기지 말라며 주의를 주었던 삼 개월의 마지막 날, 경주는 명수와 함께 병원으로 갔다. 흔들리기만 할 뿐 어떤 선택도 하지 못하는 자신이 역겨워질 때마다 경주는 차라리 단호한 명수가 고마웠다. 병원 밖 찻집에서 기다리겠다는 그를 억지로 병원 안까지 데리고 갔으며 간호사가 내미는 수술동의서의 아버지 난에 직접 서명하게 했다.

하나, 둘, 셋…… 곧 의식이 사라질 수술대에 다리를 벌리고 누워서도 경주는 안심했다. 혼자가 아니라서, 명수라는 공범과 함께 있어서 정말 다행이라고. 그 불빛 환한 수술 조명 앞에 홀로 누워 죄책감에 시달려야 하는 외로움은 생각만 해도 견딜 수 없었다. 죄책감도 반으로 나누니 한결 견딜 만했다.

진이는 수술동의서의 아버지 난에 경주의 이름을 써넣었다. 서진이, 자신의 이름을 한 자 한 자 또박또박 쓴 진이는 빈칸으로 남겨진 아버지 난을 경주가 멍하니 바라보고 있는 사이 갑자기 익숙한 글자들을 쓰기 시작했다. 민경주. 진이의 손끝에서 망설임 없이 써 내려지는 자신의 이름을 보며 경주는 당황했다. 동의는커녕 양해도 구하지 않은 채 진이는 미리 생각이라도 하고 온 듯 거침없이 써나갔다. 과연 무얼 동의한다는 걸까. 경주는 자신이 동의해야 하는 일이 무언지조차 알 수 없어 당황했다. 하지만 진이는 그런 경주를 쳐다보지도 않고 수술동의서를 간호사에게 건넸다. 간호사 역시 민경주라는, 아이의 아빠 이름을 더 이상 확인하지 않았다. 다행이었다.

"서진이 씨."

분홍색 바지를 입은 수술실 간호사가 진이를 불렀다. 나란히 앉아 있던 진이가 경주를 쳐다보았다. 그녀의 두 눈이 두려움으로 굳어 있었다. 진이가 두려웠다고 말했던 첫 키스도 이런 얼굴로 했던 걸까. 경주는 첫 키스를 하는 진이의 얼굴을 떠올렸다. 아무래도 지금과는 다른 표정일 것만 같았다. 두려움 속에서도 별빛처럼 명멸했을 열정과 떨림을 감출 수는 없었으리라. 경주의 온몸이 굳어졌다.

"여기서 기다릴게."

경주는 굳은 얼굴을 애써 다림질이라도 하듯 진이에게 미소를 지어 보였다. 잡고 있던 진이의 손이 축축했다. 필사적으로 유지하고 있는 태연한 얼굴로 앉아, 허리에 손을 받치고 당당한 팔자걸음으로 지나가는 만삭의 산모들의 싸늘한 눈길을 견디고 있던 진이는 온몸으로 열을 내뿜고 있었다. 경주는 잡고 있던 진이의 손에 힘을 주었다. 두 개의 손바닥이 틈 하나 없이 포개졌다. 공모하고 있는 자들의 은밀함과 홀로 감당해야 할 죄책감들이 뒤엉켜 땀이 마르지 않았다.

"고마워, 경주야."

진이가 갑자기 경주를 껴안았다. 진이의 몸에서 가는 진동이 전해졌다. 그새 살이 내려 뼈만 남은 듯 튀어나온 진이의 어깨뼈가 경주의 팔을 찔렀다. 마른 몸에 불룩 솟은 진이의 가슴이 경주의 밋밋한 가슴에 물큰, 와 닿았다. 보기 좋던 진이의 가슴이 임신으로 더 팽팽히 부풀어 있었다. 그곳에 탯줄이라도 연결된 듯 심장 뛰는 소리가 들리는 것 같았다. 한 생명의 존재 증명. 경주의 심장 한가운데서 시작된 통증이 전신으로 번져나가기 시작했다.

"미안해."

느닷없이 튀어나온 말이었다. 자신의 아이를 지우러 들어가는 경주에게 명수는 그렇게 말했다. 정확히 무엇이 미안하다는 것인지 알 수 없었지만 경주는 다만 명수가 곁에 있어주는 것만으로도 홀로 수술실을 향해 발걸음을 내딛을 수 있었다.

무엇이 미안하다는 걸까. 뜬금없이 자신의 입에서 튀어나온 말에 경주는 당황했다. 어쩌면 경주 혼자 중얼거리는 말인지도 몰랐다. 아니면 진이 뱃속의 태아에게 건네는 말이었을까. 아니 어쩌면 누군가의 말을 대신 전하고 있는지도 모를 일이었다. 경주는 온몸이 헝클어진 기분이었다.

"너, 미워."

진이의 팔에 안긴 경주가 끝내 참았던 숨을 토하듯 중얼거렸다. 진이가 더 힘주어 경주를 껴안으며 가만히 고개를 주억거렸다.

환한 조명 아래 다리를 벌리고 누워 있을 진이의 모습이 눈에 선했다. 아니 경주는 수술용 침대에 누워 있는 사람이 진이가 아니고 경주 자신인 듯한 착각마저 들었다. 눈을 뜰 수 없도록 환한 조명 아래 무참히 벌려진 하체와 곧 몸속을 헤집고 들어올 반짝이는 수술용 집게들, 경멸을 숨기고 있는 의사와 간호사들의 무표정한 얼굴들. 곧 사라질 생명이 마지막으로 내지르는 비명인 듯 치밀어 오르는 구토증.

경주는 마취도 없이 그 모든 장면들을 생생하게 혼자서 재연하고 있었다. 때로는 피 묻은 손으로 농담 섞인 대화를 주고받는 의사와 간호사로, 때론 단숨에 숨이 끊긴 채 긁혀 나와 쓰레기통에 버려지는 태아로, 때로는 정신을 놓은 채 벌린 자궁벽으로 피 흘리고 있는 진이로, 경주는 수술실 앞 의자에 꼼짝없이 앉아 고문이라도 당하듯 그 모든 장면들의 배역을 맡아 차례대로 재연해나갔다. 일어나려 해도 몸이 의자에 묶이기라도 한 듯 일어날 수 없었다. 추울 정도로 에어컨을 틀어놓은 실내에서 경주의 등 뒤로 진땀이 흘러내렸다.

얼마나 시간이 흐른 것인지 수술실 문이 열리고 의사와 간호사가 말끔한 얼굴로 나왔다. 손을 씻었는지 채 마르지 않은 손을 비비며 사십대 중반의 여의사가 경주의 앞을 지나쳐갔다. 앳돼 보이는 간호사도 링거액이 든 비닐팩 하나를 들고 나왔다. 아무 일도 없었다는 듯 평온해 보이는 얼굴들이었다.

"서진이 씨는 회복실로 갔어요."

처음 진이를 불렀던 간호사가 경주에게 다가와 아는 체를 했다.

"괜찮은가요?"

고문에서 깨어난 경주는 간호사를 잡고 물었다.

"네. 회복실로 가보세요. 수술실 바로 옆문이에요."

간호사가 눈으로 회복실 문을 가리켰다. 경주는 몇 발자국 떨어진 회복실 문을 쳐다보았다. 선뜻 떨어지지 않는 발을 끌고 분홍색 칠이 깔끔한 회복실 문을 열었다. 안에서 일어나는 일들을 도저히 짐작할 수 없는 화사한 빛깔이었다.

진이는 버려진 물건처럼 회복실 바닥에 널브러져 있었다. 마취에서 아직 깨어나지 않은 몸은 간호사가 부려놓은 자세에서 손가락 하나 움직이지 않은 채 그대로였다. 진이는 다리와 양팔을 벌린 채 누워 있었다. 유난히 찰랑거리며 가지런하던 머리카락이 부챗살처럼 퍼진 채 흩어져 있었다. 손등에는 주삿바늘이 꽂혀 있고 노란 포도당액이 링거 줄을 타고 진이의 몸속으로 흘러 들어갔다.

"수술 후 영양주사 맞으실 건가요?"

수술 전 간호사가 물었다.

"아뇨."

진이는 잠시의 망설임도 없이 대답했다. 자신을 위해 영양주사 따위를 맞는다는 걸 결코 용납할 수 없다는 태도였다. 경주는 진이가 수술실로 들어간 직후 간호사에게 다시 가 영양주사를 꼭 놓아달라고 부탁했다. 말하고 나니 주사액 한 봉지가 상처 난 모든 것들을 회복시켜줄 수 있을 것만 같은 심정이 되었다.

더러운 베이지색 체크무늬 고무줄 치마가 복숭아 과육처럼 흰 진이의 아랫도리에 걸쳐져 있었다. 치마 한구석에 진이가 아닌 다른 사람의 것이었던 듯 마른 핏자국이 손톱 크기만큼 묻어 있었다. 이미 진이에게선 끊어졌을 구토증이 경주의 속에서 새삼 치밀었다.

경주는 기억할 수 없었던 장면을 완성하고 있는 기분이었다. 지난해, 미처 마취에서 깨어나지 않았을 당시 자신의 모습을 새삼 꿰맞추기 위해 그 자리에 서 있기라도 하듯 경주는 회복실 바닥에 서서 진이를 내려다보며 빈칸으로 두었던 퍼즐 조각들을 완성했다. 피할 길 없는 모멸감이 잘 달궈진 온돌처럼 서서히 온몸으로 번졌다. 경주는 그것을 고스란히 제 몫으로 받아들였다. 진이도, 경주 자신도, 긁어낸 아랫도리만큼이나 참혹해 보였다. 그제야 분노가 몰려오기 시작했다. 쉴 새 없이 모래주머니를 쌓아 막아내고 또 막아내어 이젠 모두 가라앉았다고 믿었던 분노가 한꺼번에 터져 나와 경주를 향해 몰려왔다. 진이가 누워 있는, 전기장판이 깔린 방바닥에 경주는 무릎을 꺾고 주저앉았다.

"그 목걸이 이제 그만 닦아."

몇 달 전, 열흘째 학교도 나오지 않고 휴대폰도 받지 않고 문자에도 답이 없던 명수의 옥탑방을 찾아갔을 때 그는 술에 취해 경주에게 그렇게 말했다. 경주의 목에는 여전히 그가 사준 목걸이가 불빛에 반짝이며 걸려 있었다. 지난해 병원에서 아이를 지우고 온 날 밤 명수가 준 것이었다. 경주는 그의 말을 이해하지 못한 채 혼란에 빠져버렸다. 목걸이를 닦지 말라는 말은 무슨 뜻이며 이토록 엉망으로 취해버린 그는 왜 그런 걸까.

"이 방에도 이제 그만 와."

그는 소주잔을 다시 털어 넣으며 말했다. 처음 듣는 낯선 음성이었다.

"무슨, 말이야?"

그의 낯선 음성이 명치에 걸려 체하기라도 한 듯 순식간에 속이 꽉 막혀버렸다.

"진이를 만났어."

어둠이 내려앉기 시작하는 검푸른 방 안에 그의 옆모습이 조각배처럼 흔들리고 있었다. 망망대해에 조각배 하나로 떠 있는 그는 그러나 어떤 그림자 하나도 다가갈 수 없는 완강한 고립의 자세였다.

"진이를 왜?"

경주는 두려움에 질려 간신히 되물었다.

"진이와 잤어."

그가 완강한 자세를 풀며 급격히 허물어졌다. 바닷속으로 침몰해 들어가는 배처럼 그가 방바닥에 쓰러졌다. 그의 입에서 그동안 틀어막혀 있던 토사물들이 쏟아져 나왔다.

진이도 취해 있었다.

"절대 나를 용서하지 마라."

14평짜리 낡은 아파트 싱크대 앞에 웅크리고 앉아 소주를 마시던 진이가 말했다. 새장가를 들어 부산으로 떠난 아버지가 남겨주고 간 집이었다. 현관문 키 번호도 알고 있을 만큼 경주가 내 집처럼 드나들던 집이었다. 빈 소주병이 두 개나 뒹굴고 있었다. 경주는 그녀가 마시던 술병을 들고 벌컥벌컥 들이켰다. 불덩이를 삼키는 기분이었다.

"너보다 내가 먼저였어. 그 사람 마음에 품은 게…… 같은 학교에 간 네가 먼저 말을 했고. 나는 말을 안 했으니 마음을 접으면 될 줄 알았어. 그럼 너와 나, 그 사람 다 괜찮을 줄 알았어. 그런데 그렇게 되지 않았어. 내 마음은 접힌 채로 하나도 변하지 않았어. 한 달 전, 집에 가는 버스에서 우연히 그 사람 만났어. 내려서 술 한잔했는데, 결국 다 들켜버렸어. 그날이야."

진이는 전혀 취하지 않은 목소리로 또박또박 말했다. 고등학교 때부터 사투리 억양도 없이 누구보다 정확하고 야무지게 책을 낭독하던 진이의 입매도 여전했다. 고3 때 석 달 동안 영어 그룹 과외를 가르치던 대학생 명수가 늘 칭찬하던 정확한 발음이었다.

"그냥 아무 일도 없었던 것처럼 지내자고 했어. 너만 모르면 되는 일이니까. 그런데 그 사람이 도저히 그럴 수 없대. 전처럼 너를 볼 수가 없대."

경주는 더 이상 진이의 말을 듣고 있을 수가 없었다. 진이의 입에서 나오는 '그 사람'이라는 말부터 목에 걸려 침조차 넘어가지 않았다. 내장 가득 레미콘 더미가 들어찬 기분이었다. 경주는 진이의 냉장고에서 새 소주병을 따 물 마시듯 들이켰다. 속에서 불꽃이 치솟았다.

경주는 목걸이를 풀지 않았다. 매일 아침 일어나 치약으로 펜던트를 닦는 의식도 멈추지 않았다. 목걸이는 이제 나쁜 일들을 막아주는 액막이가 아니라 이미 일어나버린 일들을 감쪽같이 모두 아물게 해줄 부적이 되었다. 경주는 더욱더 열심히 펜던트에 치약을 묻혀 닦았다. 경주는 도저히 목걸이를 뺄 수가 없었고 지문 하나라도 묻는 게 참을 수 없어 매일 극성맞게 닦아댔다. 그랬다. 경주는 할 수만 있다면 아무 일 없었다는 듯 지나가고 싶었다. 사고였다고, 단순한 교통사고 같은 것이었다고 생각하면 못할 일도 아니었다. 적어도 명수와 진이와 헤어지는 일보다는 훨씬 견디기 쉬운 일이었다.

"그래, 사고였어. 다시는 그런 일 없을 거야."

그런 경주를 아는 진이도 다짐이라도 하듯 말했다.

"아니, 나를 용서할 수 없어."

명수가 거부했지만 경주는 무시했다.

"이미 내가 용서했다잖아."

경주는 자신을 용서할 수 없다는 명수의 말이 궤변처럼 들렸다. 펜던트를 닦듯이 그에 대한 전적인 신뢰와 헌신만이 명수의 궤변을 되돌릴 수 있다고 믿었다. 경주는 진이를 다시 찾았고 아무 일 없었던 듯 그녀의 집을 드나들었다.

"너를 보는 게 힘들어."

현관 키 번호를 바꿔버린 진이가 문 앞에서 무작정 기다리는 경주에게 하는 수 없이 현관문을 열어주며 말했다.

"변한 건 없어."

경주는 극구 부인하며 진이의 현관문을 열어젖혔다. 두 사람 다

잃을 수 없다는 생각만 흔들리는 파도 위에서 또렷하게 각인됐다. 명수와 진이, 그 두 사람을 제외한 삶을 경주는 상상조차 할 수 없었다. 상처는 언젠가 낫게 돼 있다는 게 경주의 유일한 버팀목이었다. 어릴 적 헤아릴 수 없이 까졌던 무릎이 지금은 흉터도 못 알아볼 정도로 말끔히 낫지 않았던가. 경주는 제발 혼자 있게 해달라는 명수와 진이의 집을 번갈아 드나들며 상처 난 무릎에 부지런히 약을 발라댔다.

"넌 성녀라도 되려는 거니, 아니면 이런 식으로 나를 고문하면서 복수하는 거니?"

진이가 견디다 못해 쏘아붙였다. 복수라는 어감이 섬뜩했다. 경주는 세게 한 대 맞은 기분이었다. 도대체 뭘까. 경주는 그제야 자신을 돌아보았다. 상처를 감춘 발이 더 음험해 보였다.

"너한테는 내가 그렇게 아무것도 아니었니?"

그제야 경주는 진이를 제대로 마주 보았다. 두려워 차마 눈길을 피하던 얼굴이었다. 훼손을 인정하지 않으려는 고집이 늘 시선을 비껴가게 만들었다.

"차라리 이게 나아."

진이 역시 경주의 시선을 피하지 않았다.

"잘난 척 그만해."

경주의 눈에서 불꽃이 피어났다.

"네 집착이 징그러웠어."

진이가 담배 연기를 내뿜으며 중얼거렸다.

진이가 진저리를 치듯 떨더니 두 팔로 몸을 감쌌다. 마취가 깨기 시작하는 모양이었다. 진이는 몸을 달팽이처럼 말아 옆으로 누웠다. 작아진 몸이 애벌레처럼 보였다. 마취가 깰 때 오던 한기를 진이도 똑같이 겪고 있었다. 홀로 다시 깨어난 세상에서 기다렸다는 듯 몰려오던 지독한 한기는 어떤 죄의식보다 더 가혹했다. 경주는 그런 진이를 무릎 꿇고 마주 보았다. 진이가 한참 만에 가만히 눈을 떴다. 흰 얼굴이 더 창백해져 밀랍 인형처럼 보였다.

두 사람을 떠날 수 있었다면 일이 조금은 달라졌을까. 자신 있게 말할 수 있는 것은 아무것도 없었다. 석 달 넘게 홀로 집에 틀어박혀 있던 경주가 다시 진이를 찾아가지 않았다면.

"너를 잃는 게 더 힘들어."

석 달 만에 찾아간 경주는 스스로에게 백기를 들었다. 진이 역시 더 이상 경주를 거부하지 않았다. 어쩌면 그동안 휘청거리며 몇 번 찾아온 명수를 막아내기 위한 방패였는지도 몰랐다. 진이는 밤늦게 취해서 찾아온 명수를 끝내 돌려보내지 못했다.

경주는 진이를 마주 보며 똑같은 자세로 나란히 누웠다. 두 개의 텅 빈 달팽이집이 마주 보고 있는 기분이었다. 그때 갑자기 진이가 링거가 꽂히지 않은 팔을 뻗어 경주의 손을 잡았다.

"미안해."

마주 보고 누운 경주를 향해 침전물 가득 낀 목소리로 진이가 말했다. 눈썹 끝에 주사액 같은 물기가 매달려 있었다.

"전부 다……."

　진이는 속이 텅 비어버린 뱀 껍질처럼 전혀 부피감이 없었다. 어디서도 존재감을 찾을 수 없는 텅 빈 몸이었다. 경주 역시 마찬가지였다. 문득 경주는 자기 몸속을 전부 갉아먹은 독충은 결국 자신일지도 모른다는 생각이 들었다. 어쩌면 진이 역시도.
　"나도 내 욕심이 징그러워."
　경주는 더 가까이 다가가 진이의 몸을 이불로 덮듯 껴안았다. 진이의 머리카락을 쓸어주었다. 기름이라도 바른 듯 매끄러운 머릿결이 손가락 사이로 감겨왔다. 앞머리를 정리해 귀 뒤로 넘기고 나니 진이의 얼굴이 말갛게 드러났다. 단정하고 단단하던 얼굴선이 드러나게 무너져 있었다. 지난 몇 달간 무수히 앓고 난 얼굴이었다. 아프다는 말조차 할 수 없었을 진이의 입술에 경주는 가만히 자신의 입술을 댔다. 마취 기운이 다 풀리지 않은 진이의 입술이 둔중하게 와 닿았다. 까칠한 입술 거스러미가 바늘 끝처럼 경주의 혀를 찔러왔다. 경주는 고스란히 그것들을 받아들였다. 혀끝에 난 상처들이 쓰렸다. 마취가 깨고 진이의 몸에서 일기 시작한 통증이 경주는 비로소 자신의 몸으로 전해져오는 기분이었다. 미안해. 너를 너무 오랫동안 고문하고 있었어. 경주는 다시 한 번 진이의 입술에 입을 맞췄다. 진이의 입술이 한결 부드러웠다. 진이가 링거 꽂힌 팔까지 뻗어 경주를 안았다. 주사기를 뽑아버리지 않는 진이가 고마웠다. 안심이었다. 이제는 누구든 떠나보낼 수 있을 것만 같았다.

경주는 가만히 손을 돌려 자신의 목에 걸린 목걸이를 풀어냈다. 목걸이가 없는 빈 목으로 바람 한 줄기가 불어와 감겼다. 어디선가 능소화 꽃송이가 통째로 떨어지는 소리가 들려왔다.

장
마

숲이 통째로 뒤집어지고 있었다. 유난히 굴참나무가 많은 숲은 일제히 잎을 뒤집으며 미친 듯이 흔들렸다. 뒤집혀 흰빛을 띠며 흔들리는 숲. 지난주 비가 그친 숲에 들어가 굴참나무 잎의 뒷면을 자세히 들여다본 적이 있었다. 손에 묻으면 고스란히 물이 들 것 같은 앞면의 선명한 초록색과 달리 잎의 뒷면은 겨울 점퍼의 안감처럼 회백색 가는 솜털로 덮여 있었다. 칠월의 숲이 초록과 흰색을 번갈아가며 쉬지 않고 색깔을 바꾸었다. 숲의 군무가 흰 포말을 일으키며 몰려드는 동해안의 파도 같았다. 나뭇잎 스치는 소리마저 파도 소리처럼 쏴아아, 귓속으로 물이 쳐들어오는 듯했다. 새벽부터 아파트 단지의 벚꽃나무들을 통째로 뽑아버리기라도 할 듯 거칠게 쏠려 다니던 바람이 마침내 제자리를 찾은 듯 저

숲에 이르러 떠날 줄을 모르고 있었다. 해안선처럼 길게 펼쳐진 나무숲 옆으로 유리로 지은 오페라 극장 건물이 한 치의 흔들림도 없이 서 있었다. 견고한 강철 프레임이 바람 따라 사정없이 흔들리던 마음에 경고장이라도 날리듯 직각으로 서 있었다. 슬며시 안심이 됐다.

충분한 예고가 끝났다는 듯 마침내 비가 쏟아지기 시작했다. 온통 유리로 된 도서관 건물을 뚫고 들어오기라도 할 기세로 퍼붓는 장대비. 바깥은 순식간에 회색 커튼을 친 듯 어두워졌다. 유리 천장으로 쏟아지는 빗소리가 파도 소리마저 삼켜버렸다. 불현듯 오래된 담벼락 하나가 떠올랐다.

바람 불으소서 비 올 바람 불으소서.
가는 비 그치고 굵은 비 들으소서.
한길이 바다이 되어 님 못 가게 하소서.

대학 시절, 아르바이트로 인구조사를 나간 마포의 달동네 담벼락에 써 있던 시구(詩句)였다. 겨우 비바람만 가리는 판잣집들이 하늘을 향한 거대한 탑처럼 솟아 있던 동네. 오래된 '싱거' 미싱이 절반을 차지한 방에서 머리가 하얗게 변한 여자 하나가 돋보기를 낀 채 종일 고개를 숙이고 있는 집에서 나오던 길이었다. 만으로 58세인 여자는 평화시장의 작은 의류업체에서 하청을 받아 일한다고 했다. 방은 월세 5만 원짜리였고 여자는 이혼 후 혼자 사는 단독세대주였으며 월평균 수입은 10만 원 전후라며 낯선 인구조사원의 무례한 질문에 돋보기도 벗지 않은 채 먼지 낀 목소리로 대답했다. 돋보기 너머 여자의 큰 눈이 폐가의 뒤뜰처럼 적막했다. 재개발구역으로 지정돼 손보지 않은 지붕마다 방수 천막을 씌운 뒤 벽돌과 폐타이어를 압정처럼 얹어놓은 동네 사이로 좁고 더럽고 구불구불한 골목들이 혈관처럼 퍼져 있었다. 동네는 버스정류장이 있는 아래에서 보면 커다란 탑처럼 보였다. 특히 불이 켜진 초저녁 무렵의 산동네는 검푸른 하늘을 배경으로 서 있는 지상의 거대한 탑 같았다. 곧 무너질 듯 위태롭게 하늘을 향해 쌓아올린 탑. 그것은 오로지 남루한 시멘트 벽에 흰 백묵으로, 누군가 갈매기 너울 같은 필체로 써놓은 저 시구절 때문이었는지도 모른다. 벽 앞에 서서 한참을 쳐다보다 내려온 후 다시 올려다본 달동네는 하늘을 향해 쌓은 간절한 탑처럼 보였던 것이다. 큰길을 곧 바다로 만들 것만 같은 굵은 비가 내리고 있었다.

지하에서 뽑아 온 자판기 종이컵이 손안에서 반쯤 구겨져 있었다. 도서관 2층 로비의 푸른 소파에 넋을 놓은 채 앉아 있은 지 삼십 분이 훌쩍 지나버렸다. 점심으로 싸 온 샌드위치를 먹은 후부터였다. 일어서려는 찰나, 주머니 속 휴대폰에서 진동이 울렸다. 집이었다.

"엄마, 밖에 어떤 이상한 사람들이 왔어."

아이였다. 목소리가 낮고 다급했다.

"왜 그래? 누가 왔다고 그래?"

민영의 목소리는 더 낮고 다급해졌다.

"벨이 울려 인터폰을 보니 분위기가 좀 이상한 사람들이었어. 지난번에 아빠가 아무나 문 열어주지 말라던 게 생각나서 대답도 안 했어. 지금 안방에 와서 전화하는 거야."

최대한 톤을 낮춘 아이의 목소리엔 두려움과 모험심이 반반씩 섞여 있었다. 아이가 있는 안방의 말소리가 중문까지 닫힌 현관 밖에선 결코 들리지 않을 것이었지만 아이는 인질로 잡힌 상황에서 잠깐의 틈을 타 집으로 전화라도 하듯 조급하고 조심스러웠다.

"어떻게 생겼는데?"

민영은 조급한 아이를 진정시키려 숨을 한 번 들이쉰 후 최대한 차분히 물었다.

"남자 둘인데 양복을 입은 게 꼭 조폭 분위기가 나서 무서워 대답도 안 하고 집에 아무도 없는 척했어."

아이는 무용담이라도 펼치듯 조금 상기돼 있었다. 어려서부터 영화 〈나 홀로 집에〉 시리즈를 유난히 좋아하던 아이였다.

"잘했어."

민영의 목소리도 아이를 따라 절로 긴장이 됐다.

"나 학원 안 가고 그냥 집에 있을 테니까 엄마도 내가 전화할 때까지 집에 오지 마."

애써 떨림을 숨긴 아이의 은밀한 목소리가 민영의 몸에 자잘한 소름을 돋게 했다. 제 딴엔 열아홉 살이면 다 컸다고 생각하는 건지 아이는 적어도 겉으론 큰 동요를 드러내지 않았다. 그런 아이의 의젓함이 고마우면서도 마음을 아리게 했다.

"알았어. 다시 벨 울리더라도 절대 문 열어주지 말고 집 안에 가만히 있어. 오늘 학원은 쉬어. 어쩌면 잘못 찾아온 사람들일지도 몰라. 괜찮지?"

민영은 무엇보다 아이를 안심시켜야 했다. 적어도 아이까지 발 앞이 벼랑이란 걸 알게 할 수는 없었다. 민영은 대수로운 일이 아니라는 듯 억지로 톤을 높인 목소리로 말했다.

아이는 갑자기 감금이 돼버린 꼴이었다. 엄마와 아빠가 부재한 집에 홀로 감금된 아이. 민영은 입술이 바싹 말라왔다. 로비 한 구석에 있는 정수기로 가서 서둘러 물을 뽑아 마셨다. 차가운 물을 컵 가득 두 번이나 연달아 마셔도 건조한 입술은 나아지지 않았다. 구겨진 종이컵이 가늘게 떨리고 있었다.

민영은 남편의 휴대폰 단축번호를 눌렀다. 짐작대로 전화기가 꺼져 있다는 멘트만 들려왔다. 남편이 전화기를 꺼놓기 시작한 게 언제부터였던가. 기억나지도 않는 어느 날부터 남편은 전화기를 꺼놓고 지내다가 하루에 서너 번쯤 전화를 켜 꼭 필요한 통화만 하고 있었다. 남편과 통화를 하지 못한 사람들이 민영에게 전화를 걸어오기도 했다.

남편은 하루에 서너 번 정도 민영에게 전화를 걸거나 문자를 보내왔다. 밥 먹었니? 지금부터 잔다. 저녁 먹고 갈게. 그런 중간 중

간 남편은 민영에게 전화를 걸어 특별한 용건도 없는 통화를 했
다. 하루는 전화를 받기 위해 도서관을 들락거리느라 짜증이 난
민영이 용건도 없는 그의 전화를 타박했다.

"이렇게라도 안 하면 하루 종일 한마디도 할 일이 없어. 오늘 사
무실 나와서 처음 하는 말이야."

남편은 전화기도 꺼놓은 채 하루 종일 컴퓨터만 들여다보고 있
었다. 어떤 날은 자장면을 시키려고 중국집에 건 주문 전화가 그
날 그가 한 말의 전부였을지도 모른다. 민영은 그 후 가끔 생각날
때마다 남편에게 전화를 걸었다. 하지만 그의 전화기는 꺼져 있기
일쑤였고 그 사이 남편이 전화기를 켜면 전화를 걸어오거나 문자
를 보내왔다. 이젠 한 나절이 지나도록 남편에게서 문자조차 오지
않으면 민영은 불안해지기 시작했다.

하루 종일 나는 강해져야 한다고 중얼거린다. 하지만 순
간순간 또 절망에 빠지고 만다. 삶과 죽음이 간발의 차
이다. 두렵다.

남편의 컴퓨터에서 우연히 보게 된 글이었다. 그가 서 있는 곳
은 민영이 생각한 것보다 훨씬 더 위태로운 곳인 듯했다. 민영은
함부로 다가갈 수도 없었다. 손만 내밀어도 그가 온몸을 자신에게
엎어버릴 것 같은 두려움과 조금만 흔들어도 그대로 뛰어내릴 것
만 같은 공포감 사이에서 민영은 한 발짝도 움직이지 못한 채 건

너편의 남편을 바라보고만 있었다. 다만 하루에 몇 번씩 그가 보내오는 문자로 안부를 확인하곤 겨우 안심을 했다.

민영은 다시 푸른 소파 위에 몸을 깊숙이 묻었다. 빗줄기가 더 세차져서 유리 벽면에는 넘친 수문처럼 물이 흘러내리고 있었다. 바깥의 사물들이 온통 흐려진 채 희미했다. 이 빗속에 세 식구가 모두 감금돼 있기라도 한 기분이었다. 아이는 집에, 민영은 도서관에, 남편은 작은 사무실에 각각 감금된 채 사소한 기척에도 바람 속 굴참나무 잎처럼 떨고 있었다.

다시 주머니 속 휴대폰이 울렸다. 재빨리 휴대폰을 꺼내 들었다. 아이일 줄 알았던 전화는 낯선 번호였다. 순간적으로 긴장했던 몸이 순식간에 풀어졌다. 번호를 들여다보니 민영이 사는 신도시의 지역번호였다. 누군지 알 수 없었다. 이 도시에서 사적으로 전화통화를 할 만한 사람은 없었다. 어쩌면 잔여 마일리지가 곧 소멸되니 이달 안에 꼭 한번 들러달라는 전자마트의 스팸 전화일지도 몰랐다. 민영은 조심스럽게 폴더를 열었다. 남자의 목소리가 대뜸 이름부터 확인해왔다.

"최민영 씨죠?"

민영은 하는 수 없이 그렇다고 대답하며 후회했다. 역시 낯선 번호의 전화는 받는 게 아니었다.

"××카드 채권추심 담당잔데요……."

남자의 목소리에서 불손함과 상대를 압박하는 힘이 동시에 전해졌다. 지금까지 걸려오던 카드회사 연체 담당자들은 대부분이 여자였는데 갑자기 듣는 남자 목소리는 위압감을 주었다. 게다가 늘 1588이나 1566 따위의 카드회사 전용번호로 걸어온 것도 아니었다. 왠지 불법이나 비합법 따위의 불온함이 연상되었다. 어쩌면 지금 집 앞에 와 있다는 두 남자와 관련이 있는 것인지도 모른다.

"최민영 씨 카드 연체가 삼 개월이 넘어 오늘부로 저희 채권단으로 넘어왔습니다. 곧 강제집행 들어가는 거 아시죠?"

남자의 말투는 노골적인 협박투로 변하고 있었다. 아이가 말한 짧은 머리에 건장한 체격의 사각형 몸매가 절로 떠올랐다. 강변북로 변에 걸려 있던, '떼인 돈 받아줍니다' 라고 쓴 플래카드도 생각났다. 지난주에 걸려온 카드회사 여직원의 전화에서 연체금을 빨리 갚지 않으면 채권추심기관으로 넘어간다고 했던 날이 어제였나 보다. 현실적 대책이 없었으므로 날짜를 일일이 기억하거나 기록할 수도 없이 하루하루를 숨 가쁘게 넘기던 차였다. 일곱 개나 되는 카드회사에서 하루에 한 번씩 걸려오는 전화를 번갈아 받는 것만으로도 민영은 지칠 대로 지쳐 있었다.

"강제집행이라는 게 구체적으로 뭐죠?"

남자의 말투에 이미 기가 질린 민영은 그러나 결코 만만히 보이지 않겠다는 듯 최대한 공적이면서도 건조한 목소리로 되물었다. 집 앞의 두 남자는 강제집행이라도 하러 온 것이란 말인가. 유리 천장으로 쏟아지고 있는 빗줄기가 우박이라도 섞인 듯 시끄러웠다.

"전부 압류 들어가는 거예요. 아주머니 이름으로 된 것들 전부

다요. 통장들하고 부동산하며 재산 되는 것들은 전부 압류되는 거
죠.”

　아무래도 집에 찾아온 사람들과는 무관한 모양이었다. 순간 안
도감과 허탈감이 동시에 몰려왔다. 통장은 잔고가 남아 있는 게
하나도 없었고 민영의 이름으로 돼 있던 집은 내놓은 지 일년 육
개월 만에 지난달 겨우 팔려 다음 주에 잔금을 받을 예정이었다.
집을 팔아도 은행대출금을 갚고 나면 남는 게 하나도 없는 최저
가로 내놓았음에도 불구하고 계약자는 하루가 다급한 민영이네
사정을 빌미로 5천만 원이나 깎으려 들었고 부동산의 타협으로 3
천5백만 원을 깎아주는 선에서 계약을 해버렸다. 5백만 원이라도
더 달라는 말을 어렵게 꺼냈다가 그 이상은 절대로 안 된다는 매
수자의 단호한 표정에 모욕감만 느끼고 서둘러 계약서에 도장을
찍었다. 이번 달까지 안 팔리면 은행담보대출 이자를 더 이상 낼
수도 없어 경매로 넘길 각오를 했던 터였기에 그보다는 낫다는
생각에서였다. 물론 아직 잔금까지는 며칠 남아 있어 그 사이에
라도 카드회사에서 압류가 들어오면 어쩔 수 없을 터이지만 그렇
게 하루가 급하게 압류가 들어오지 않는다면 이제 압류당할 것도
하나 없는 형편이었다. 아니 지금이라도 설령 집으로 압류가 들
어온다 한들 은행과 카드회사들이 부채를 전부 나눠 가지고 나갈
수 있다면 차라리 홀가분한 일일지도 모른다. 모두 버리고 나면,
더 이상 지킬 것 하나 없는 상태가 되면 차라리 홀가분하고 마음
편할 것 같았다. 어차피 돈이 될 만한 것들은 거의 다 팔고 남은

것도 없었다.

지난겨울엔 민영이 사 년 넘게 한 몸처럼 붙어 다니던 자동차를 팔았다. 차를 팔려고 보니 자동차에도 국민연금과 건강보험, 그리고 서너 개의 과속위반과 주차위반 벌과금 따위의 미납으로 인한 가압류가 일곱 건이나 붙어 있었다. 중고자동차 중개인은 그 금액들을 남김없이 제한 후 차의 상태에 비해 형편없는 금액을 주었다. 중개인이 건네준 압류명세서에 적힌 금액들이 일곱 개나 되는 항목들에 비해 각각의 금액들은 결코 큰돈이 아니었다는 게 얼굴을 더 화끈하게 만들었다. 옛 애인을 벌거벗겨 떠나보내는 기분이었다. 그와 함께 다녔던 밀월의 길들에 오물이라도 버리고 쫓아보내는 것 같았다. 무엇보다 그동안 자신을 싣고 그 무수한 길을 함께 달려준 자동차에게 진심으로 미안했다.

민영에게 있어 자동차는 단순한 운송수단이 아니었다. 마음에서 찬바람이 일 때마다 정처 모르게 떠돈 낯선 길의 어지러운 발자국이었고 집 안 어디서도 혼자 몸 숨길 곳 없을 때 주차장으로 달려가 음악을 크게 튼 다음 차문을 모두 걸어놓고 목구멍까지 차오른 울분들을 쏟아내듯 통곡을 하던 골방이었다. 때론 차를 몰고 단지를 벗어나자마자 목청이 터져라 소리를 지르거나 욕설을 내뱉기도 했고, 차 안이 터져 나갈 듯이 음악을 틀면 탄피처럼 쏟아지는 음악에 온몸을 두들겨 맞으며 멍하니 앉아 있기도 했다. 일 년에 한 권씩 쌓인 일기장의 상당 부분 역시 차 안에서 쓴 것들이었다. 지난겨울 어느 날도 들판 한가운데에 차를 세워놓고 일기를 넉 장이나 쓰고 돌아왔다. 차를 넘겨주기 전날은 가끔씩 혼자 가던 근교의 절까지 가 두 손을 모아 합장하며 그동안 자신과 함께 해준 차와 작별 인사를 나누었다. 그대와 함께했던 그 길과 시간들에 감사하노라. 휴대폰으로 사진을 찍어 마지막 모습을 저장했다. 아무리 마음을 차게 먹어도 살아 있는 생명체 같던 자동차였다.

차라리 그렇게 먼저 떠나보낸 게 다행이었다. 지금껏 곁에 두었다면 그 역시 일곱 개 카드회사들의 압류에 갈가리 몸을 찢기고야 말 운명일 뿐이었으니. 일 년 넘게 연체와 압류의 위협 속에서 지내온 시간들이 이제 막바지에 이르는 것인가. 후덥지근한 장마의 날씨에도 불구하고 민영은 좀처럼 한기가 떨쳐지지 않아 긴팔 카디건까지 걸친 두 팔을 감싸 안았다.

남편의 사업이 내리막으로 들어선 것은 삼 년 전부터였다. 우연하게 시작된 남편의 사업은 잠시의 전성기를 지나 곧 비틀거리기 시작했다. 경기도 나빠지는 데다 갑자기 세무조사를 받은 후 거액의 세금을 추징당한 탓이었다. 회사 자금을 전부 끌어모아도 모자란 세금은 집을 담보로 대출을 받아 겨우 낼 수 있었다. 다행히 육 년 전, 같은 평형대의 가장 싼 집을 찾아갔던 동네는 새로 인터체인지가 들어서는 바람에 그동안 집값이 많이 올라 있었다. 작은 규모의 사업체는 단숨에 휘청거리기 시작했고 어느 날인가부터 남편은 민영의 카드로 현금서비스를 받기 시작했다.

"어디 가서 돈 빌려달라기보다 이게 편하잖아."

처음엔 하나만 쓰던 민영의 카드가 점차 늘어나기 시작했다. 민영의 카드를 쓴다는 것은 이미 남편의 카드는 한도가 다 찼다는 증거이기도 했고 그만큼 점점 그의 사업이 코너로 몰린다는 말이기도 했다. 안전장치를 한답시고 남편 대신 민영의 이름으로 등기를 해놓은 집은 제2금융권에서까지 최대 금액을 대출받아 소유권자는 이미 그들 금융기관이나 마찬가지였다. 집은 골다공증으로 구멍이 숭숭 뚫린 구십 노파의 몸 같았다.

"어떡하든 내가 다시 원상복구 시켜놓을 거야. 자신 있어. 당신 카드도 곧 깨끗이 정리해서 돌려줄게."

민영이 불안해할 때마다 다짐하던 남편의 호언은 이제와 생각하면, 숨이 턱턱 막힐 때마다 지르는 비명이었다. 민영은 불안했지만 힘이 잔뜩 들어간 그의 두 눈과 꽉 다문 입매를 믿고 싶었다. 아니 그의 음성에서 갈라져 나오는 불안한 떨림에 애써 눈감고 싶었다. 어차피 민영이 해결할 수 있는 일도 아니라는 게 핑계가 돼주었다.

그러나 남편의 큰소리와는 달리 시간이 흐를수록 민영의 카드빚은 늘어만 갔다. 몇 달 전부터는 신용이 나빠져 한도금액이 줄어드는 바람에 소위 카드돌려막기도 어려워져 각 금융기관에 연체 통보 마지막에서야 간신히 결제를 하는 아슬아슬한 곡예가 며칠에 한 번씩 되풀이되고 있었다. 카드 결제일이 다가오면 민영은 잠이 오지 않았다. 결제는 남편의 몫이었지만 연체 독촉 전화는 모두 카드의 임자인 민영에게 걸려왔다. 몇 달 전부터는 은행대출금 이자도 자주 연체가 되는 바람에 민영에게 걸려오는 전화는 더 늘었다. 전화벨 소리만 울리면 온몸이 시멘트처럼 딱딱해졌다. 몇 번 전화기를 꺼놓았지만 그 역시 편치 않기는 마찬가지였다. 혼자 땅속에 버려진 것 같은 적막감도 견디기 힘들었지만 어디로 끌려가는지도 모르다가 어느 날 문득 벼랑 끝에 서버린 자신을 발견하게 되는 건 아닐까, 공포감 때문이었다. 최소한 어느 지점을 통과하고 있는지는 알아야 한다는 생각에 아침 아홉시가 되기도 전에 시작되는 카드회사와 은행들의 전화를 꼬박꼬박 받아내고 있었다. 하루하루가 빚쟁이들의 전화로 시작되고 있었다.

'고객님의 카드가 연체되었음을 알려드립니다.'

문자가 왔다는 진동 소리에도 어김없이 아침잠이 깼다. 고3인 아이를 일찍 학교에 보내고 다시 든 잠이 막 달콤해지려는 시각이었다. 겨우 든 잠을 깬 민영은 때로 휴대폰을 집어 던졌다. 어느새 잠자리까지 침입한 거미줄에 온몸이 칭칭 동여매인 것만 같았다. 아니 언제 어디서든 잠 하나만은 잘 잔다고 자부하던 민영은 무엇보다 자신에게 찾아온 불면이 무서웠다. 잠이 오지 않아 켜놓은 심야 라디오가 끝나고도 잠에 들지 못한 민영은 굳게 닫은 커튼 사이로 푸른 새벽빛이 비칠 때까지 고스란히 밤을 새우는 날이 잦아지고 있었다. 잠을 충분히 자지 못하면 두통까지 심해지는 탓에 민영은 오전 내내 패닉 상태였다. 그때마다 민영은 무엇보다 자신을 비웃었다. 한없이 오만했던……

파산이 예고된 처음 민영은 한동안 권태에 나른해진 몸이 팽팽해지는 게, 모처럼의 긴장감이 기대되기까지 했다. 무언가 새로운 모험이라도 떠나는 자의 비장함과 긴장. 삶의 다채로운 빛깔들이 특별히 자신을 택해 화려한 채색이라도 하는 기분이었다.

인생이여, 이번엔 또 내게 무얼 가르치려는 건가.

민영은 호기롭게 맞섰다. 수평선으로부터 흰 갈기를 세운 파도가 일제히 서서 몰려오는 것 같았다. 내 기꺼이 그 파도에 몸을 싣겠노라. 한끝에 몸을 싣고 연안으로 몰려드는 삼각파도의 아찔함이 스릴 넘쳤다. 스릴이란 적어도 지루하고 무기력하지는 않을 것이었다. 하품이 군데군데 들어차 있던 온몸의 세포가 일제히 싱싱하고 팽팽해졌다.

"사람들이 나를 유한마담처럼 보는 것 같아. 정말 내가 속물이 돼가는 건 아닐까?"

얼마 전까지만 해도 민영은 친구 기숙에게 그렇게 투정을 하기도 했다. 중형 아파트단지 사람들의 우아한 미소가 견딜 수 없이 메스꺼워지다가도 자신 속에서 그들과 다르지 않은 권태를 발견할 때마다 민영은 호들갑을 떨며 친구 기숙에게 전화를 걸었던 것이다. 민영은 자신의 삶이 이렇듯 권태와 자잘한 파도를 오가며 언제까지 지속될 줄 알았다.

호기는 오래가지 못했다. 파도가 해안가로 민영의 몸을 메다꽂을 때마다 온몸은 멍이 들고 찢기고 금이 가기 시작했다.

"당신들 부부가 짜고 내 돈 떼먹으려는 거잖아."

남편에게 돈을 빌려준 한 여자가 민영에게 전화를 걸어 막말을
한 이후로 민영은 더 이상 호기를 부릴 힘도 오기도 없어졌다. 적
어도 민영의 호기는 타인에게 욕먹지 않을 만큼만 허용된, 명백히
한계가 있는 게임일 뿐이었다. 빚은 하루하루 게임 기계의 두더지
처럼 튀어나왔고 아무리 망치를 두드려도 두더지는 점점 늘어만
갔다. 민영은 결국 망치를 든 채 멍하니 서서 멍과 통증만 남은 몸
을 바라보기만 했다. 어느덧 민영의 발밑도 아득한 벼랑이었다.

압류의 종류와 방법에 대해 다분히 협박조의 설명을 마친 남자
는 몹시도 만족한 태도였다. 민영은 이미 은행과 세무서, 연금보
험, 건강보험, 카드회사 따위들이 몸 안의 실핏줄들처럼 얽혀서
누구든 훤히 들여다볼 수 있는 고화질 화상 시스템 속에 낱낱이
노출되어 있었다.

"그럼 이제 어떡해야 하죠?"

더 거칠어지고 있는 천장의 빗줄기를 보며 민영은 카드회사의
남자에게 물었다. 지칠 대로 지친 민영은 이제 어디든 주저앉아
쉬고 싶을 뿐이었다.

"아주머니 같은 사람은 연체하면 안 되는 거예요. 본인 명의의
집이 있으니 대번에 압류가 들어가죠. 압류 들어가면 팔지도 못
하고 나중에 골치 아파져요. 연체 안 되도록 했어야죠."

남자는 숫제 민영을 꾸짖는 투였다. 돈을 놔두고 고의로 연체라
도 시킨 것 같은 말투다.

"연체를 하고 싶어서 하나요? 어쩔 수 없으니 이러고 있는 거죠."

잘 참아내던 민영은 목소리까지 울컥해졌다. 다행히 도서관 로비에는 아무도 없었다. 카드회사의 전화가 올 때마다 로비로 나와 전화를 받곤 했는데 사람들이 옆에 있을 때가 제일 곤란했다. 아무리 목소리를 줄여도 조용한 도서관 로비는 실제보다 더 소리가 증폭됐다. 누군가 민영에게 잠시만 주의를 기울여도 내용을 충분히 짐작할 만한 통화들이었다.

"미안합니다. 조금만 더 기다려주세요."

전화기 너머의 여직원들에게는 연체 날짜를 단 하루도 연기해줄 수 있는 권한이 없다는 걸 알면서 민영은 매일 그녀들에게 사정했다. 더 이상 사정할 곳이 없던 까닭이다. 돈을 빌릴 수 있는 데는 이미 모두 빌린 후였다.

남에게 돈을 빌려달라느니 차라리 죽는 게 낫다고 생각했던 민영은 닥쳐온 위기 앞에서 무력하게 무너졌다. 돈을 빌려달라는 말을 하려고 전화기를 들면 말도 하기 전에 먼저 울음이 터졌고 놀란 친구나 형제는 말을 변변히 꺼내기도 전에 돈을 보내주었다. 물론 누구도 여유 있는 사람들은 없었지만 어떻게 해서든 돈을 만들어 보내주었다. 언제 받을 수 있을지 알 수 없는 돈이었지만 그들은 선뜻 보내주었다. 차라리 그들이 싫은 소리를 하거나 거절을 했더라면 마음은 더 편했을 것이다. 그들이 얼마나 어렵게 돈을 만들어 보내주는지 알기 때문에 민영은 더 이상 돈 얘기를 할 수가 없었다.

"아무래도 벌 받나 봐. 돈 우습게 알고 큰소리친 벌. 이렇게 한순간에 항복할 거면서."

민영은 기숙에게 또 넋두리를 했다.

"돈 없어도 잘 살 수 있다고 생각했는데……."

'최소한의 의식주만 해결된다면' 이라는 단서가 붙긴 했지만 민영은 정말 최소한의 것들로 살아갈 자신이 있다고 입버릇처럼 말했었다. 하지만 그 최소한의 것들이야말로 얼마나 대단한 안전지대란 말인가. 안전선 따위를 남겨두고 오는 위기란 없는 법이었다. 위기란 전부 아니면 전무였다.

"다음 주 월요일까지 지점으로 나오세요. 대환론이라고 삼 년이나 오 년에 걸쳐 나눠서 갚는 것도 있어요. 그런데 대환론으로 전환하려면 전체 상환액의 30퍼센트를 먼저 납입해야 됩니다. 그 돈과 인감도장, 주민등록등본 갖고 오세요."

남자는 결국 그 얘기를 하기 위해 전화를 건 셈이었다. 대환론이라니, 처음 들어보는 말이었다. 신용회복이니 워크아웃이니 하는 말은 들어봤어도 대환론이란 제도가 있다는 건 몰랐던 일이다. 워크아웃은 민영의 이름으로 된 집이 있어 안 된다고 했다. 덕분에 새로 알아가는 게 너무 많았다. 자신과 무관하리라 생각했던 일들을 하나하나 배워갈 때마다 그동안 자신이 얼마나 안전한 곳에서 지냈는지를 깨달았다.

대환론은 구원이 아니었다. 카드 하나만도 총액이 천만 원이 넘는 게 몇 갠데 일곱 개 카드의 총 연체 금액의 30퍼센트를 어떻게 구한단 말인가. 무릎이 휘청했다. 지난해부터 아프기 시작한 무릎은 이즈음 통증이 더 심해지고 있었다. 퇴행성관절염인지도 모른다고 정형외과 의사가 말했다. 아직은 엑스레이 상에 명확히 나타나지 않지만 그럴 가능성이 짙다고 했다. 몸도 어느덧 다른 경계로 들어선 것일까. 이제 막 들어선 쉰 살이란 나이는 퇴행성관절염만큼이나 낯설었지만 생이 자신의 의지와는 상관없이 어딘가로 한없이 떠밀려가고 있는 것만은 확실했다.

남자와의 통화를 끝내고도 한참을 소파에 앉아 있던 민영은 겨우 다시 일어나 도서관 안으로 들어왔다. 화면보호기가 작동된 노트북에선 쉼 없이 별들이 떨어지고 있었다. 마우스를 누르자 화면엔 미처 마무리 짓지 못한 문장이 꼬리 잘린 도마뱀처럼 다급하게 커서를 깜박였다.

이틀째 붙잡고 있는 13장까지 오늘 안에 번역을 끝내고 싶지만 쉽지 않을 것 같았다. 책 속의 글자들이 더 이상 눈에 들어오지 않았다. 민영은 멍하니 창밖을 바라보았다. 두 명의 억센 남자들이 지키고 있는 집 안에 갇혀 오도 가도 못 하는 아이만 떠올랐다.

더 이상 방어가 힘들다며 남편이 사실상의 파산 선언을 한 날, 민영은 하루 종일 누워 있다가 다음 날 아침 일찍 도서관으로 와서 아리스토텔레스의 『시학』을 번역하기 시작했다. 출판사와 계약을 한 것도 아니었고 누가 번역을 하라고 권한 것도 아니었지만 민영은 오랫동안 책꽂이에 처박혀 있던 그 책을 꺼내 들었다. 민영으로 하여금 번역 일을 하게 만든 책이기도 했지만 함부로 덤벼들기가 어려워 늘 멀리서 바라보고만 있던 책이기도 했다. 왜 하필이면 이 어려운 시기에 이걸 번역하겠다고 빼 든 것일까? 민영은 스스로도 이해할 수 없었다. 빚을 갚기엔 어림도 없지만 그래도 적은 돈이나마 받으려면 출판사에서 의뢰받은 미국 심리상담가의 자기계발서를 먼저 번역하는 게 순서였다. 그런데도 민영은 엉뚱한 아리스토텔레스를 빼 들고 석 달째 씨름하고 있었다. 본문보다 주석이 더 많이 달리는 책이어서 아무리 속도를 내도 거북이걸음을 면치 못했다.

"지금 안 하면 앞으로도 영원히 못 할 것 같아. 아니 지금 내겐 이걸 해내는 게 가장 급한 일인 것 같아."

남편에게 자신을 설명해보려 했지만 언어는 궁색하기만 했다. 십 년 넘게 미뤄온 일을 왜 하필 이 위기의 시기에 붙들고 있는지 민영 스스로도 설명할 길이 없었다. 다만 그걸 해내야 한다는 마음만 절박할 뿐이었다. 민영은 잠이 오지 않는 날이면 밤을 꼬박 새우고도 아침 일찍 도서관으로 나왔다.

"나는 왜 마트에 가서 만두라도 팔지 못하고 도서관에 와서 이 케케묵은 책을 뒤적이고 있는 걸까."

민영은 초조해질 때마다 도서관 밖으로 나와 기숙에게 전화를 걸어 독백처럼 중얼거렸다. 시립도서관 근처엔 군데군데 빈 벤치가 많았다. 아이들을 데리고 온 엄마들이 한가롭게 책을 읽거나 빵을 먹기도 했다. 한없이 평화로운 풍경이었다.

"누구나 마트에 가서 만두를 팔아야 최선은 아니잖아. 네겐 그게 만두를 파는 거나 마찬가지겠지."

기숙의 위로도 변명은 돼주지 못했다. 당장 3백만 원이라는 돈이 있어야 다음 주 월요일 카드회사를 찾아가 연체금을 대환론으로 전환할 수 있는데 아리스토텔레스의 『시학』은 단 한 푼의 돈도 마련해줄 수 없었다. 그런데도 민영은 그 책을 놓을 수가 없었다.

"당신은 그래도 여유가 있어 보여."

며칠 전 주식 말고 다른 일을 할 수 없냐는 민영을 남편은 벨 것 같은 시선으로 바라보며 그렇게 말했다. 남편은 사업을 정리하고 집 계약금으로 종일 주식에 매달려 있었다. 이사 갈 집의 월세 보증금 전부였다. 어깨너머로 배운 주식에서 제법 재미를 본 몇 번의 경험이 벼랑에 몰리니 목숨 줄이 된 모양이었다. 유난히 인간 관계를 힘들어하는 남편은 사람들과 얽히는 사업은 다시는 하고 싶지 않다고 했다. 그렇다고 갑자기 막노동판에 갈 몸도 마음도 되지 못하는데 자신이 무엇을 할 수 있겠냐고 했다. 주식이 자신에게 남은 유일한 길이라며 남편은 종일 컴퓨터 앞에 앉아 있었다. 민영은 월세 보증금까지 날리고 나면 더 이상 갈 곳이 없다는 걸 알면서도 그를 말릴 수가 없었다. 그를 말리려면 자신이 다른 대안을 내야 할 터인데 민영에게 대안이 있을 리 없었다. 불안하기 짝이 없었지만 차라리 눈을 질끈 감고 가보자는 심산으로 위험한 주행을 멍하니 바라만 보고 있는 형국이었다. 어디든 가보자,

더 나빠질 것도 없지 않은가? 그러나 남편의 말대로 한 발자국 앞이 진짜 벼랑일지도 모른다. 날카로운 칼끝에 홀로 서 있는 남편의 몸이 위태롭고도 고독해 보였다. 누구도 함께할 수 없는 혼자만의 직립이었다.

『Poetics』. 민영은 노란 독서대 위에 펼쳐진 책을 빼내 새삼 한 장 한 장 넘겨보았다. 십 년 전 영국에 있는 친구에게 부탁을 해서 산, 영문판 중에 가장 번역이 잘돼 있다는 책이었다. 이미 누렇게 변한 종이 색이 그간 민영이 미뤄온 시간들을 보여주고 있었다. 대학 시절 철학을 공부하며 오래된 번역서로 읽은 『시학』은 거기에 인용된 희랍비극들까지 찾아 읽게 할 만큼 민영을 사로잡았지만 군데군데 말이 되지 않는 문장이 많아 짜증이 치밀게도 했다. 오래전에 일본어판을 중역한 책은 일본식 문장에다 번역도 자의적 해석투성이였다. 그때 민영은 결심했다. 언젠가 자신이 꼭 이 책을 다시 번역하리라. 대학원에 가서 계속 고대 그리스 철학을 공부하고 싶었지만 집안 형편상 더 이상의 학업은 불가능해졌다. 민영은 출판사에 취직을 해서 오 년 넘게 다니다가 결혼 후 집에서 잡다한 책들의 윤문과 번역을 해오고 있었다. 번역 일을 시작하면서는 머지않아 『시학』을 번역할 수 있으리라 생각했지만 시간이 지날수록 그 꿈은 점점 멀어져갔다. 대부분 그러하듯 전공한 학자들에 의해 전문서적들이 번역되기 때문에 민영의 번역은 출판될 가능성이 거의 없었다. 그럼에도 불구하고 꼭 자신의 힘으로 그 책을 번역하고 싶다는 오래된 욕망만은 쉽게 사라지지 않았다.

출판될 가능성도 없는 일에 왜 이토록 매달려 있는가. 민영은 하루에도 몇 번씩 자신에게 묻곤 했지만 끝내 대답이 떠오르지 않았다.

　　연민의 감정은 부당하게 불행을 당하는 것을 볼 때 환기
　　되며, 공포의 감정은 우리 자신과 유사한 자가 불행을
　　당하는 것을 볼 때 환기된다.*

　낡은 노트북 화면이 갑자기 흔들리기 시작했다. 얼마 전부터 하드디스크가 돌아갈 때마다 소음도 심해지고 화면이 자꾸 흔들렸다. 언제 검은 휘장을 내리며 목숨이 다했다는 선고를 해올지 불안하기 짝이 없었다. 이것은 연민일까 공포일까, 망연히 컴퓨터 화면을 들여다보던 민영은 난데없는 의문에 사로잡혔다. 아리스토텔레스는 선하지도 악하지도 않은 그 중간쯤의 사람이 악한 기질이나 행위 때문이 아니라 어떤 '착오' 때문에 불행에 빠지는 것이 비극적 감정을 불러일으키는 훌륭한 방법이라고 말하고 있었다. 그렇다면 이것 역시 비극적 카타르시스를 위한 신의 '착오'인 걸까. 상념들이 뒤엉키기 시작했다. 굼뜨게 돌아가는 노트북 화면을 바라보고 있자니 두 눈이 모래라도 들어간 듯 뻑뻑했다. 몇 년 전에 시작된 노안 탓에 돋보기가 없으면 책을 읽기 힘들었다. 민

---

* 『시학』, 아리스토텔레스

영은 인공눈물을 양쪽 눈에 한 방울씩 넣었다. 마른 우물에 물이라도 한 드럼 부은 듯 긴장이 느슨해졌다. 왼쪽 허리 부분의 통증도 새삼스럽지 않았다. 매일 여덟 시간 이상 앉아 있다 보니 집에 가면 몇 년 전 골절상을 입은 허리의 통증이 심해 전기 찜질기를 깔고 자야만 다음 날 다시 종일 앉아 있을 수가 있었다. 노트북만큼이나 민영의 몸도 낡아가는 모양이었다.

민영은 다시 허리를 꼿꼿이 세우고 작은 영문 글씨를 한 자 한 자 읽어나가기 시작했다. 이번에는 머릿속이 사막처럼 바싹 말라버린 듯 두통 때문에 글자가 머리에 들어오지 않았다. 고무 모자라도 씌운 듯 언제나 정수리 부분을 뭉근히 조이는 통증이었다. 인공눈물 같은 걸 머릿속에도 부을 수만 있다면 훨씬 좋아질 것만 같았다. 고등학교 시절, 아버지가 갑자기 사고로 죽은 이후로 생긴 만성두통은 쉰 살이 된 지금까지도 사라질 줄을 몰랐다. 민영은 그러나 결코 지지 않겠다는 듯 책에서 눈을 떼지 않고 읽어나가기 시작했다. 머릿속에서 시퍼런 갈기가 일어서는 것 같았다. 그 순간만은 적어도 자신이 쓸모없는 존재라는 생각에서 잠시 벗어날 수 있었다.

"이런 땐 누구라도, 다만 얼마라도 꼬박꼬박 벌어 와야 힘이 될 텐데……"

시어머니는 아무것도 해줄 수 없는 아들의 파산에 애가 타서 매일 전화를 하다가 어느 날 결국 참았던 말을 끝내 뱉어냈다. 그날 민영은 꾸역꾸역 밀어 넣은 점심이 결국 체해버렸고 이틀 동안이나 굶은 다음에야 겨우 다시 밥을 먹을 수 있었다. 그것은 마트에서 사 온 한방 샴푸 때문이기도 했다. 전날 민영은 마트에 갔다가 판촉을 하는 또래 여자의 곁을 무심코 지나가고 있었다. 여자는 차마 민영을 부르지 못하고 머뭇거리다 이미 자신의 옆을 한 발자국이나 지나간 낯선 여자에게 '이거 한번 써보세요' 하며 그새 얼굴이 붉어진 채 겨우 샘플을 내밀었다. 지나치던 걸음을 멈춘 민영도 갑자기 여자의 상기된 얼굴을 똑바로 쳐다볼 수 없었다. 여자의 남편도 파산을 한 걸까. 아니 그건 중요한 게 아니었다. 문제는 민영 자신이었다. 나는 왜 아직도 이곳에 선뜻 서지 못하는가. 민영은 여자가 건네준 새로 나온 한방 샴푸를 들고, 아이가 사 오라던 삼선슬리퍼를 잊은 채 집으로 돌아오면서 오래된 물음을 새삼 되묻고 있었다.

민영은 그 후로 한동안 『시학』을 덮어버린 채 펴보지 않았다. 아니 『시학』 대신 자기계발서를 펴놓고 들여다보기 시작했다. 이것이야말로 지금 자신이 해야 할 최소한의 의무인 것 같았다. 부채의 액수에는 어림도 없는 금액이지만 적어도 쌀 몇 가마니는 살 수 있는 돈이 아니던가. 적어도 비난의 시선으로부터 당당해질 수 있었다. 하지만 민영은 며칠 가지 않아 그 책을 덮어버렸다. 어쨌든 『시학』을 끝까지 마치고 싶다는, 목까지 차오른 욕망을 더 이상 외면할 수 없었던 것이다.

민영은 책을 덮고 노트북을 켰다. 꼬리를 물고 이어지던 상념들은 어느새 가위로 끊어내야 할 만큼 엉클어져 버렸다. 더 이상은 책 내용이 머릿속에 들어올 것 같지 않았다. 민영은 도서관을 나왔다. 노트북이 든 배낭이 어깨를 내리눌렀다. 민영은 무게에 저항이라도 하듯 배낭을 고쳐 멨다. 어디로 가야 하나, 어디로 갈 수 있을까. 민영은 도서관 처마 밑에서 여전히 퍼붓고 있는 빗줄기를 망연히 바라보았다. 낯선 남자들은 아직도 집 앞을 지키고 있을까. 아이가 몹시 걱정되었지만 아이의 말대로 섣불리 집으로 갈 수도 없었다. 무얼 하러 온 사람들일까. 혹 텔레비전에서 보았듯이 빨간딱지를 붙이러 온 사람들일까. 가끔 민영은 늦은 밤이면 불 꺼진 거실 소파에 앉아 그런 상상을 하곤 했다. 신발을 벗지도 않은 남자들이 함부로 방과 거실을 오가며 텔레비전과 식탁, 오디오 따위에 빨간딱지를 붙이는 장면이었다. 빨간딱지는 물건뿐만 아니라 민영과 남편, 그리고 아이에게까지 붙여질 것만 같은 공포감이 뒤따랐다.

콘서트홀의 대리석 바닥은 하늘에서 한꺼번에 화살이라도 쏟아지는 것 같았다. 다행히 작은 우산을 가져오긴 했지만 화살촉 같은 빗줄기를 막아낼 수 있을지는 의문이었다. 어쩔 수 없는 일이었다. 민영은 도서관을 나섰다.

우산이 미처 가리지 못하는 빗방울이 민영에게 튀었다. 청바지의 밑단과 어깨가 젖어 무겁게 늘어졌다. 민영은 도서관 앞 육교를 지나 광장을 따라 걸었다. 바람이 순간 방향을 바꾸는 바람에 우산이 뒤집혀 비를 고스란히 맞았다. 우산을 반대 방향으로 돌리니 다시 젖혀졌다. 뭐든 이토록 간단히 제자리로 돌아갈 수 있다면 얼마나 좋을 것인가. 민영은 비 내리는 광장 한가운데 서서 두리번거리고 있었다. 유흥가 한복판에 들어선 큰 교회의 십자가 네온사인이 오늘따라 더 세속적으로 보였다. 공원으로 통하는 육교의 자전거 통로가 어느새 수로처럼 변해 물을 쏟아냈다. 늘 북적거리던 패스트푸드점 역시 굳게 문이 닫힌 채 고스란히 물속에 잠겨 있었다. 집 앞을 지키고 있던 남자들은 아직도 그곳에 서 있을까. 아이는 안에 있다는 사실을 아직 들키지 않고 집 안에서 여전히 숨죽인 채 숨어 있을까. 민영은 길 건너 대형마트 쪽으로 발길을 돌렸다. 남편이 하루 종일 꼼짝도 안 하고 갇혀 있는 오피스텔 건물이 빗줄기 사이로 희미하게 보였다.

"웬일이야? 연락도 없이."

회사 사무실을 정리하며 자신의 책상과 책꽂이, 컴퓨터 등 최소한의 물건만 옮겨다놓은 작은 오피스텔에서 남편은 잠자는 시간을 제외하고 꼬박 혼자 지냈다. 언젠가부터 밤늦게 집에 들어와 겨우 잠만 자고 새벽 일찍 나가곤 했다. 책상 두 개와 작은 소파 하나로 가득 차버리는 방에 어쩌면 민영과 아이까지 와야 할지도 몰랐다. 정히 갈 데가 없으면 이 오피스텔로 옮기는 수밖에 없는 처지여서 남편은 월세가 더 싼 곳으로 이사도 가지 못하고 있었다. 찾아오는 사람도 찾아갈 사람도 없는 고립무원이었다. 책상 앞 벽면에 주가 그래프가 빼곡히 붙어 있었다. 남편은 이곳에서

고시생처럼 주식 공부를 했다. 주식 투자에 관한 책들이 책꽂이 가득 꽂혀 있었다. 철학과 선배였던 그는 이번에도 전공이었던 칸트와 전혀 다른 길들을 장님처럼 더듬어 가고 있었다. 텔레비전에는 케이블의 경제 채널이 오늘의 주요 종목을 체크해주고 있었다. 트레이닝 바지에 늘어진 티셔츠 차림의 남편에게서 술 냄새가 풍겼다.

"연락이 돼야 하지."

남편의 얼굴을 보니 참았던 화가 치솟았다. 어쩌자고 일을 이토록 감당할 수 없는 지경으로 벌여놓은 것인지, 원망이 치밀었다. 민영은 그간 누구보다 제일 힘든 사람은 남편일 것이므로 원망을 하지 않으려 애썼다. 누군들 원해서 이 지경이 되겠는가. 하지만 지금도 집 안에 홀로 갇혀 있을 아이를 생각하니 참을 수 없는 원망이 몰려왔다.

"왜 무슨 일 있어?"

작은 상 위에 소주 한 병과 고추 참치 캔 하나가 놓여 있었다.

"아무 일도 없는 날이 있었나?"

민영은 남편이 마시다 만 소주 상을 옆으로 밀치며 앉았다. 남편이 소주잔을 하나 더 꺼내 상 위에 놓았다. 술 마시기엔 위험한 날이었다.

"혼자 마시기엔 좀 처량했는데 잘됐네."

주변 사람들마저 모두 떠나고 혼자 남은 남편은 술도 혼자 마시는 모양이었다. 돈을 받아야 할 사람에겐 받지 못해서, 주어야 할 사람에겐 주지 못해 모두 등을 돌려 홀로 남은 장년의 남자는 소주마저 자작하고 있었다. 인간관계는 모두 깨지고 남은 것은 채무관계뿐이었다. 형제들마저 소원해진 그에게 남은 것이라곤 오직 민영과 아이뿐이었다.

남편이 민영의 술잔에 술을 따랐다. 그때였다. 문자가 왔다는 신호음이 울렸다.

'탈출 성공! 사람들 안 보여서 나왔어. 혹시 몰라 두 층 내려와 엘리베이터 탔는데 없넹. 학원 가.'

아이의 문자였다. 낯선 남자들이 간 모양이었다. 온몸을 조이고 있던 긴장이 그제야 스르르 허물어졌다.

'별일 아니니 너무 걱정 말고 학원 잘 다녀와!'

민영은 하트까지 세 개를 찍어 곧바로 답 문자를 보냈다. 자신보다 의연한 아이가 대견했다.

"무슨 일인데 그래?"

자신을 외면한 채 휴대폰을 접는 민영을 지켜보던 남편의 두 눈이 의혹과 불안으로 흔들렸다. 깊이 상처받은 짐승의 눈빛이었다. 한때 오만에 가까운 자신감으로 충만하던 인간의 눈은 온데간데없었다.

"도대체 당신은……."

쌓였던 것들은 남편의 눈을 보자 제대로 터져 나오지도 못한 채 힘없이 허물어졌다. 민영은 상 위의 소주잔을 단숨에 비웠다. 맹물이라도 마신 듯 싱거웠다. 민영은 다시 한 잔을 연거푸 마셨다.

식도를 따라가는 소주 특유의 휘발성 강한 알코올 냄새가 목구멍을 타고 올라왔다. 창자 속 저 아래로부터 무언가 꾸역꾸역 올라오는 기분이었다. 적어도 사업에 실패한 일로 남편을 비난할 수는 없다는 생각에 민영은 지금까지 하고 싶은 말들을 참아왔다.

"도대체 사는 게 뭐 이래!"

느닷없이 튀어나온 말이었다. 자신이 모르는 빚이 얼마나 또 있는 건 아닌지, 오늘 집으로 찾아온 남자들의 정체는 도대체 무엇인지, 따지고 물으리라 생각했던 민영의 입에서는 느닷없는 말이 튀어나왔다. 민영은 당황했다.

남편도 말없이 소주잔을 연거푸 털어 넣었다. 지난해까지만 해도 어쩌다 맥주나 좀 마셨지 소주는 입에도 대지 않던 사람이었다.

"차라리 나를 비난하고 욕해. 나를 원망하라고. 당신의 그 잘난 예의가 날 더 힘들게 해. 그렇게 죽어라고 아리스토텔레스만 붙들고 있지 말고 날 원망하라고. 왜 돈 때문에 날 비난하면 자존심이 상하나?"

남편의 얼굴이 어느새 붉게 타들어 가고 있었다. 술이 약한 탓에 맥주 한 병만 마셔도 온몸이 홍옥처럼 붉어지는 사람이었다. 붉은 얼굴의 남편은 민영을 뚫어질 듯이 바라보았다. 민영은 그런 남편의 시선을 피하지 않으며 다시 소주 한 잔을 더 마셨다. 소주병의 수위가 금세 낮아졌다. 민영의 얼굴도 어느새 홧홧해지며 열이 번지기 시작했다. 방금 마신 소주가 거꾸로 치솟는 것만 같았다. 거울을 보면 분노를 감추지 못한 민영의 눈자위가 잔뜩 붉어져 있을 것이다.

"그래. 당신이 미워 죽겠어. 원망스러워 미치겠다고! 내 삶을 엉망으로 만들어버린 당신 꼴도 보기 싫다고!"

민영은 소리 질렀다. 오랫동안 목구멍에 걸려 있던 것들이 갑자기 튀어나오느라 소리는 뻑뻑하고 끝이 갈라졌다. 누군가를 향해 이렇게 큰 소리로 원망을 쏟아내 본 적이 있던가. 아마도 처음일 것이었다.

"그래, 차라리 이게 나아. 할 말을 참고 있는 당신 볼 때마다 더 힘들어. 죄책감만 커지고 주눅이 들어 당신 눈치만 살피게 된다고! 이렇게라도 욕을 먹으니 속이 시원하군, 젠장."

남편이 담배를 찾아 물었다. 남편은 오 년간 끊었던 담배를 다시 피우기 시작했다.

"잘난 척하지 마."

민영도 남편의 담배를 한 개비 뽑아 물었다. 모처럼 몸 안으로 들어오는 담배 연기가 종일 비에 젖은 속을 구석구석 훑었다. 민영은 담배 연기를 길게 내뿜으며 벽에 기대앉은 남편을 바라보았다. 남편은 갑자기 열 살쯤 더 나이 들어 보였다. 몇 달 새 살이 급격히 내려 십 년 전의 체중으로 다시 돌아갔다고 했다. 쉰네 살 남자의 유난히 큰 쌍꺼풀은 처진 눈매를 더 또렷이 드러냈고 타고난 근육질이었던 몸은 중력에 항복한 듯 선이 흐트러져 있었다. 그 단단하고 오연했던 남자는 도대체 어디로 가버린 걸까. 민영은 당혹스러웠다. 피로하고 지친 한 사내가 담배를 물고 물끄러미 허공을 바라보고 있었다. 중량감이 전혀 느껴지지 않는, 텅 빈 모습이었다. 민영을 향해 소리 지르던 모습은 순식간에 어딘가로 사라지고 보이지 않았다. 그러자 방금 전까지 민영의 목구멍을 타고 올라왔던 분노와 원망도 가시에 찔린 풍선처럼 급격히 사그라졌다. 분노나 원망도 상대가 힘이 있어야 가능한 모양이었다. 허탈감이 몰려왔다. 깊은 침묵이 이어졌다.

느닷없는 일이었다. 남편은 갑자기 벽에 기대 있던 민영을 바닥으로 난폭하게 끌어내렸다. 축축한 티셔츠가 나무 바닥에 닿으며 밀려 올라갔다. 남편의 손이 민영의 가슴을 움켜쥐었다. 생리일이 다 됐는지 갑작스런 악력에 통증이 일었다.

"싫어."

민영은 남편을 밀어내며 단호하게 내뱉었다. 난데없는 기습 공격이라니, 민영은 전혀 마음이 일지 않았다. 아니 남편과 섹스를 한 게 언제였는지도 잘 기억나지 않을 만큼 욕망이 사라진 지 오래였다. 마음이 열리지 않으면 몸도 닫혀버리는 체질 때문이었다. 민영은 눌린 손을 빼내 남편의 억센 손길을 막았다.

"제발."

민영의 청바지 벨트를 풀어내던 남편의 목소리가 간절하게 귓가를 울렸다. 남편은 어느새 젖어서 뻣뻣한 민영의 청바지 아랫단을 잡아당겼다.

"싫다고 했잖아!"

민영은 누운 채 상체를 비틀며 저항했다. 강간이라도 당하는 꼴이었다.

"오늘은 제발, 제발 그냥 좀 있어줘."

달뜬 기색조차 없는 남편의 목소리에는 그러나 생전 처음 듣는 절박함이 묻어났다. 남편은 서둘러 자신의 트레이닝 바지를 끌어내렸다. 미처 발기도 되지 못한 힘없는 성기가 무참하게 드러났다. 민영은 더 이상의 저항을 포기하고 죽은 듯 누워 있었다.

남편은 초조하게 민영의 몸을 쓰다듬었다. 그러나 거듭 쓰다듬고 자극을 해도 몸은 깨어나지 않았다. 급기야 남편은 민영의 아랫도리에 얼굴을 묻은 채 온몸에 땀을 뻘뻘 흘렸다. 십 분이 지났는지 삼십 분이 지났는지, 아니 한 시간이 넘었는지도 모를 일이었다. 몸은 끝내 살아나지 않았다. 남편이 사막 같은 민영의 몸에 거칠게 알몸을 비벼댔다. 모래라도 묻어날 것 같았다.

남편은 겨우 발기한 성기를 삽입하기 위해 시도를 거듭했다. 하지만 굳게 닫힌 민영의 몸 입구에서 번번이 실패했다. 남편이 민영의 두 다리를 벌린 채 다시 한 번 진입을 시도했다. 그때였다. 지친 민영의 시선에 남편의 두 눈이 들어왔다. 절대로 포기할 수 없다는 듯, 기어이 가닿고 말겠다는 듯 부릅뜬 남편의 두 눈. 두려움을 이겨내려는, 함부로 쓰러지지 않으리라는 몸부림 같았다. 아니 어쩌면 적나라한 두려움인지도 모른다. 민영이 끝내 놓지 못한 『시학』이 그러하듯이. 민영은 녹슨 자물쇠를 풀어내듯 두 다리를 활짝 벌렸다.

그러나 민영의 몸에선 끝내 물 한 방울 솟아나지 않았다. 이미 폐광이 돼버린 건지도 모른다. 지친 남편이 마침내 강제 진압이라도 하듯 억지로 밀고 들어왔다. 물기 없는 두 몸의 부딪침이 폐가의 마룻장 밟는 소리처럼 적막했다.

"이게 다일까? 사는 게 말이야…… 참 하찮고 허무해."

민영의 메마른 목소리가 두터운 적막을 깨뜨렸다. 남편은 기진한 얼굴로 누워 눈을 감고 있었고, 민영은 아랫도리만 벗겨진 채 바닥에 엎드려 있었다. 온몸에서 피가 모두 빠져나가 버린 것만 같았다. 민영은 아까부터 파산과 함께 사라진 것들을 떠올리고 있었다. 집과 자동차와 회사와 함께 사라진 것들. 남편은 더 이상 사람을 신뢰하지 않았고 민영 역시 사람들을 피한 채 온몸으로 저항하듯 『시학』에만 매달리고 있었다. 이십대 청년의 단단하던 근육과 빛나던 눈동자는 모두 어디로 가버린 걸까. 어딘가 푸른 보석처럼 빛나는 삶이 있을 거라고 믿었던 그 꿈은 모두 어디로 사라진 걸까.

"모르겠어. 이게 전부인지, 무엇이 또 있는지…… 누가 그 속을 알겠어. 끝까지 가보는 수밖에."

안개 속에서 길을 잃은 남편이 녹이 잔뜩 낀 목소리로 중얼거렸다. 바람이 방향을 바꾸는지 창문으로 비가 들이쳤다. 바람 소리가 더 거세지고 있었다.

민영은 창가로 가서 바깥을 내다보았다. 호수공원의 키 큰 나무들이 바람에 온몸을 휘고 있었다. 굵은 빗줄기가 바람을 따라 흩어졌다. 멀리 동쪽 하늘에서 또 다른 비구름이 캄캄히 몰려오고 있었다. 민영은 아랫배 깊숙한 곳까지 숨을 들이마셨다. 짙은 물비린내가 코끝을 스쳤다.

빈
방

눈을 뜬 건 심한 갈증 때문이었다. 목구멍 깊은 곳부터 마른 모래가 긴 듯한 갈증에 눈을 뜬 은영은 할로겐램프의 직광 때문에 다시 눈을 감았다. 낯선 불빛이다. 은영은 눈을 감은 채 그 빛의 정체에 대해 생각을 더듬는다. 기억은 어렵지 않게 떠올랐다. 지난밤, 불빛을 향해 무작정 몸을 던지는 불나방 같던 자신의 흔들리는 날갯짓. 방 안 어디쯤에 찢긴 날개 조각들이 먼지처럼 부유하고 있으리라. 은영은 옆자리에 누워 있는 남자를 바라보았다. 벗은 장(張)의 몸이 정물처럼 무관해 보인다. 지난밤, 자신의 몸속을 파고들던 남자의 몸이라는 최소한의 애틋한 감정마저도 일지 않는다. 도대체 무슨 짓을 하고 있는 걸까, 은영은 불빛에 환히 드러난 자신의 알몸을 내려다본다. 낯선 남자의 타액이 말라붙은 몸은 건기의 사막처럼 황량해 보인다. 물길이라곤 모두 막혀버린 마른 흙바닥, 은영은 손으로 가만히 아랫배를 쓸어보았다. 마른 비늘 같은 것이 일어나기라도 하듯 손바닥의 감촉이 거칠다.

"같이 있어줘요."

지난밤, 느닷없는 은영의 말에 장의 눈은 당혹감으로 흔들렸다. 사 년 넘게 다니던 서울 동쪽의 동사무소에서 은영이 정반대 방향의 동사무소로 옮겨온 지 오 개월, 인감증명 발급을 맡고 있는 장은 언제부터인가 은영의 주변을 서성이고 있었다. 하지만 어쩌다 있는 회식자리에서나 술잔을 나누었을 뿐 단둘이 술을 마신 것은 어제가 처음이었다.

"그냥…… 같이 있으면 안 될까요?"

소주 두 병을 나눠 마신 지 두 시간째에 접어들어 취기가 적당히 올랐지만 은영은 더 취하기 전에 장에게 다짐이라도 받아두려는 듯 서두르고 있었다.

"은영 씨……."

장은 당황과 의혹이 가시지 않은 얼굴로 석류 껍질처럼 붉어진 은영의 눈을 차마 마주 보지 못한 채 탁자 위에 고개를 박고 있었다. 소주 한 병을 더 나눠 마신 후 은영은 장의 손을 이끌고 가까운 모텔로 향했다.

"후회하지 않겠어요?"

모텔 간판이 보이는 골목 입구에서 장은 은영의 손을 잡은 채 머뭇대며 물었다. 어쩌면 은영보다는 자기 자신에게 묻고 있었는지도 모른다. 갑자기, 모든 과정이 생략된 채 한 여자에게 끌려가는 남자의 당혹스럽고 불안한 얼굴. 순간 장에게 미안한 마음이 스쳤지만 모른 척하기로 했다.

"차라리, 동료애라고 생각해줘요."

은영은 그가 돌아서서 가버리면 어쩌나 하는 조바심으로 위에서부터 글자가 지워졌다 되살아나는 무인 모텔의 네온 간판을 바라보았다. 갑작스런 동료애는 세상 누구에게도 들키지 않을지도 모른다. 아니 세상 사람 모두가 쳐다보고 있다 해도 상관없는 일이긴 했다. 숙박비를 계산하려는 장을 밀어내고 굳이 자신의 카드를 무인 계산대에 밀어 넣은 은영은 서둘러 엘리베이터에 올랐다. 그러나 엘리베이터 안의 환한 불빛 아래서만은 차마 장의 얼굴을 마주 볼 용기가 나지 않아 내내 대리석 무늬의 리놀륨 바닥만 바라보았다.

방에 들어온 은영은 장이 달아나기라도 할 듯 서두르기 시작했다. 마음이 급한 아이가 받아든 선물 포장을 함부로 찢어버리듯 은영은 장의 재킷을 벗겼다. 소매가 뒤집힌 재킷이 바닥에 버려졌다. 남방셔츠와 러닝이 한꺼번에 벗겨졌고 양말과 팬티가 찢겨지듯 몸에서 떨어져 나갔다. 은영의 블라우스와 바지가 난폭하게 바닥으로 떨어져 내렸다. 놀란 장의 두 눈이 불도 켜지 않은 방 안에서 유리알처럼 빛났다. 은영은 고개를 돌린 채 알몸의 장을 안았다. 침대 옆 벽면에는 가로로 커다란 거울이 붙어 있었다. 겨울 호수의 수면처럼 어두운 거울 속엔 낯선 두 남녀의 벌거벗은 몸이 달그림자처럼 어른거리고 있었다. 차고 서늘한 달빛이 머리카락부터 발끝까지 훑어 내리는 것만 같았다. 나를 찢어줘. 은영은 거울 속의 남자를 향해 소리 없이 외쳤다. 남김없이, 갈가리 찢어줘. 은영은 남자의 허리에 두 손을 감았다. 뱀처럼 차갑고 매끄러운 피부였다. 은영은 손바닥으로 전해지는 냉기를 견디느라 온몸이 딱딱해진 채 그의 몸을 쓸어내렸다. 당황해 굳어 있던 장의 몸은 은영의 손길이 지나는 곳마다 해동이라도 되듯 온기가 돌기 시작했다. 다행이었다. 장의 몸에서 감도는 온기에 잠시 마음이 머문 한 순간, 몸보다 먼저 달아오른 장의 입술이 은영의 입으로 다가왔다. 예고도 없는 기습이었다. 은영은 따귀라도 맞은 듯 재빨리 얼굴을 돌렸다.

"참 이상하지. 마음이 없는 사람하곤 섹스는 할 수 있어도 입은 맞출 수 없으니……. 인간에게 가장 정직한 곳은 어쩌면 입인지도 몰라."

느닷없이 태준의 음성이 환청처럼 들려왔다. 은영은 환청에 저항이라도 하듯 눈을 질끈 감았다. 그리고 장의 얼굴을 더듬어 그의 입술을 찾았다. 어둠 속에서도 흠칫하는 장의 표정이 보이는 것 같았다. 은영은 장의 입안으로 혀를 밀어 넣었다. 낯선 그의 입안이 검은 허공처럼 아득하게 느껴졌다. 현기증이 몰려왔다. 은영은 허공을 향해 몸을 던지듯 장의 혀를 받아들였다. 유난히 뾰족하고 단단한 남자의 혀가 은영의 입안을 파고들었다. 갑작스런 이 물감이 강제로 유린당하는 기분마저 들게 했다. 도망치고 싶었다.

하지만 은영은 다시 한 번 눈을 질끈 감았다. 잠시 허공에 멈췄던 몸이 낙하를 계속했다. 급격한 낙차감에 몸을 맡긴 은영은 비로소 안도했다. 아아, 이 바닥엔 도대체 무엇이 있을까. 은영은 문득 그 바닥이 궁금했지만 그렇다고 그 순간의 짜릿한 낙차감을 멈추고 싶지도 않았다. 어딘가로 가서 부딪쳐 산산이 부서지고 찢어지면 그만이었다. 장은 어느새 거침없이 은영의 몸을 쓸어내리고 핥고 들쑤시고 있었다. 굳이 장이 아니어도 아무 상관없을 손길이었다. 오늘 아침 출근길 지하철 속에서 마주 앉아 있던 스키니진을 입은 대학생이든 점심을 먹으러 간 식당의 주인 남자, 혹은 일주일에도 몇 번씩 인감증명을 떼러 오는 인근의 부동산 업자든 은영에게는 모두 마찬가지일 뿐이었다. 아무리 땀 흘리며 애를 써도 좀처럼 물기가 돌지 않는 은영의 몸속으로 참다 못한 장이 성기를 밀어 넣었다. 송곳에 찔리듯 예리한 통증이 일었다. 어디선가 둔탁한 마찰음과 함께 뼈마디들 부서지는 소리가 들려왔다. 드디어 바닥 인 걸까. 마침내 어딘가에 도달했다는 안도감이 몰려왔다.

은영은 행여 장이 깰세라 조심조심 옷을 주워 입은 후 소리 나 지 않게 가만히 문을 닫고 모텔 방을 빠져나왔다. 끝내 기척을 내 지 않는 장은 어쩌면 깨어 있을지도 모를 일이다. 하지만 은영은 도망치듯 가만히 방문을 닫고 나왔다. 동쪽으로부터 푸르스름한 빛이 어둠의 휘장을 걷어내는 중이다. 지난밤의 취기에서 미처 깨 어나지 못한 유흥가의 뒷골목은 군데군데 토사물과 배설물, 버려진 비닐봉지들이 뒹굴고 있다. 은영은 서둘러 골목을 벗어났다. 막 떠오르는 아침 햇살 속에 드러날 골목의 풍경만큼은 마주 보고 싶지 않았다. 내장이 드러난 뱃속을 들여다보는 기분이었다. 아니 낯선 남자의 타액과 분비물이 묻은 자신의 알몸처럼 느껴질지도 모를 일이었다.

　스물여덟 해를 살아도 닫힌 문을 여는 일은 언제나 사람을 긴장하게 만든다. 옥탑으로 오르는 쪽문은 굳게 닫혀 있다. 처음 이사 온 후, 태준이 칠한 대문의 하늘색 페인트 사이로 짙은 군청색이 왼쪽 귀퉁이에 새끼손톱만큼 드러나 보인다. 페인트를 칠할 때 태준이 미처 보지 못하고 지나친 곳이었다. 하루 뒤에 발견했지만 이미 페인트 통을 버린 후였기 때문에 덧칠도 하지 못한 채 놔두었지만 문을 열 때마다 신경이 쓰이는 곳이다. 문 앞에 서면 언제나 시선이 그곳으로 먼저 가곤 했다. 아무래도 페인트를 다시 사서 덧칠을 해야겠다고 은영은 마음먹는다. 혹시 했던 기대를 매몰차게 배반하는 잠긴 문에 열쇠를 꽂았다. 계단을 울리는 발소리가 하늘을 깨우기라도 한 듯 맞은편 산동네의 지붕들이 만들어낸 들쭉날쭉한 공제선 너머로 찬란한 빛살 무리가 번지기 시작한다.

　"야! 일출 보겠다고 굳이 동해까지 갈 필요가 없겠다. 저 가난하고 지저분한 산동네 어디에 저렇게 찬란한 빛이 감쪽같이 숨어 있다가 나타나는지…… 이런 땐 사람이라는 게 참 너절해 보이지?"

처음 이곳으로 이사하던 날, 수희가 내뱉은 감탄사였다. 함께 이삿짐을 챙기고 낯선 집에 혼자 재울 수 없다며 같이 잠을 자고 난 새벽, 옥탑방 앞에 나와 서서 곧 헐리고 재개발이 된다는 맞은편 동네를 바라보던 참이었다. 장엄한 일출이 시작되고 있었다.

현관문 역시 단단히 밀봉이라도 된 듯 굳게 잠겨 있다. 두 개의 문을 모두 열고 나니 은영은 온몸의 힘이 다 빠져버린 것만 같다. 싱크대와 2인용 식탁이 기역자로 놓인 주방과, 책상과 주니어 옷장이 나란히 놓인 방 안 모두 사람이 다녀간 흔적은 어디서도 찾을 수 없다. 어제 아침, 출근할 때 켜놓고 나간 주방등도 여전히 그대로다. 밤새 불 밝히고 있느라 지쳤는지 주황색 등 색깔이 하얗게 바래 보인다. 캄캄한 빈 집에 들어서는 걸 유난히 싫어하는 은영은 출근할 때마다 늘 불을 켜두곤 했다.

"불을 켜두고 가야 안심이 돼. 퇴근길에 버스정류장에서 올려다봤을 때 방에 불이 꺼져 있으면 꼭 망망대해에 혼자 서 있는 것만 같아. 이 희미한 형광등 불빛이라도 켜져 있어야 누군가 나를 기다리고 있다는 생각이 들어 길을 잃지 않고 똑바로 올 수 있어. 내겐 등댓불이야."

은영은 매일 저녁 옥탑방 불빛을 따라 버스정류장에서부터 방까지 숨차게 올라왔다. 종일 기다림에 지친 형광등이 바랜 낯빛으로 겨우 은영을 반겼다.

은영의 집을 드나든 지 석 달 만에 태준은 노트북과 책 세 꾸러미, 그리고 옷 가방 하나를 들고 노란 좁쌀 알맹이 같은 산수유 꽃이 피던 어느 봄날 오후 은영의 방으로 아주 들어왔다.

"이젠 내가 등대가 돼줄게. 출근할 때 매일 불 켜놓지 않고도 다닐 수 있게 해줄게."

그 후 은영은 불을 켜놓지 않고도 출근할 수 있었다. 은영의 퇴근시간에 맞추어 태준은 온 집 안의 불을 모두 켜놓은 채 은영을 기다렸고 간혹 외출이라도 하는 날이면 어김없이 불을 켜놓고 나갔다. 집으로 오는 길이 아무리 캄캄하여도 은영은 더 이상 망망대해에서 두리번거리지 않았다. 세상 한구석에 자신을 위한 불빛 하나가 켜져 있다는 생각만으로도 은영의 두려움은 거짓말처럼 사라져버렸다.

"이렇게 겁이 많아서야……. 너를 두고는 이제 아무 데도 못 가겠다."

가끔씩 은영이 가위에 짓눌려 소리조차 지르지 못한 채 버둥거리며 잠이 깰 때마다 태준은 은영의 등을 쓸어주었다.

가지 마. 아무 데도 가지 마.

은영은 그의 품에 안겨 속으로 수도 없이 되뇌었다. 그럴 때마다 은영은 떠나간 사람들이 한꺼번에 떠오르곤 했다. 은영이 세 살 때 아라비아의 사막으로 떠났다가 사고로 모래더미에 끝내 묻혀버리고 말았다는, 기억 속에조차 존재하지 않는 아버지, 은영이 전문대를 졸업하던 해에 평생 단 한 번 아이를 낳느라 열린 이후로 오랫동안 닫아놓았던 빈집 같은 자궁벽에 암세포를 키우다가 끝내 은영의 곁을 떠난 어머니.

은영이 꾸는 악몽이란 늘 떠나가는 사람들의 적막한 발소리로
부터 시작되었다. 어두운 복도를 울리며 지나가는 발소리들. 발소
리가 희미해져 갈 무렵 들려오는 닫힌 문의 단절음. 그다음부터는
혼자 남은 은영이 캄캄한 공간 속에서 도망 다니며 지르는 비명들
이 이어졌다.

"너 이러다 그 사람이 떠나기라도 하면 어쩌려고 그러니? 정말
크게 다친다."

수희는 그런 은영에게 자주 경고를 해왔다. 수희는 고등학교 때
부터 한시도 떨어지지 않고 붙어 다니는 친구였다. 고등학교 입학
첫날, 교실에 들어서자마자 은영의 첫눈에 들어와 박혀버린 아이
였다. 다른 아이들은 모두 얼굴이 희미하게 뭉개지고 오직 한 사
람만 또렷하게 한눈에 들어왔는데, 까무잡잡한 얼굴에 짧은 커트
머리가 언뜻 잘생긴 남자아이처럼 보였다. 쌍꺼풀진 눈이 크고 코
도 오만해 보일 만큼 오뚝했지만 보이시한 분위기 때문인지 은영
은 마치 짝사랑하는 남학생이라도 만난 듯 가슴이 뛰었다. 매사를
대범하게 처리하며 때론 자신만의 위엄을 갖춘 수희가 은영은 때
로 친구보다는 오빠나 선배 같은 기분이 들곤 했다.

"너희 둘이 사귀지?"

고등학교 졸업 무렵, 반이 달라져 교실마저 아래위층으로 떨어
져 있으면서도 점심시간이나 하교 때는 물론 짧은 쉬는 시간마다
서로의 반을 오가며 붙어 다니는 둘을 보고 은영의 반 아이 하나
가 정색을 하고 물어왔다. 늘 손가락을 깍지 끼어 서로의 옆구리

에 붙이면 손은 어느새 세상의 공격을 막아낼 수 있는 방패처럼 든든했다. 어머니가 떠날 때도 은영은 수희가 손을 꼭 잡은 채 곁에 있어줘서 견뎌낼 수 있었다.

"넌 어떤 땐 나보다 수희 씨를 더 좋아하는 것 같아. 셋이 있으면 가끔씩 나 소외감 드는 거 너 모르지?"

태준이 은영의 방으로 들어온 지 얼마 되지 않을 때였다. 태준이 만든 카르보나라 파스타에 와인까지 곁들여 마신 후 각자 기대앉아 새로 산 음반을 듣고 있었다. 옥탑의 작은 방 안으로 봄날 미풍 같은 노래가 흐르고 있었다. 〈The girl from Ipanema〉. 이파네마가 어디 있는지는 중요하지 않았다. 은영은 가슴 밑까지 따뜻한 물이 차오르는 것 같아 옆에 기대앉은 수희에게 가만히 손을 내밀었다. 수희가 손가락을 껴왔다. 그 순간 맞잡은 두 손바닥 사이엔 세상 어떤 것도 끼어들 수 없었다. 지문까지 일치할 것만 같았다. 음반 두 장을 모두 들은 후 열두시가 넘어서야 집으로 돌아가는 수희를 배웅하고 돌아오는 길에 태준은 은영의 어깨를 감싸안으며 어린아이처럼 그렇게 투정을 부렸다.

명상서적 전문출판사에 다니는 수희는 번역을 하는 태준에게 가끔씩 일거리도 갖다 주었다. 은영은 동사무소를 오가는 지하철 안에서 매일 조금씩 태준이 번역한 책들을 아껴 읽었다. 글자 한 자 한 자가 태준의 목소리처럼 마음에 박혀왔다. 엄마가 살아 있을 때, 모녀가 함께 갔던, 단 한 번의 제주도 여행 때 비행기에서 바라본 구름 위 풍경처럼 삶이 포근하고 찬란할 수도 있다는 걸 처음 느낀 순간이었다.

　은영은 이제 더 이상 가위에 눌리지 않았다. 어둠 속에 누군가 숨어서 자신을 지켜보고 있는 것만 같던 무서움도, 동사무소가 끝나고 돌아온 집에서 잠들 때까지 텔레비전을 켜놓은 채 혼자서 드라마 대사를 주고받으며 중얼거리던 버릇도, 모두 남의 일처럼 아득했다. 은영은 자신의 온몸이 개업하는 빵집 앞에 서 있던, 팔다리가 긴 풍선 인형처럼 이리저리 나부끼고 있는 것만 같았다.

　균열은 창문 위 벽에서부터 시작되었다. 오십 년 만의 폭설이 내렸다고 호들갑을 떨며 보낸 유난히 긴 겨울 끝에 날이 풀리기 시작한 삼월의 어느 날 아침, 은영은 창문 오른쪽 벽 모서리에 실금이 가 있는 걸 발견했다. 금이 간 연갈색의 나뭇잎 무늬 벽지는 아귀가 맞지 않은 채 틀어져 있었다. 풀을 발라 다시 붙이면 틀어진 무늬를 감쪽같이 다시 맞출 수 있을까. 은영은 출근 준비도 잊은 채 금이 간 벽면을 한없이 쳐다보았다. 태준은 지난밤 대학 동창들을 만난다며 나간 후 돌아오지 않았다. 금이 간 벽지에서 눈을 떼지 못한 은영이 끝내 아침도 거른 채 허둥대며 동사무소에 도착했을 때는 출근시간에서 세 시간이나 지나 있었다. 옆자리의 장이 대신 민원인들의 주민등록 등본을 떼주느라 정신이 없었다.

　그날 이후, 태준의 시선은 자주 은영을 비껴갔다. 식탁에 앉아서도 은영을 향해 가만히 미소 지어 보이던 전과 달리 태준은 한 치도 엇나가지 않게 잘라놓은 김이나 시금치무침, 두부조림 따위를 번갈아 쳐다보곤 했다. 지나치게 오래 그것들에 시선이 머물러 있었다는 걸 깨닫기라도 하면 태준은 고개를 들어 은영을 향해 웃음을 지어 보였지만 좌우대칭이 완벽하던 그의 입매가 왼쪽으로 살짝 처지는 걸 은영은 놓치지 않았다.

태준은 손길도 거칠어지고 있었다. 유난히 몸이 굳어 태준이 공들여 어루만지고 입 맞춘 후에야 간신히 점화된 듯 달아오르는 은영의 몸속으로 조심스럽게 들어오던 태준은 언제부터인가 입맞춤을 생략했다. 겨우 틈이 난 좁은 문을 함부로 조심성 없게 밀고 들어오는 태준을 은영은 이를 악물고 견뎌냈다. 통증 때문에 절로 신음이 나왔지만 은영은 입술을 깨물며 참아냈다. 신음이 새 나가면 태준이 곧 돌아서 나가버릴 것만 같았다.

사람이 무엇보다 몸의 존재라는 걸 깨닫게 해준 것도 태준이었다. 스물일곱 해 동안 깊은 동굴 속에 갇혀 있던 은영의 몸은 태준의 손을 잡고 굴 밖으로 나와 조심스런 산책을 시작했다. 태준은 오래 잠겨 있던 은영의 녹슨 자물쇠를 간단히 풀어버렸다. 은영의 몸속에 들어차 있던 날선 경계와 단단한 자의식, 그리고 뒤틀린 도덕률들을 그는 단숨에 허물어뜨리고 그동안 비어 있었다는 사실조차 의식하지 못한 채 살아온 시간들을 비로소 깨닫게 했다. 태준의 몸은 은영의 속에서 부풀어 올라 마침내 틈 하나 없이 차올랐다. 은영은 어느새 태준의 손길에 길들여지고 태준의 몸에 자신의 빈 공동이 짜맞춤가구처럼 아귀가 딱 맞추어져 버렸다는 걸 깨달았다. 사개가 딱 맞는, 요철 같은 두 몸. 하지만 언제부터인지 그 요철이 조금씩 어긋나고 있었다.

"아무래도 몸이 좋지 않은 것 같아."

어느 주말, 태준은 오랫동안 은영의 몸 위에서 애썼으나 끝내 몸안의 것들을 쏟아내지 못한 채 내려와 담배를 물며 중얼거렸다. 태준의 몸을 막고 있는 것들이 무엇인지 궁금해 잠이 오지 않았다.

"그 사람이 이상해."

은영은 수희를 찾아가 불안한 얼굴로 울먹였다. 수희는 출간하는 책들이 몰리는 바람에 정신이 없었다며 입술 끝이 갈라져 있었다.

"별일 아닐 거야. 기다려봐."

수희는 은영의 등을 두드려주었다. 그제야 은영은 흔들리던 눈길을 멈추고 길고 편안한 숨을 내쉴 수 있었다.

그날은 식목일이자 한식이었다. 은영은 아침부터 분주하게 도시락을 쌌다. 태준이 좋아하는 치즈김밥과 수희가 좋아하는 날치알김밥을 싸느라 식탁 위가 어지러웠고 태준도 모처럼 환한 얼굴로 은영이 사 온 방울토마토를 씻고 커피를 내려 보온병에 넣었다. 피크닉이라도 가는 기분이었다. 사실 태준과 함께 다니기 시작하면서부터 은영에게 성묘는 얼마간 피크닉처럼 여겨졌다. 공원묘지 한구석에 작은 봉분으로 남은 엄마 앞에 설 때마다 눈물 먼저 터지던 것이 태준과 함께 절을 하면서는 눈물 없이 돌아오게 되었다. 지난 추석엔 맞은편 산 너머로 지는 하오의 햇살을 보며 무덤 앞에서 느닷없이 태준과 오랫동안 입을 맞추기도 했다. 이번 한식엔 마침 수희도 작업하던 책들이 모두 끝났다 해서 함께 가기로 한 터였다. 집에서 쉬고 싶다는 걸 은영이 억지로 졸랐다.

날씨는 화창했다. 사월 초의 산은 여전히 새순도 나오지 않은 회갈색이었지만 어디선지 푸른 기운이 감돌고 있었다. 연분홍 진달래들이 숨겨둔 연인처럼 은밀히 꽃망울을 터트린 채 키 큰 관목 숲 속에 숨어 있었고 양지바른 곳에 자리 잡은 개나리도 병아리 부리 같은 꽃망울을 피우기 시작했다.

은영은 긴 겨울 동안 갇혀 있던 몸 안 구석구석에 새 공기를 갈아 넣기라도 한 것 같았다. 모처럼 태준과 수희가 함께하니 한동안 접혀 있던 양 날개가 활짝 펴진 것만 같은 기분도 들었다. 겨울 먼지처럼 쌓인 불안은 엄마 무덤 앞에서 돗자리 깔고 앉아 먹고 마시고 떠드는 사이 모두 씻겨 내렸다. 모처럼 따사롭고 화사한 날이었다.

술을 마시기 시작한 것은 엄마 무덤에서부터였다. 은영이 들고 간 와인은 석 잔씩 나눠 마시고 나자 바닥이 나버렸다.

"오늘따라 술이 잘 들어가네."

소주 석 잔이 정량인 수희가 빈 와인 병을 아쉬운 듯 뒤집어보았다.

"과음하지 말아요."

태준이 염려스런 눈빛으로 수희를 바라보았다.

"집에 가서 더 마시자."

은영은 그늘이 지기 시작하는 돗자리를 서둘러 걷으며 제안했다.

"그만하지."

그날따라 태준은 술 생각이 없는 듯했다. 하지만 은영은 모처럼 술 마시고 싶어 하는 수희를 기어이 집까지 함께 데려오고야 말았다. 밖에서 간단히 생맥주 한 잔씩만 더 하자는 태준의 제안을 무시했다. 셋이 함께 술 마시는 것도 오랜만이었다. 은영은 집에 오자 싱크대 깊숙한 곳에서 발렌타인 17년산을 꺼냈다. 한 달 뒤인 태준의 생일날 마시려고 아껴둔 것이었다. 모처럼 풀어진 마음 탓이었는지 은영은 빠르게 취해갔다. 태준과 수희는 취해가는 은영이 위태로운 듯 취기를 조절하고 있었다. 점점 아득해지는 기분이 된 은영은 한순간 태준의 품으로 몸을 기우뚱하면서 정신을 잃었다.

얼마나 잔 것일까, 은영은 방 안의 어둠이 섬뜩했다. 엄마 품에 안겨 잠이 들었다가 깨어나 보니 엄마가 보이지 않는, 낮잠에서 깨어난 어린아이처럼 순간적으로 두려움이 몰려왔다. 분명 자신의 방임에도 불구하고 낯선 곳에 던져진 느낌. 은영은 벌떡 일어나 시계를 보았다. 두꺼운 겨울 커튼까지 쳐진 방 안이어서 어두울 뿐 시간은 한 시간 남짓 지나 있었다. 술자리는 어떻게 되었을까. 은영은 남은 방울토마토와 치즈 조각, 마른오징어까지 꺼내놓고 마시던 술자리가 떠올랐다. 수희가 가버린 건 아닐까. 은영은 조금만 취하면 잠이 들어버리는 자신의 술버릇을 원망하며 문 밖으로 나가려 했다. 그때였다. 이상한 소리가 들려왔다. 싱크대에서 물이 새는 소리 같기도 했고 창밖으로 비가 내리는 기척 같기도 한, 그러나 사람의 것임이 분명한 가는 흐느낌 소리. 왜 그랬을까, 은영은 반사적으로 숨을 죽여 미처 꽉 닫히지 않은 문틈으로 주방 등만 켜진 방문 밖을 살폈다. 불안했다. 선뜻 밖을 내다보기가 무서웠다. 하지만 흐느낌 소리는 이미 은영의 귓전에서 떠나지 않았다.

수희였다. 가는 흐느낌은 분명 수희의 것이었다. 술이라도 취한 것일까, 은영은 가만히 문을 당겼다. 주방 한구석이었다. 방 안에서 비껴 돌아앉은 주방 한구석에서 수희가 가늘게 어깨를 들먹이며 울고 있었다. 그리고 태준은 그런 수희를 꼭 껴안은 채 움직이지 않고 있었다. 숨이 멎어버린 것은 아닐까 의심이 갈 만큼 미동도 하지 않았다. 태준의 견고한 등이 병풍바위처럼 은영의 눈앞을 가리고 있었다. 태준의 어깨너머로 수희의 얼굴이 반쯤 보였다. 태준의 품에 안긴 수희의 얼굴은 눈물로 번들거리고 있었다. 은영은 얼른 눈길을 돌려 방 안을 다시 한 번 둘러보았다. 작은 책상과 옷장 외에는 특별히 가구랄 것도 없는 휑한 방 안은 분명 자신의 방이 분명했다. 머릿속이 진공상태처럼 텅 비어버렸다. 아무것도 생각할 수 없었고 눈에 보이는 사물들조차 현실감이 전혀 없었다. 은영은 눈을 감았다. 도대체 무슨 일이 일어나고 있는 건가. 백 미터 달리기를 할 때처럼 심장이 뛰기 시작했다. 문밖의 그들에게 심장 뛰는 소리가 들리는 건 아닐까. 은영은 숨을 크게 들이쉰 뒤 다시 문 사이로 시선을 돌렸다.

태준이 그 벽 같던 어깨를 움직여 젖은 수희의 옆머리를 귀 뒤로 넘겨주고 얼굴에 번진 눈물을 혀로 핥아주고 있었다. 송아지를 핥는 어미 소 같았다. 그의 어깨 관절들이 물결처럼 자박자박 흔들렸다. 조심스럽게 움직이는 그의 견갑골은 온힘을 다해 억누르고 있었지만 파도처럼 휘몰아치는 몸속 열정을 전부 감추지는 못했다. 몸에 꼭 맞는 검은 티셔츠 밖으로 드러난 등과 어깨 근육 하나하나의 움직임이 그의 얼굴 표정을 보지 않아도 충분히 짐작케 했다. 아니 등뼈 마디마디에 숨겨진 정열은 나신의 포옹보다 훨씬 더 격정적이었다. 은영은 차마 고개를 돌려버렸다. 꿈속의 한 장면일 뿐이야. 은영은 세차게 고개를 흔들어 헝클어진 머릿속을 정돈했다. 감은 눈 사이로 울고 있던 수희의 얼굴이 불쑥 튀어나왔다. 내가 잠든 사이에 수희에게 무슨 일이 생긴 걸까. 혹 고혈압으로 고생하는 수희의 아버지에게 무슨 일이 생긴 걸까. 갑자기 떠오른 생각에 은영은 다시 눈을 떴다. 두 사람은 서로의 입안으로 빨려 들어가기라도 할 듯 격렬히 입을 맞추고 있었다.

"그냥, 취기 탓이야."

수희는 단호했다. 혹 들킬세라 그들을 외면한 채 조용히 문밖으로 나와 무작정 멀리 달아나는 은영을 쫓아 뛰어온 수희는 태준의 타액이 채 마르지 않은 입술로 그렇게 말했다. 취기 탓이라고. 수희의 그 단호한 말은 마치 시너 통이라도 된 듯이 은영의 몸에 불을 질렀다. 불길이 온몸으로 번져나갔다. 바람결을 타고 치솟아오르는 소나무처럼 은영은 화염에 싸인 자신의 몸이 어서 빨리 타서 재가 돼버렸으면 좋겠다는 바람만 간절했다. 수희를 마주 볼 엄두조차 나지 않았다. 아니 은영은 수희의 말을 믿고 싶었다. 취한 사람들의 그 낭자한 흔들림을 믿고 싶었다. 취기란 깨고 나면 그만이었다. 약간의 환멸과 후회가 남을 뿐 적어도 상처가 되지는 않았다. 하지만 취기라는 그녀의 말이 무색하게도 수희는 날카롭게 벼려져 있었다. 한 발만 다가가도 시퍼런 날에 베일 듯했다. 수희는 마치 꼭지가 빠져버린 수도관을 틀어막듯이 온몸으로 흔들림을 막아내고 있었다. 하지만 틀어막은 손가락 사이로 물이 새 나오듯이 그녀의 몸에서도 무언가가 새어서 넘쳐나고 있었다.

"둘 다 많이 취했어. 잠시 실수한 거야."

수희가 달아나려는 은영의 팔을 꽉 붙잡은 채 집으로 끌고 왔다. 순간 은영은 붙잡힌 팔로 전해지는 수희의 억센 악력을 믿고 싶었다. 아니 그것에라도 기대고 싶었다. 은영을 현관문 안으로 밀어 넣고 뛰듯이 계단을 내려가는 수희의 다급한 발소리가 수희의 진심이라고 믿고 싶었다.

태준은 그새 정신없이 취해 있었다. 남은 위스키 병이 다 비워졌고 냉장고에 있던 맥주병까지 나와 빈 채로 뒹굴고 있었다. 태준은 곧 쓰러질 것 같은 자세로 식탁 의자에 앉아 흔들렸다. 좀처럼 취하지 않는 그의 몸을 함부로 흔들고 있는 취기야말로 방금 전의 상황이 꿈이 아니란 걸 말해주고 있는 듯했다. 아니 태준은 은영이 보았던 장면에 대해 그 어떤 것도 부정할 의사가 없어 보였다. 은영은 그런 태준을 차마 떨치지 못한 채 엉거주춤 그 앞에 앉았다. 그래, 수희가 그랬듯이 취기 탓이었다고, 단순한 취기였다고 말이라도 해줘. 은영은 잘 벼린 칼날로 몸을 함부로 긋듯 이리저리 흔들리는 태준의 시선을 애써 붙잡았다. 태준에게서 뿜어져 나온 푸른빛이 은영의 얼굴을 찌르기라도 할 듯 날카로웠다. 정수리에서 핏줄이라도 터지는지 머릿속이 서늘했다.

그때였다. 태준이 갑자기 식탁 위에 쓰러져 있던 맥주병을 들어 빈 벽을 향해 던졌다. 병이 산산조각 나면서 남아 있던 맥주가 벽지의 연둣빛 잎사귀를 적셨다. 날카로운 유리 조각들이 식탁 위로 튀었다. 태준이 제 앞으로 튄 유리 조각 하나를 손으로 움켜쥐었다. 힘이 잔뜩 들어간 흰 이마 위에 푸른 정맥이 불끈 솟아올랐다. 움켜쥔 태준의 손바닥 사이에서 실핏줄 같은 핏물이 떨어지기 시작했다. 하얀 식탁 위로 떨어지는 핏물이 동백꽃처럼 붉었다. 태준의 눈동자가 식탁 앞 벽면을 향해 튕겨져 나갈 듯이 확대되었다. 눈앞에 있는 은영은 보이지도 않는, 제 속의 것들을 향한 분노와 연민, 그리고 광기에 휩싸인 태준의 눈. 단 한 번도 본 적이 없는 얼굴이었다. 더 이상은 한 뼘도 다가갈 수 없게 만든 태준은 끝내 취기를 핑계 삼지 않았다.

어떻게 태준의 옆에 눕게 됐는지는 기억나지 않았다. 넋을 잃은 은영은 깨진 유리 파편을 고스란히 놔둔 채 방 안으로 들어온 기억밖에는 아무것도 생각나지 않았다. 눈을 떠보니 태준이 은영의 옆자리에 나란히 누워 있었다. 술이 깨는지 태준이 몸을 뒤척였다. 태준의 뒤척임에 은영은 그제야 정신이 들었다. 잠시 기절이라도 했던 걸까. 끊겼던 필름들이 선명하게 다시 돌아가기 시작했다. 그런데 왜 태준은 이토록 태연한 얼굴로 옆에 누워 있는 것인가. 은영은 자신을 향해 모로 누워 있는 태준의 얼굴을 물끄러미 바라보았다. 그의 얼굴에선 어떤 배반의 흔적도 찾을 수 없었다. 아무 일도 없었다는 듯 잠들어 있는 그는 심지어 평온해 보이기까지 했다. 이해할 수 없는 일이었다. 무언가 달라져야 하는 게 아니던가. 그토록 낯설던 얼굴은 도대체 어디로 가버렸단 말인가. 은영은 태준의 얼굴을 가만히 쓸어보았다. 손바닥을 스치는 거친 감촉만이 지나간 태풍의 흔적을 확인시켜줄 뿐이었다. 은영은 다시한 번 그의 머리칼과 얼굴을 가만히 쓰다듬었다. 태준이 움찔하며 몸을 움직여 돌아누웠다.

태준의 등은 텅 비어 있었다. 수희를 안고 있을 때의 안타까움과 간절함이 근육 마디마디에 묻어나던 그의 등은 이제 아무것도 담고 있지 않은 텅 빈 허공처럼 은영을 가로막고 있었다. 그게 참을 수 없었던 걸까. 은영은 돌아누운 태준의 몸을 돌려 자신을 향하게 눕혀놓았다. 그 바람에 잠이 깨버린 태준이 눈을 떠 은영을 보았다. 여전히 텅 빈 눈이었다. 맥주병을 집어 던지던 순간의 분노마저 사라진 채 텅 비어 있었다. 은영을 쳐다보고 있으면서도 그녀의 모습이 담기지 않는 태준의 눈. 은영은 투명인간이 돼버린 기분이었다. 아니 순간적으로 전 존재가 무화되는 느낌이었다. 그걸 견딜 수 없었던 걸까. 은영은 갑자기 옷을 벗기 시작했다.

"이러지 마, 은영아."

태준이 처음으로 입을 떼며 은영의 손을 저지했다. 도대체 무얼 어쩌자는 것인가. 은영은 자신의 손길을 막고 있는 태준의 얼굴을 바라보며 당황한 채 자신에게 물었다. 느닷없는 한기 때문인지 가슴엔 좁쌀을 뿌려놓은 듯 소름이 자잘하게 돋아나고 있었다. 양팔로 몸을 끌어안아 봐도 한기는 가시지 않았다. 은영은 시린 몸을 견디다 못해 태준의 품속으로 파고들었다. 익숙한 습관이었다. 태준은 미라처럼 굳어 있었다. 솜털 하나도 움직이지 않겠다는 듯 누워 있는 태준이 참을 수 없던 은영은 그의 몸을 쓰다듬기 시작했다. 버석거리는 손길에서 마른 모래라도 묻어날 것만 같았다. 은영은 필사적이 되었다. 절대로 살아나지 않겠다는 듯 완강하던 태준의 손이 이윽고 마지못한 듯 은영의 몸에 닿았다. 얼음이라도 언 듯 차가웠다. 은영은 이를 악물었다. 태준의 손이 목덜미를 지나 더듬더듬 가슴으로 내려갔다. 태준은 유난히 은영의 가슴을 탐하곤 했다.

"아무래도 엄마 젖이 모자랐나 봐."

마치 젖이 나오기라도 하듯 허겁지겁 빨아댄 후 발갛게 부푼 은영의 젖꼭지를 보며 민망한 얼굴로 태준은 그렇게 속삭이곤 했다.

"구강기의 애정결핍증이야."

가슴에 손을 얹은 채 망설이던 태준은 결국 무릎을 꿇었는지 은영의 젖을 빨기 시작했다. 그 역시 습관인지도 몰랐다. 가슴에 와 닿는 입술 끝이 까칠했다.

천장에 매달린 흐린 형광등 불빛이 은영의 알몸을 비추고 있었다. 형광등 갓은 한 번도 닦지 않은 듯 먼지가 뒤범벅이 된 채 더러웠다. 한때 세상을 환히 비추던 등댓불은 실제 먼지투성이의 형편없이 흐린 불빛에 불과했던 걸까. 아니 어쩌면 애초에 그 흐린 불빛을 등댓불이라고 믿고 싶었던 건 결국 은영의 오해가 아니었을까. 이사 올 때부터 먼지가 잔뜩 낀 형광등을 지금까지 보지 못한 채 살아왔던 것처럼. 함부로 무례하게 자신의 몸을 스치는 태준을 보며 은영은 새삼 의문에 휩싸였다.

시간이 지날수록 몸이 제멋대로 움직이기 시작했다. 태준의 지문 하나하나까지 남김없이 기억하고 있는 은영의 몸은 제 기억의 회로를 따라 반응을 보이기 시작했다. 순간 은영은 당황하여 온몸을 움츠렸다. 머릿속 통제력과 몸의 감각이 잘못 연결된 전선처럼 제멋대로 움직이고 있었다. 고장 난 회로도 같은 몸과 마음의 불화가 은영을 점점 더 혼란 속으로 몰고 갔다.

태준도 마찬가지였다. 죽은 듯 굳어 있던 머뭇거림은 어느 순간 사라지고 태준은 익숙한 몸의 리듬에 자신을 맡겨버린 듯했다. 오래 연주해온 기타를 악보도 보지 않고 습관적으로 튕기듯 은영의 몸 구석구석에 숨겨지거나 결박된 것들을 찾아 하나하나 끄집어

내거나 매듭을 풀어내기 시작했다. 태준은 마침내 모든 것을 다 잊은 듯 은영의 몸에만 열중해 있었다. 형광등 불빛의 조도가 점점 흐려진다고 느껴진 순간, 모든 매듭들을 다 풀었는지 한순간 태준이 은영의 몸속으로 들어왔다. 녹슨 칼로 생살을 찌르는 듯한 통증이 일었다. 그러나 은영의 몸은 어느새 태준의 몸에 제 리듬을 맞추기 시작했다. 마음의 통제를 벗어난 몸은 끈이 잘린 풍선처럼 허공으로 날아올랐다. 빌딩 모서리와 나뭇가지를 피해 텅 빈 하늘로 날아오른 풍선은 점점 아득하게 멀어져갔다. 은영의 시계(視界)를 완전히 벗어났다고 느낀 순간, 압력을 못 이긴 풍선이 허공 어디쯤에서 가는 폭발음을 내며 터졌다. 갈가리 찢겨진 풍선의 잔해가 은영의 얼굴과 나신으로 떨어져 내렸다. 태준이 함부로 쏟아낸 배설물들이 은영의 방심한 몸 밖으로 조금씩 흘러나왔다. 한때 뜨겁게 용솟음쳤던 배설물은 다급히 식어 알몸 군데군데에 얼룩처럼 묻었다. 은영은 갑자기 참을 수 없는 구토가 일기 시작했다.

장(張)은 오후가 돼서 출근했다. 은영이 인감 일까지 보느라 점심도 거른 채 정신없이 두 개의 책상 위를 오가고 있을 때에야 장은 동사무소의 두꺼운 유리문을 밀고 들어왔다. 굳은 표정이었다. 은영은 평소와 다름없는 얼굴로 그에게 인사했다. 그가 어디서 오는지조차 궁금하지 않았다. 아니 잊었다는 게 더 정확할 것이다. 은영은 주민등록등본에 인지를 붙이다 말고 그를 대신해 발급한 인감증명 발급대장을 무심히 그에게 넘겨주었다. 지난달, 예비군 훈련 때문에 늦게 출근한 장에게 발급대장을 넘겨주던 것과 다름없는 태도였다.

"오늘따라 인감이 많네요. 이인희 씨!"

인지를 다 붙인 은영은 주민등록등본 두 통을 신청한 후 의자에 앉아 있는 할머니를 부르며 발급대장을 한 손으로 장에게 넘겨주었다. 장의 얼굴은 쳐다보지도 않은 채였다. 지난밤의 숙취가 커피를 석 잔이나 마신 후에야 간신히 가시고 있었다. 온몸이 젖은 이불처럼 무거웠다.

태준이 없는 빈집은 아무리 출근길에 불을 켜놓아도 쉽게 돌아갈 수 없었다. 은영은 매일 수첩을 뒤져 퇴근 후 약속을 만들기 시작했다. 길 가다 우연히 만난 초등학교 남자 동창인 보험회사 직원과 술을 마신 후 함께 여관에 가거나, 문득 대학 선배를 찾아가 물품보관함에 가방이라도 맡기듯 하룻밤을 지내거나, 포장마차 옆자리에서 술 마시던 낯선 남자와 함께 여관 골목을 헤매기도 했다. 처음엔 순교자라도 된 듯 스스로 제 몸에 창을 찌르며 상대에게 들키지 않게 비명을 내질렀다. 하지만 시간이 지날수록 통증은 줄어들고 창날은 무뎌갔다. 이젠 태준과 수희가 남긴 칼자국보다 자해의 상처가 더 깊어지고 있었다. 장도 그들 중의 하나일 뿐이었다.

"당신은 나를 모욕했어."

민원 업무가 다 끝나고 옆자리의 동료들이 손을 씻거나 차를 마시러 하나둘 자리를 떠나는 틈을 타 은영에게 바짝 다가온 장은 은영이 겨우 알아들을 만한 작은 소리를 씹듯이 내뱉었다. 은영은 느닷없는 말에 놀라 그를 멍하니 바라보았다.

"적어도 난 진심이었어."

장은 어젯밤 은영을 이불처럼 포근히 감싸던 그 눈빛이 아니었다. 장의 시선은 은영의 뼛속까지 전부 꿰뚫어 보기라도 하듯 날카로웠다. 은영의 몸 어디에도 지난밤 장의 손길이 닿았던 흔적은 눈에 띄지 않을 것이다. 은영은 그제야 새삼스레 장을 살펴보았다. 어제 입었던 미색 티셔츠에 카키색 재킷 차림 그대로에 수염마저 깎지 않은 얼굴이 굳은 채 까칠했다. 은영은 그 얼굴이 너무나 낯익다는 걸 문득 깨달았다. 태준 앞에서 망연히 서 있던 자신의 얼굴과 다를 바 없는, 날카로운 화살촉이라도 가슴에 박힌 듯 상처 입은 짐승의 눈빛. 순간 은영은 자신이 온몸에 흉기를 두른 채 장을 안았다는 걸 깨달았다. 아니 어쩌면 그 흉기에 가장 깊이 베인 것은 은영 자신인지도 몰랐다.

장이 사라진 것은 순식간이었다. 무슨 말인가 해야 한다고, 적어도 퇴근 후에 잠깐 만나자는 말을 해야 한다고, 아니 장에게 진심으로 사과라도 해야 한다고 생각하는 사이 장은 동사무소 밖으로 순식간에 사라져버렸다.

은영은 뒤늦게야 장이 나간 건물 밖으로 황망히 뛰어나갔다. 그러나 장의 모습은 어디에도 보이지 않았다. 동사무소 건물 앞 사거리는 텅 비어 있었다. 은영은 하지의 긴 햇빛이 쏟아지는 거리에 서서 사방을 둘러보았다. 이정표도 서 있지 않은 거리는 신호등을 꺼놓은 채 노란불만 깜박이고 있었다. 통행량이 많지 않은 길이어서 차들이 눈치껏 좌회전을 하거나 직진을 했다.

어디로 갈 것인가.

은영은 연신 깜박이는 노란 신호등을 막막히 바라보았다. 어디로 갈 수 있을지, 여전히 떠오르는 곳은 없었다. 다만 이젠 더 이상 이곳에 멈춰 서 있을 수 없다는 것만은 확실했다. 신호가 끊긴 사거리에서 너무 오랫동안 머물러 있었다. 어디로 가든 이제 발을 떼 길을 떠나야 한다는 걸, 쉬지 않고 점멸하는 노란 신호등은 말해주고 있었다.

은영은 건널목을 건너기 시작했다. 어지러운 등 뒤로 지나온 길 하나 닫히는 소리가 들려왔다.

‘상처와 공포의 서사’에서
‘치유와 회복의 서사’로

이선우 (문학평론가)

1. 부재는 어떻게 결핍이 되는가

부재와 결핍은 다르다. 결핍은 부재에서 생겨나지만 모든 부재
가 결핍으로 이어지거나 상처로 남는 것은 아니다. 하지만 우리는
부재를 곧잘 결핍으로 오인하고 결핍에는 반드시 결핍감이 따를
것이라고 확신한다. 그러므로 문제는 부재가 아니라 부재를 결핍
으로 받아들이는 주체의 인식이다. 거기에는 언제나, 그것이 원래
'있어야 하는 것'이었다는 전제가 따라붙는다. 즉, 부재가 욕망을
만드는 것이 아니라 욕망이 결핍을 낳는 것이다. 그러므로 먼저
방점을 찍어야 하는 것은 없다는 사실이 아니라 있어야 한다는 고
정관념이고, 그 고정관념을 심화하고 확대 재생산하는 우리 사회

의 구조와 논리다. 그러나 대개의 경우 우리는 그것들을 의심하기에 앞서 현실의 '부재'에 먼저 고착되어버린다. 존재가 아니라 소유가 삶의 원리로 자리 잡은 사회에서 그것은 필연적인 결과다. 더구나, 자신의 의지와 상관없이 주어진 부재고, 방금까지도 손에 쥐고 있다고 믿었던 것의 상실이라면 그 정도가 더할 수밖에 없다.

그것이 정말 있어야 하는 것인가에 대한 반성은, 어쩌면 잃어버린 자가 할 수 있는 질문이 아닐지도 모른다. 잃어버린 순간, 그는 이미 잃기 시작했기 때문이다. 한국 문학을 온통 지배하고 있는 이 병통, 그것은 기실 상실감에 다름 아니다. 있어야 하는가에 대한 의심은 있었던 것이라는 미련에 또다시 자리를 빼앗긴다. 하지만 냉정하게 몰아칠 수가 없다. 부재를 결핍으로 받아들이는 것은 현실의 논리에 저항하지 못하고 고정관념에 빠져버렸기 때문이라는 식의 입바른 소리는, 결핍감에 상실감까지 겹쳐 실존 자체가 흔들리고 있는 사람에게는 또 하나의 폭력에 불과할 수도 있기 때문이다. 상처가 눈에 보이지 않아도 고통은 실재한다. 고통당하는 사람들에게 필요한 것은 위로와 치유지 분석과 비판이 아니다.

그러나 때로는, 분석하는 손과 비판하는 머리가 위로하는 숨결이 되고 치유하는 손길이 되기도 한다. 그 손과 머리를 작동시키는 힘이 사랑하는 가슴에서 나오는 경우가 바로 그러한 때다. 손과 머리와 가슴, 좋은 소설에는 언제나 이 세 가지가 함께 있다. 사랑 없는 비판이 대안이 될 수 없듯이 현실에 대한 정확한 인식

없이 남발되는 위로는 치유로 이어지지 못하기 때문이다. 물론 가장 어려운 것은 사랑이다. 인간이 할 수 있는 가장 지극한 사랑은 기껏해야 스스로를 사랑하는 것, 김이정 소설의 인물들 역시 한결같이 지독한 자기애에 빠져 있다. 하지만 진짜 문제는 이 상처받은 인간들의 자기애 옆에는 언제나 자기혐오가 도사리고 있다는 것이다. 진실로 스스로를 사랑할 수 있다면 타인을 사랑하는 것도 가능하겠지만, "내 안의 설움에만 갇혀" 이들은 서로를 진정으로 사랑하지 못한다. 상처는 상처와 만나 그렇게 상처가 된다.

그러나 아무리 치명적인 상처를 입어도 김이정 소설의 인물들은 결코 생의 의지를 내려놓지 않는다. 하여 '그녀'들은, 끊임없이 병을 앓으면서도 앓고 있는 자신과의 거리 또한 확보한다. 상처를 들여다보는 이들의 집요한 시선은 환부를 가르는 날카로운 메스와도 같다. 연민과 혐오의 양극을 오가던 상처받은 내면은 수술대의 환한 조명 아래 적나라하게 드러난다. 그러나 그녀의 수술은 환부를 잘라 내거나 병의 뿌리를 도려내는 방식으로 진행되지 않는다. 성형수술로 상처의 흔적을 깔끔히 지우는 것도 그녀의 방법이 아니다. 자신의 상처를 정확히 직시하는 것, 하여 그 상처를 자신의 일부로 인정하는 것으로부터 그녀의 치료는 시작된다. 치료의 끝은 물론 사랑이다. 그러나 타인을 사랑할 때조차 그녀의 시선은 여전히 자신의 내면을 향한다. 그녀는 아직 자기를 찾아가는 길 위에 있고 그녀가 사랑하는 '그(녀)'들 역시 여전히 길 위를 떠돌고 있기 때문이다. '틈 하나 없이 완벽하게 하나로 포개지는 둘'은 그러므로 애초에 불가능한 꿈이다.

　그러나 계속 걸어가다 보면 길은 결국 길과 만나게 되어 있다는 것을 보여주려고 했던 것일까. 그 길에서 그녀들이 마침내 대면하는 것은 여전히 '너'가 아니라 '나'이지만, 『그 남자의 방』은 그때의 '나'는 더 이상 예전의 '나'가 아니라는 것을 증명한다. '네가 죽어도 내 설움에 우는 나'가 아니라 '나와 똑같은 상처를 가진 너를 품은 나', 상처는 상처와 만나 그렇게 사랑이 된다. 불완전한 인간의, 불완전한 사랑이다.

2. 상처는 어떻게 사랑이 되는가

김이정은 너무 오래 앓았다.

　처음에는 그런 생각만 들었다. 안타까웠고, 지겨웠고, 거리 두기도 되지 않았다. 한동안 소설을 밀쳐놓았다. 그의 첫 소설부터 다시 읽었다. 끊임없이 반복되는 인물과 구조가 더욱 선명하게 와닿았다. 아, 지독하다. 다시 소설을 덮었다. 그의 저 끈질긴 변주가 집요한 생의 의지라는 생각이 든 것은 그의 소설을 네 번쯤 읽었을 때였다. 앓는다는 것은 그가 여전히 싸우고 있다는 것이고, 그것이야말로 그가 살아 있다는 가장 확실한 증거다. 그 명백한 의미를 나는 왜 그제야 깨닫게 된 것일까. 눈이 어두웠던 것은, 나도 병자였기 때문일 것이다. 하여, 저 익숙한 아픔들에서 벗어나 어떻게든 손쉬운 돌파구를 찾고 싶었는지도 모르겠다. 하지만 김이정은 손쉽게 문제를 해결하는 작가도 아니고, 해결되지 않은 문제를 그대로 방치한 채 다른 문제로 가볍게 건너가는 작가도 아니다. 대충 잃고 쉽게 털어버리는 사람들 사이에서 그는 확실히 외로워 보인다. 하지만 그에게 그것은 작가적 양심이기 이전에 몸의 문제고 실존을 위한 고투다.

비슷한 인물과 사건이 끊임없이 변주되며 반복될 때, 우리는 작가의 빈약한 상상력이나 소설적 열정을 의심하기에 앞서 그의 정신세계를 문제 삼는다. 트라우마가 있는 것 아니냐는 것이다. 김이정도 그러한 혐의로부터 자유로울 수 없을 듯하다. 소설의 인물들이야 원래 모두 상처받은 영혼들이지만, 김이정 소설의 인물들은 유독 비슷한 상처를 자주 보여준다. 첫 소설집 『도둑게』(문이당, 2006)가 그 상처의 기원으로 '부재하는 아버지'를 제시했다면, 『그 남자의 방』은 여기에 친구와 연인의 배신을 더한다. 그러나 결핍과 상실의 서사라는 점에서 둘은 결국 하나일 뿐만 아니라 서로가 서로에게 기원의 서사로 작동하기도 한다. 장편소설 『길 위에서 중얼거리다』(문학동네, 1997)와 『물속의 사막』(이룸, 2002)* 역시 이번 작품집과 친연성이 깊다. 네 권의 책이 마치 한 권의 연작소설 같은 느낌이 들 정도다. 그러나 김이정은, 뛰지도 않지만 쉬지도 않는 작가다. 한 발 한 발 걸어갔을 뿐인 것 같은데 그녀는 어느새

---

* 이후 작품을 직접 인용할 때는 책 제목과 쪽수만 병기하는 방식을 취하기로 한다.

저만큼 가 있다. 시간의 족적만큼이나 깊어진 시선은 그녀의 저 느린 행보를 신뢰할 수밖에 없게 만든다.

능소화라는 꽃이 있다. 색은 붉고 꽃부리는 종처럼 둥근 덩굴식물이다. 여기에 사람들은 '하룻밤 자신을 품고 다시 오지 않는 임금을 기다리다 죽은 궁녀의 정한이 저렇게 붉은 꽃을 피워낸 것'이라는 이야기를 만들어 붙인다. 나팔처럼 생긴 꽃과 담을 타고 위로 오르는 잎에 대한 상상력까지 곁들어지면 능소화는 그야말로 살아 있는 망부석이 된다. 물론, 모든 이야기가 그렇듯이 이 이야기를 지배하는 것 역시 능소화의 실체와는 무관한 인간들의 욕망이다. 하지만 여기에 반응하는 사람들이 있다. 이 이야기를 기억하고 있다가 경주에게 들려주는 진이와 그 이야기를 들은 후부터 능소화를 볼 때마다 마음이 아렸다는 경주. 이들이 그 설화에 반응하는 이유는 그 궁녀가 바로 그들 자신이기 때문이다. 구중궁궐에 갇힌 것도 아니고 한번 승은을 입으면 다시는 다른 사람과 결혼할 수 없는 궁녀도 아니면서 스스로의 감옥에 갇혀 오직 한 사람만을 바라보고 있는 미련한 두 여자.

그렇다. 「능소화」는 한 남자를 사랑했던 두 여자의 이야기이다. 이 두 여자는 하필 피붙이보다 절친한 친구 사이다. 사랑이 성공할 리 없다. 남자는 두 여자 모두에게 상처를 주고, 자기도 상처를 입은 채 그녀들을 떠난다. 이런 근친상간 같은 삼각관계는 「빈방」과 「검은 강」에서도 반복된다. 특히 『물속의 사막』에서는 「능소화」와 거의 유사한 이야기를 발견할 수 있다. 믿었던 친구와 연인의 배신은 모든 것을 파탄 낸 "상처, 혹은 공포"로 이현에게 깊이 각인되어 그녀의 건강한 삶을 이후로도 계속 방해한다. 그러나 「능소화」는, 얼핏 보기에는 장편의 한 장을 떼어내 단편으로 만든 것처럼 보이지만, 동병상련을 뛰어넘는 두 친구의 깊은 우정을 통해 『물속의 사막』과는 달리 그 상처의 치유와 회복에 보다 초점을 맞추고 있다. 그런데 '상처와 공포의 서사'가 어떻게 '치유와 회복의 서사'로 바뀌게 되었을까.

경주와 진이는 차례로 명수의 아이를 임신하지만, 가족에게 축복받기는커녕 뱃속 아기의 아빠에게조차 완강히 거부당한 혼전임신이라 결국 임신중절수술을 받게 된다. 상처는 상처대로 죄책감은 죄책감대로 자의식 강한 이 두 여인을 평생 사로잡게 될 것이다. 더구나 경주는, 친구도 연인도 포기하지 못한 대가로 이 '죽음과 죽임'에 두 번씩이나 공모하게 되는 가혹한 형벌을 받는다. 자신이 사랑하는 남자의 아이를 임신한 친구, 그러나 진이에게는 함께 병원에 와줄 명수조차 없기에 결국 경주가 그 역할을 대신하게 된 것이다. 진이의 수술이 진행되는 동안 "마취도 없이 그 모든 장면들을 생생하게 혼자서 재연"하며 함께 고통당하던 경주는, "버려진 물건처럼 회복실 바닥에 널브러져" 있는 진이를 보고 "지난해, 미처 마취에서 깨어나지 않았을 당시 자신의 모습"을 새삼 꿰맞추며 그동안 참아왔던 모멸감과 분노에 몸을 떤다. 인간은 어쩔 수 없이 자신의 고통에 더욱 민감할 수밖에 없지만, 경주와 진이의 고통은 이제 서로 구별되지 않는다. "자신과 꼭 닮은 또 하나의 별"은 이렇게 완성된다. 욕망은 갈등을 불러일으키지만 고통은 연대를 가능케 한다.

하지만 「능소화」가 감동적인 것은 이 고통의 연대 때문이 아니다. 공통의 적이 등장하면 어제의 연적은 얼마든지 오늘의 동지가 될 수 있는 법이다. 하지만 경주는 더 이상 명수를 공통의 적으로 지목하지 않는다. 고통의 원인을 철저히 외부에서만 찾았던 젊은 시절의 이현과 달리 「능소화」의 경주는 "자기 몸속을 전부 갉아먹은 독충은 결국 자신"이라는 사실을 깨닫기 때문이다. 자기 안에 시커멓게 도사리고 있던 '징그러운 집착'을 인정함으로써 역설적으로 경주는 자신의 오랜 집착에서 벗어난다. 진이의 상처를 온몸으로 껴안는 경주의 아름다운 키스와, 부적처럼 지니고 다니던 목걸이를 마침내 풀어버리는 마지막 장면은 경주의 이런 트임과 성숙을 잘 보여준다. 명수뿐 아니라 어쩌면 진이와도 예전처럼 함께하지는 못하겠지만, 그녀는 이제 일방적으로 버림받는 대상이 아니라 스스로 그들을 떠나보내는 주체로 거듭난다. 이렇게 실연(失戀)은 존재를 성숙시키는 시련(試鍊)이 되고, 자기혐오 대신 자기긍정이 서서히 자기애의 옆자리를 차지한다.

그러나 시련을 극복하고 상처를 치유한다는 것이 말처럼 쉬운 일은 아니다. 이현의 "나를 만나기 위한 여행"(『물속의 사막』, 291)은 혼돈에 빠진 채 결국 죽음으로 끝이 나고, 「빈방」의 은영은 자해를 거듭하다가 타인에게까지 상처를 입힌다. 그들에게 실연의 상처가 이토록 치명적인 까닭은, 그들이 일찍이 부모로부터 버림받은 '아이' 들이기 때문이다. "늘 떠나가는 사람들의 적막한 발소리로부터 시작"되는 악몽은 은영의 상처받은 내면을 잘 드러낸다. 태준도 수희도, 누구 하나 놓치지 않으려고 하는 은영의 안간힘은 이 '상처받은 아이'로부터 나온다. 상대와의 완벽한 교감과 일치에 대한 그녀들의 끈질긴 욕망과 환상 역시 마찬가지다. 그러나 욕망이 강렬할수록 대상은 멀어지고 환상이 클수록 실체는 초라해지는 법이다. 더구나 이 욕망에는, 스스로 극복해야만 하는 실존의 무게를 타인에게 짐 지우려고 하는 의존적 성향이 농후하며 때로는 현실 도피적 경향마저 엿보인다. 그러므로 등대라고 믿었던 것이 실제로는 "먼지투성이의 형편없이 흐린 불빛"에 불과했다는 것을 깨닫게 되자 스스로 빛을 밝히는 방법을 몰랐던 은영은 급격히 무너진다.

　그런데 이 무너짐의 방법이 왜 하필, 마음에도 없는 사람들과의 하룻밤 섹스인 걸까. 그녀에게 몸은 언제나 마음이었기 때문이다. 그녀의 이 신념을 비웃듯, 이미 틀어져버린 관계에도 불구하고 은영과 태준의 몸은 "익숙한 습관"에 따라 "마음의 통제를 벗어"났다. "사개가 딱 맞는, 요철 같은 두 몸"은 더 이상 완전한 사랑의 징표가 아니다. 환멸에 빠진 은영은 응징이라도 하듯이 자신의 몸을 마음과 분리시킨다. 그러나 아이러니하게도 그럴수록 그녀의 몸은 그를 잊지 못한다. 하여 자신을 겨누던 칼은 은영에게 진심으로 다가서던 '장'까지 함께 찌르고, 장의 상처받은 얼굴에서 자신의 얼굴을 발견한 은영은 그제야 자신의 상처가 날카로운 흉기였다는 사실을 깨닫는다. 그러나 이 깨달음으로부터 '치유와 회복의 서사'는 시작된다. 자기 안의 '상처받은 아이'만 바라보던 은영의 시선이 비로소 다른 사람에게로 향하기 시작했기 때문이다. 소설의 마지막 장면은 은영이 그 첫걸음을 떼기 시작했다는 것을 상징적으로 보여준다. 그렇게 길을 떠난 은영이 2년 후에 다다른 곳이 「능소화」다. 「능소화」의 트임이 소중한 것은 그래서이다. 그리고 어쩌면, 이 트임을 위해 저 혼돈과 방황이 필요했던 것인지도 모른다.

3. '나'는 어떻게 '너'가 되는가

「능소화」나 「빈방」과 달리 「검은 강」의 '나'는 친구의 남편을 사랑하는 여자다. 경주나 은영이 아니라 진이와 수희가 서사의 주체로 등장한 것이다. 배신당한 해경이 아니라 배신한 '나'의 내면에 집중하고 있다는 점에서 「검은 강」은 또 다른 차원의 열림을 보여준다. 물론 이 소설만 놓고 보면 열림 운운하기에는 다소 무리라는 생각이 들 수도 있다. '나'와 '당신'이 사랑에 빠지게 되는 저 신파에 가까운 장면들이라든가, 네팔 사람들과 그곳 풍속에 대한 서술에서 엿보이는 여행자의 시선 등은 기대에 미치지 못하는 측면이 분명 있다. 사랑하는 사람의 죽음 앞에서조차 자신의 외로움에 몸서리를 치는 '나'를 보고 있노라면 「빈방」의 깨달음은 거짓이 아니었나 하는 생각이 들기도 한다. 그러나 '나'의 상처가 '장'을 찌르는 무기였다는 자각은, '나'를 찌른 태준과 수희에게도 상처가 돋아 있었다는 사실에 눈을 뜨게 했을 것이다. 해경이 아니라 '나'와 '당신'에게로 기울어져 있는 서사의 축은 이 눈뜸의 실천이다. 오롯이 '나'의 상처와 슬픔에 집중하고 있는 것처럼 보이는 「검은 강」이 철저히 '너'의 상처와 슬픔에 공명하고 있는 소설이라는 역설은 그렇게 성립한다.

해경의 남편이 '나'의 못생긴 발가락에 마음이 흔들렸다는 다소 작위적인 설정에도, 타인의 상처에 예민하게 반응하는 작가의 시선이 담겨 있다. "단 한 번도 길이 아닌 길로 발을 디뎌보지 않은" 그가 '나'를 유일한 예외로 선택한 것은 어쩌면 어머니에 대한 죄책감 때문일지도 모른다. 그러나 이해받지 못한 상처는 무기가 되지만 공명하는 상처는 사랑이 된다. 죽음 직전에 그는 '나'를 밀쳐내지만, 그것은 아내에 대한 죄책감 때문만은 아닐 것이다. 죽어가고 있는 그를 보면서도 그의 "외로움에 한 발자국도 다가갈 수 없는" '나'의 외로움. 그가 던진 비수는, 그러므로 끝내 그를 떠나지 못하는 '나'를 위한 그의 마지막 사랑이 아니었을까. 물론 그 사랑을 이해한다고 해서 '나'의 슬픔이 줄어드는 것은 아니다. 그를 사랑하는 내내 빼앗은 자의 죄책감과 불륜의 고독을 견디며 "흙과 모래와 자갈로 이루어진 깎아지른 산과 그 산의 피부 한가운데를 칼로 긋듯이 난 길"을 홀로 걸어야 했던 '나'는, 이제 그 유일한 공모자를 죽음의 손에 내주어야 하기 때문이다.

저 충만했던 합일의 기억이 무색하게 그의 몸에는 이미 죽음의 흔적이 완연하다. 죽음이라는 적수로부터는 그를 다시 빼앗아올 수도 없다. 그렇다고 떳떳하게 간호를 하거나 마음껏 슬퍼할 수도 없다. '나'와 남편의 관계를 알고 있으면서도 모른 척 작별할 기회까지 마련해주는 해경의 성숙한 사랑, 그 이면에 흐르는 쓸쓸함을 '나' 또한 알고 있기 때문이다. 묵티나트까지 가서도 성수를 받아 마시지 않고 "꺼지지 않는 불꽃" 앞에 서서도 기도를 올리지 않는 '나'의 엄격함에는 해경을 향한 마음이 담겨 있다. 이것이 친구의 남편을 사랑한 부도덕한 여자의 윤리다. 서로의 온기를 나누어 갖는 입맞춤을 하고 나서도 끝내 울 곳을 찾아 히말라야까지 떠나야 했던 '나'의 절박함을 그러니 어찌 그저 신파라고 부를 수 있겠는가. 접신의 순간처럼 '나'를 뒤흔든 저 "돌연한 전율"과 몸을 뚫어버릴 기세로 불어오는 히말라야의 바람, '나'는 그제야 주저앉아 꺼이꺼이 운다. 냉정하고 자의식 강한 김이정의 소설에서는 쉽게 찾아볼 수 없는 통곡 소리다. 그러나 제 설움에 겨운 초혼(招魂)일지라도, 내려놓기 위해서는 반드시 애도의 시간이 필요한 법이다.

물론 애도하는 방법은 사랑하는 방법만큼이나 다양하다. 「유인 김소희전」에서 그것은 수의 짓기다. 이 애도에는 통곡이 따르지 않는다. 이십 년이라는 오랜 세월에 걸친 애도이기도 하려니와, 한평생 남편의 지기를 연모했던 이 구십 노파에게는 애당초 '합일의 순간'이라는 것이 없었기 때문이다. 그럼에도 그녀에게는 충일감이 넘쳐난다. 흙담에 난 구멍으로 훔쳐볼 수밖에 없는 사람을 당사자도 모르게 혼자 한 연모가 어떻게 누구와도 나누고 싶지 않은 내밀한 기쁨으로 이어질 수 있는가. 그것은 김소희가 사랑한 것이 실은 남편의 친구가 아니라 그를 사랑하는 자신의 마음이었기 때문이다.

문제는, 자기애에 불과한 그녀의 이 사랑을 오늘날의 기준으로 비판할 수 없다는 데 있다. 부모의 일방적인 통첩에 다름 아니었던 무자비한 결혼, "일 년에 서너 번 무슨 철마다 옷 바꿔 입듯" 진행된 남편과의 고통스런 합방, 식모나 유모, 때로는 그저 집 안에 놓인 물건 취급을 받으면서도 "웃어른들 잘 섬기고 남편 공경하고 조상 제사 잘 지내는 게 최고의 덕"인 줄 알고 살아온 김소희에게 이 마음의 발견은 새로운 세계의 탄생에 버금가는 사건이기 때문이다. '내면의 탄생'과 함께 사막 같았던 그녀의 몸도 깨어난다. 그러나 "몸에 흐르는 물줄기를" "마음에 이는 이 아지랑이 같은 온기를" "혼 속에 깊이 새겨진 그 사람의 그림자를 들키지 않기 위해" 김소희는 "정숙하고 현명한 아내의 얼굴"과 "자애 넘치는 어미의 손길"을 더욱 완벽하게 연출한다. 가부장적 질서를 가장 깊은 곳에서 배반하는 사람이 가부장적 질서에 가장 충실히 복무하는 이 역설, 그녀의 사랑은 과연 체제 교란의 수단일까 체제 안주의 방편일까.

자신의 결혼은 물론이고 아이들의 교육과 혼인에서마저도 자기 목소리를 제대로 내지 못하는 걸 보면 김소희가 전근대적 여성이

라는 것은 분명하다. 당찬 정애나 이혼을 선택한 막내딸을 부러워
하는 마음에는 낭만적 사랑과 주체적인 삶에의 욕망이 가득하지
만, 그 욕망을 행동으로 옮기지 못한다는 점에서 그녀의 한계는
명백하다. 물론 이 한계는 그대로 억압적인 당대 사회의 지표다.
무너져가는 구시대의 이념도 거기에 길들여진 개인에게는 위력적
인 법이다. 하지만 여성들은 너무 오래 당근도 없이 채찍만 얻어
맞았다. 채찍이 무서워 도망가지는 못해도 이것이 과연 인간의 삶
인가, 의심하지 않을 수 없다. 균열은 그렇게 시작된다. 그리고 이
균열로부터, 마음을 가진 인간 김소희가 태어난다. 아내나 며느
리, 어미이기 이전에 나도 여자고 인간이라는 자각. "해야 할 일
들과 지켜야 할 것들"로 아무리 본성을 억압해도 그러므로 '하고
싶은 일들'은 생겨날 수밖에 없다. 그 '하고 싶은 일'이란 것이 고
작 '외간남자'와의 사랑이냐는 비판은 문제의 본질을 비껴난 것
이다. 방점이 찍혀야 하는 것은 외간남자가 아니라 '사랑'이기 때
문이다. 사람은 사람과 함께할 때 비로소 사람이 된다. 사람이고
싶은 사람의 최초의 욕망이 사랑인 것은 지극히 당연하지 않겠는
가.

　그런데 김소희는 이 사랑에서 상대방마저 지워낸다. 자신이 만
든 환상에 스스로의 사랑을 가두어두고 짝사랑의 고통과 희열 속
으로 홀로 걸어 들어간 것이다. 불가능한 사랑에 지레 겁을 먹었
기 때문만은 아니다. 그녀에게 그 사랑은 충분히 자족적인 것이었
으며 "이 세상 그 누구도 나눠 가질 수 없는 나만의 것"이었기 때

문이다. 그를 사랑하는 마음을 통해 그녀가 새롭게 발견한 것은 그가 아니라 사랑하고 욕망하는 그녀 자신이었으며, 그녀가 진정 사랑한 것 역시 사랑하고 있는 자신의 몸과 마음이었으니 그것을 어찌 타인과 나눠 가질 수 있겠는가. 그러므로 이 사랑에는 파국도 없다. 노년의 삶을 온전히 바쳐 지은 남편의 수십 벌 수의가 실은 이미 죽은 그를 위한 옷이었다는 고백은 그 사실을 잘 보여준다. 그의 죽음에도 변치 않는 이 사랑이야말로 처음부터 그녀의 사랑이 그의 실체와는 무관했음을 반증하는 것이다. 그러므로 그녀의 이 자족적인 사랑은 자신 말고는 그 누구도 변모시키지 못하지만, 남편의 수의를 지으며 한을 삭혀야 했던 「수의」의 저 노파에 비해 비록 마음뿐이었을지라도 평생 딴 사람을 품음으로써 자신을 여자로도 아내로도 한 인간으로도 제대로 대접해주지 않았던 남편과 시댁, 가부장적 사회 모두에 대해 은밀하게 반기를 들고 있는 「유인 김소희전」의 이 노파는 얼마나 도발적인가.

　남편과 그 내연녀에 대한 원망과 분노를, 그들도 자신과 같은 피해자였다는 이해와 연민으로 극복하는 과정도 아름답지만, 「수의」의 그 과정이 자신의 욕망을 삭제해가는 과정이었다면 「유인 김소희전」은 "참꽃빛 고운 명주 치마저고리"를 자신의 수의로 지어놓고 죽을 정도로 끝까지 자신의 욕망을 내려놓지 않는다. 그녀에게는 죽음이야말로 이 세상의 온갖 억압에서 벗어나 자신의 사랑을 만나러 갈 수 있는 길이었던 것. 그녀의 이 믿음은 세상에 대한 지극한 절망감의 다른 얼굴이겠지만, "열여섯에 종가에 시집와서 허리가 90도로 굽을 때까지 아버지의 아내로 살아온 여인", "이제는 성별을 구별하는 것조차 무의미해질 만큼 방 한구석에서 오롯이 화석이 되어가고"(「수의」, 『도둑게』, 189) 있던 그 노파에게도 내면이 있고 욕망이 있으며, 누군가를 사랑하는 일은 여전히 설렌다는 사실을 「유인 김소희전」은 '참꽃보다 더 붉은' 얼굴로 조용히 웅변한다. 저 "무너져가는 기둥과 서까래로부터"(「수의」, 『도둑게』, 185) 벗어나고 싶었던 것은 비단 혼외자식이었던 '나' 뿐만이 아니었으며, 용감하게 제도 밖의 사랑을 선택한 '내 어머니'에게만 내면이 있었던 것은 아닌 것이다. 서사의 주체를 혼외자식인 '나'에서 '아버지의 본부인'에 다름 아닌 김소희로 바꿈으로써 「유인 김소희전」은 「검은 강」의 역설을 다시 한 번 쟁취할 뿐 아니라, 「수의」의 '본부인'과는 전혀 다른 삶의 태도를 가진 인물로 김소희를 재창조함으로써 김이정 소설의 지평을 확대한다. 상실과 애도의 시간을 지나, 이제 그(녀)들은 자신의 진정한 자아를 찾아 떠난다.

4. 육지는 어떻게 바다가 되는가

「그 남자의 방」은 평생을 '바른생활맨'으로 살아오다가 어느 순간 홀연히 사라져버린 노년의 한 사내와, 10년 만에 그의 행방을 알게 된 딸이 그를 몰래 지켜보며 이해해가는 과정을 그리고 있는 작품이다. '아무 말도 없이 가족을 떠난 아버지'와 '다시 나타난 아버지를 오피스텔 창으로 엿보는 딸(소연)'은, 전작 「아버지의 이름으로」에 나오는 아버지와 아들(기수)의 변주다. 혼자 월북해 가족을 고통에 빠뜨려놓고 다 늙어 다시 월남해온 아버지와 그런 아버지를 거부하던 아들이 오피스텔 창을 사이에 두고 어둠 속에서 서로를 훔쳐보며 "대치하듯 마주한, 기묘한 재회"(「아버지의 이름으로」, 『도둑게』, 75)는, 마침내 불을 밝힌 아들이 아버지도 자기도 결국에는 "망망대해에 홀로 떠 있는 난파선"(「아버지의 이름으로」, 『도둑게』, 76)이었다는 이해와 연민에 도달하면서 화해의 가능성을 암시하는 것으로 끝이 났다. 그런데 이번에는 아버지가 아들을 훔쳐보는 것이 아니라 딸이 아버지를 훔쳐본다. 무엇이 이들의 관계를 이렇게 역전시킨 것일까.

생존을 위해 밀항선을 탄 것이 아니라 실존을 위해 외항선을 탔다는 점에서 소연의 아버지 박규범은 기수의 아버지와 확연히 다르다. 그는 이곳에 뿌리내릴 수 없어 저곳으로 떠난 것이 아니라 너무 깊이 뿌리박힌 이곳의 삶을 견딜 수 없어 아무 데도 뿌리내릴 수 없는 바다를 선택한다. "헛된 길을 걸은 적도 없고 삿된 길을 기웃거린 적도 없이 주어진 길을 묵묵히 걷는 게 최고의 선"이라 믿고 열심히 살았으나 그 결과는 "모든 게 허무하고 허전"해져버린 텅 빈 마음뿐이었기 때문이다. "안온한 노후"가 보장된 이곳의 삶이나 평생을 바쳐 일군 가정조차 이 실존의 위기 앞에서는 힘을 발휘하지 못한다. 그는 왜 이토록 짙은 허무감에 시달리게 된 것일까. 그의 삶 역시 그가 적극적으로 선택한 것이 아니라 타인에 의해 부과된 "해야 할 일들과 지켜야 할 것들"(「유인 김소희전」)로만 이루어져 있었기 때문일 것이다. 고등학교를 졸업하자마자 "어려운 집안 살림은 물론 동생들의 학비와 끝내 중풍과 치매로 마지막 생을 마감한 조부모를 모시는 몫까지 모두 혼자 도맡았"으며, 스카우트 제의가 몇 번 있었으나 "제대 후 곧바로 취직을 한 은행에서 30년 동안이나 근속"하며 "부모의 상중을 제외하곤 결근 한번 없이 근무"했던 그는, "집을 떠난 나는 이미 내가 아니"(「근속」, 『도둑게』, 98)라며 끝내 사랑하는 여자마저 떠나보냈던 「근속」의 황수혁에 다름 아니다. 그러므로 그의 가출은, 이제부터라도 "누구의 아들도 오빠도 아빠도 남편도 아닌 오직 황수혁으로 살아"(「근속」, 『도둑게』, 106)보라던 동생의 절규에 그가 늦게나마 반응한 결과가 아닐까.

하지만 박규범의 자발적 실종은 남겨진 가족들에게 상처를 입히고 혼란을 준다. 이 소설에서 남겨진 가족은 장남을 불쌍하게 여기는 어머니가 아니라 남편의 고지식함에 가슴을 치면서도 그가 쌓은 성곽 속의 안온하고 평화로운 삶에 내심 만족하고 있던 아내이며, 더 이상은 오빠의 희생을 대가로 자유를 구가하지 않겠다고 마음먹은 철든 동생이 아니라 아버지야말로 "절대로 변하지 않을 한 인간유형의 모델"이라고 굳게 믿고 있던 아직 어린 딸이기 때문이다. 그들에게 남편이나 아버지는 결코 방황하거나 잃어버린 자아를 되찾기 위해 가정을 박차고 나가도 되는 사람이 아니다. 그것은 사춘기 소년이나 권태에 빠진 중년 여성의 몫이지 쉰다섯, 더구나 정년을 겨우 한 해 남겨놓은 남자가 할 노릇은 결코 아닌 것이다. 이런 고정관념은, 여성뿐만 아니라 남성들에게도 우리 사회가 얼마나 폭력적인 곳인가를 반증한다. 가장이나 부장이라는 그럴듯한 자리를 꿰차고 앉아 있긴 하지만 실은 집에서나 회사에서나 국가에서나 그들은 금 밖으로는 한 발자국도 나갈 수 없는 "노계"에 불과했던 것은 아닐까. 박규범이 가출을 했다는 사건보다 바다로 갔다는 사실에 아내가 "더 심하게 몸을 베인" 까닭은, 그것이 그의 '인간선언'이라는 것을 눈치챘기 때문일 것이다. 그리고 그의 인간선언에서 가족은 철저히 타인일 뿐만 아니라 지금까지 그의 인간됨을 가로막은 가장 큰 장애로 취급되었다는 사실까지도.

한 5년 망망대해를 떠돌며 "자기가 일생을 지렁이처럼 기듯이 산 땅덩어리"와 객관적 거리 두기를 할 수 있게 된 그는, "그토록 무겁고 두렵기만 하던 세상 것들이 어느 순간 뱃전으로 튀는 물 한 방울보다도 더 가볍고 덧없어"지는 경지를 획득한다. "좁아빠진 땅덩어리"로 돌아온 후에도 그가 다시 "떠나온 곳으로 되돌아가지" 않는 것은 그 때문이다. 어느 곳에도 뿌리내리지 않고 육지를 바다처럼 떠돌아다니며 사는 그에게 가족이라는 닻은 가장 강력한 덫이 아니겠는가. 육지를 바다처럼 여기고 살 수 있다면 가족과 함께 살면서도 가족주의의 덫으로부터 자유로울 수 있지 않을까 기대해봄직도 하지만, 가국(家國) 체제에 깊이 빠져 있는 우리 사회에서 그것은 개인의 힘만으로는 달성하기 어려운 경지다. 가족의 생계 수단을 완벽하게 마련해놓고서야 겨우 집을 떠날 수 있었던 박규범 같은 사내에게는 더욱 그렇다. 그런데 왜 우리는 '함께 사는 것'에 이렇게 집착하는 것일까. 가족은 무조건 함께 살아야 한다는 고정관념은, 가족 사랑에 대한 환상만큼이나 현실을 오히려 억압하는 것은 아닐까. 아버지가 있는 곳을 알면서도 가만히 지켜만 볼 뿐, 함부로 재결합을 시도하지 않는「그 남자의 방」을 통해 작가는 어쩌면 이 질문을 던지고 싶었던 것일지도 모른다.

박규범의 가출로 세 식구는 결국 각자의 집에서 혼자 살게 되지만, 이 가족의 해체는 가족의 신화로 재영토화되지 않고 가족주의의 해체로 한 발 더 나아간다. 그렇다고「그 남자의 방」이 가족주의를 강요하는 현실의 이면을 적극적으로 들춰낸다거나, 이러한 현실을 타개할 수 있는 구체적인 대안을 제시하고 있는 것은 아니다. 허전함을 달래기 위해 "아파트 구석구석을 화분으로 채우고" 있는 것을 보면 이들이 가족주의에서 완전히 자유로운 것도 아니다. 그럼에도「그 남자의 방」이 감동적인 것은 그 한 발을 더 내딛기 위한 이들의 고투를 작가가 정확히 포착하고 있기 때문이다. 현실의 논리에 저항하기는커녕 제대로 의심 한 번 해보지 않았던 장삼이사들, 그러나 이들은 이제 떨어져서도 함께 술잔을 나누고, 원망하는 대신 서로를 염려하며, 간섭하는 대신 "어디서 잘 살고 있겠지?" 서로의 안부를 믿기로 한다. 10년의 세월 동안 자신의 실존과 고투를 벌인 것은 비단 '아버지' 한 사람만이 아니기 때문이다. 남편에 의해 피동적으로 남겨지긴 했지만 남편이라는 울타리가 사라진 후 아내 역시 단독자로서의 인간 존재를 인식하기 시작했을 것이고, "늘 홀로 있지만 정부와 틈 하나 없이 포개져 있는 사내처럼 충만해" 보이고 "고독하지만 외로워 보이진 않는" 아버지를 지켜보는 동안 '나' 역시 함께 성장했기 때문이다.

물론 여전히 "그가 읽고 있는 책을 짐작조차 할 수 없듯이 나는 그가 지나온 인도양과 태평양의 물빛과 깊이를 알지 못한다. 그 깊은 바닷속으로 흐르던 어떤 해류가 어느 날 갑자기 불어온 바람 한 줄기에 방향을 틀어 물 위의 우리를 어떻게 흔들어댈지도." 하지만 그렇다 할지라도 이제 이들은 더 이상 망망대해를 홀로 떠도는 난파선이 아니다. 함께 있다고 생각했지만 혼자만의 섬에 고립되어 있었던 과거와 달리, 각자 떨어져 살아가지만 같은 바다 위에 떠 있기 때문이다. 바다에 나갔던 사람은 아버지인데 '나' 의 비유가 더 자주 바다에 가 닿는 것은 '나' 와 아버지 사이의 이 거리가 생각보다 훨씬 가깝다는 의미가 아닐까. 물리적 거리의 원근에 관계없이 서로를 서로에게 밀착시키는 심리적 거리의 회복, 그러나 그것이 더 이상 서로를 난파시키는 폭력적인 거리가 되지 않는 것은 '우리 가족' 이라는 강박적 신경증으로부터 이들이 점차 벗어나고 있기 때문이다. 「그 남자의 방」이 보여주고 있는 것은 그러므로 가족의 해체가 아니라 새로운 가족의 탄생이라 할 수도 있을 것이다.

5. 흔들림은 어떻게 존재의 조건이 되는가

다른 작품들이 작가의 과거나 부모 세대의 상처와 기억을 어루만지고 있다면, 가장 최근작에 해당하는 「꽃 진 자리」와 「장마」는 작가의 현재 삶에 보다 밀착해 있는 작품들이다. 그러나 쉰이 된 이 여성들에게도 어김없이 위기는 찾아온다. 그 중심에 서 있는 것은 두 작품 모두 남편의 파산이다. 유한마담의 권태에 젖어 있던 「장마」의 민영은 처음에는 "무언가 새로운 모험이라도 떠나는 자의 비장함과 긴장"으로 파산에 호기롭게 맞서지만, 안전선도 없이 "전부 아니면 전무"로 밀어닥치는 위기를 겪으며 파산의 실체에 눈을 뜬다. 「꽃 진 자리」의 '나' 역시 처음에는 집 안을 꾸미고 있는 고가구들과 전문가 급의 오디오세트를 보며 자신의 "교묘하고 은밀하며 위선적"인 욕심을 깨닫고 무소유를 다짐하지만 결국 가장 가까운 사람들에게 피해를 안겨줄 수밖에 없게 되자 남편과 마찬가지로 목이 졸리는 고통을 느끼게 되고, 무소유를 실천하겠다던 다짐 역시 정신적 허영에 다름 아니었다는 것을 깨닫게 된다. 더구나 "20대 청년의 단단하던 근육과 빛나던 눈동자"는 이제 폐경과 노안, 퇴행성관절염에 시달리는 생기 없는 몸이 되었다. "푸른 보석처럼 빛나는 삶"을 꿈꾸었으나 어느덧 "자신의 의지와는 상관없이 어딘가로 한없이 떠밀려가고 있는" 생. "오만에 가까운 자신감으로 충만하던" 「장마」의 남편은 이제 "이사 갈 집의 월세 보증금 전부"를 주식에 밀어 넣고 종일 컴퓨터 앞에 앉아 있을 뿐이다. 파산을 통해 드러난 적나라한 생의 실체 앞에서 그들은 분노도 원망도 쏟아낼 수 없는 극도의 무력감과 허탈감에 빠진다.

그런데 다른 대안이 없다는 핑계로 남편의 위험한 주행을 방관하면서 민영이 새삼 몰두하고 있는 것은 돈 되는 자기계발서 번역이 아니라 출판의 가능성도 없는 『Poetics』 번역이다. "10년 넘게 미뤄온 일을 왜 하필 이 위기의 시기에 붙들고 있는지" 민영은 스스로에게도 설명하지 못하지만, 남편과 시어머니의 불만에도 끝내 『Poetics』 번역을 포기하지 않는다. 이쯤 되면 그녀의 지적 허영을 의심해볼 만도 하다. 어쩌면 민영 역시 "형체도 알 수 없는 어떤 거대한 기계 속의 작은 나사못"(「근속」, 『도둑게』, 94)으로는 살고 싶지 않다며 석 달 만에 직장을 때려치우고 또다시 오빠의 청춘을 저당 잡아 대학원으로 진학했던 「근속」의 '나'가 아닐까? 누구에게나 "누구도 함께할 수 없는 혼자만의 직립"은 있게 마련이지만, 민영은 남편에게만 그 짐을 떠맡기고 있는 것처럼 느껴지기도 한다. 하지만 더 쉬운 일은 오히려 그 짐을 나누어지는 것이다. 비난의 시선으로부터도 자책감으로부터도 그것이 한결 쉽게 자유로워질 수 있는 길이다. 하지만 김이정의 인물들은 결코 그 길을 선택하지 않는다. 그들에게는 언제나 그들의 실존을 증명해야 할 의무가 있기 때문이다. 먹고사는 일의 엄중함도, 이 존재 증명의 과제 앞에서는 "하찮고 허무"할 뿐이다. 생존의 무게가 가벼워서가 아니다. 생존이라는 딱 한 겹의 삶만을 강요하는, 우리 사회의 저 폭력적으로 얕은 깊이 때문이다.

그러나 이들은 그리스 비극의 주인공이 아니다. 아리스토텔레스는 비극의 주인공을 (a)"덕과 정의에 있어 월등하지는 않으나 악덕과 비행 때문이 아니라, 어떤 과실 때문에 불행에 빠진 인물"로, (b)"큰 명망과 번영을 누리는 자들 가운데 한 사람"(아리스토텔레스, 『시학』, 천병희 역, 문예출판사, 1996, 1453a 9~12)이라고 정의했다. 대부분의 소설적 인물은 우선 (b) 항목을 충족시키지 못한다. 소설은 영웅의 노래가 아니라 필부의 이야기이기 때문이다. "선하지도 악하지도 않은 그 중간쯤의 사람"이라는 말은 비극의 주인공이 우리 같은 평범한 인물이라는 뜻이 아니다. 비극이 모방하는 것은 실제 이상의 선인(아리스토텔레스, 위의 책, 1448a 19)이며, 그들의 불행이 연민과 공포를 불러일으키는 이유 역시 여기에 있다. 더구나 그들은 비극적 운명 한가운데로 걸어 들어가 결연히 자신의 삶과 대결함으로써 최후에는 '위대함'을 쟁취한다. 그러나 소설의 관심은 오히려 인간의 '비참함'에 있다. 제 눈을 찌르는 오이디푸스의 단호함이나 목숨을 아까워하지 않는 안티고네의 신념은 그러므로 소설적 인물의 자질이 아니다. 대신 이들은 끊임없이 방황하고 흔들린다. 민영은 현실의 "냉엄하고도 무자비한 손길"에 굴복하지 않기 위해 『Poetics』 번역에 매달리지만 이는 현실과의 단절을 선언하는 단호한 몸짓이라기보다 "적나라한 두려움"을 감추기 위한 안간힘에 가깝다.

이 흔들림은 「꽃 진 자리」에서 보다 선명하게 드러난다. 「장마」

가 흔들림을 외면하고 부정하기 위한 안간힘을 그리고 있다면
「꽃 진 자리」는 흔들림이 존재의 조건이라는 것을 인정하는 데서
출발하고 있기 때문이다. 이런 차이는 소설의 도입부에서도 쉽게
확인할 수 있다. 바람에 한 치의 흔들림도 없이 서 있는 오페라극
장의 "견고한 강철 프레임"을 바라보는 민영의 시선에는 장마를
예고하는 거친 바람과 "바람 따라 사정없이 흔들리던 마음"에 대
한 본능적인 경계가 담겨 있다. 「꽃 진 자리」의 '나' 역시 흔들림
에 대한 두려움을 가진 인물이라는 점에서는 「장마」의 민영과 다
를 바 없다. 그러나 '나' 는, 섬처럼 크고 웅장해도 배란 움직이는
것이고 그 순간부터 흔들림은 배에 있는 모든 존재의 조건이 된다
는 것을 깨닫는다. 하여 항해가 익숙해지자 가벼운 롤링은 몸의
일부처럼 익숙해지고 '나' 는 어느새 "요람에 든 신생아라도 된 기
분"으로 배의 흔들림을 즐기기에 이른다. 물론 이 도입부가 보여
주는 낙천적이고 관조적인 삶의 태도를 자기 삶의 흔들림에 곧바
로 적용하지는 못한다. 파산은 일상의 '가벼운 롤링' 이 아니라 삶
을 완전히 난파시키는 강력한 해일로 다가오기 때문이다. 과도한
경직성은 흔들림의 충격을 한층 강화시킬 뿐이지만, 그러므로 그
녀들은 내부의 흔들림을 멈추게 해줄 외부의 닻을 끊임없이 욕망
한다. 민영이 『Poetics』 번역에 매달리는 것도, '나' 가 '남자' 에게
로 기울어지는 것도 그 때문이다.
　그러나 '외부의' 닻이라는 점에서 그 한계는 처음부터 명백하
다. 민영은 파산이라는 현실에 투항하지 않기 위한 안간힘이라도

보여주지만, 이미 지칠 대로 지친 '나'에게 '남자'는 위안의 대상이자 도피의 장소일 뿐이다. 더구나 그를 욕망하기 시작하면서 '나'는 이중으로 흔들리기 시작한다. 파산과 함께 폐경기를 맞은 여자의 위태롭고 불안정한 몸과 마음이 행간마다 묻어날 정도다. 결국 '나'는 이 흔들림으로부터도 도망친다. 더 흔들려봤자 "내게 친구 이상의 어떤 사적 감정도 없는" 그에게 상처만 받을 게 분명하기 때문이다. 하여 이 모든 흔들림을 피해 '나'는 바다로 떠나지만, 땅 위의 삶이 어이없도록 위태롭고 기이하게 여겨지는 순간에도 땅 위의 욕망으로부터 자유롭지 못하다. 그곳의 삶과 영원히 단절을 선언한 것이 아니라 그곳에서 잠시 도망쳤을 뿐이기 때문이다. "죽음을 떠올리지 않고도 바다에 뛰어들 수 있을 것만 같은, 일종의 황홀경"에 빠져 무의식적으로 죽음을 욕망하는 것도 "무력한 나를 덮치자마자 순식간에 황폐한 사막을 만들어버리는 그 냉엄하고도 무자비한 손길"로부터 도망가고 싶은 심리 때문일 것이다.

이러한 도피 심리는 파산이라는 현실로부터 자신을 아예 분리해내기도 한다. 파산으로 고통당하면서도 이것이 혹 "비극적 카타르시스를 위한 신의 '착오'인 걸까" 생각하는 민영을 보라. 그녀는 '신의 착오'에 방점을 찍었겠지만, 이것은 '그녀의 착오'다. 비극이 불러일으키는 연민과 공포로부터 카타르시스를 느낄 수 있는 사람은 고통에 빠진 주인공이 아니라 그 고통과 객관적 거리를 유지할 수 있는 독자나 관객이기 때문이다. 이러한 착오는, 고

통과 객관적 거리를 유지함으로써 그 고통 속에 함몰되지 않으려
는 안간힘에서 비롯한 것이겠지만, 인간 존재의 왜소함과 무의미
함은 언제나 현실로부터의 도피가 아니라 현실과의 정면 대결을
통해 극복되는 것이다. 잔인할 정도로 집요하게 자신의 내면을 들
여다보고 있는 작가 김이정이 그것을 모를 리 없다. 그런데 또다
시 현실로부터 도피하려고 하는 이유는 무엇일까. 개인이 싸워 이
기기에는 현실의 힘이 너무 강고하기 때문이기도 하겠지만, 혹 모
든 것을 개인의 문제, 실존의 문제로만 해결하려고 했기 때문은
아닐까. 하여 과거의 상처를 극복한 힘은 현재의 시련에 맥을 못
추고, 존재의 고독은 더욱 깊어지는 것이 아닐까.

그러나 나는 김이정이라는 작가를 믿는다. 어떤 순간에도 자신
을 놓지 않는 그녀의 저 지독한 자기애를 믿는다. 한없이 무력하
지만 결코 꺾이지 않는 그 생의 의지를 믿는다. '멀리 동쪽 하늘
에서"는 '해'가 아니라 "또 다른 비구름"이 캄캄히 몰려오지만,
"끝까지 가보는 수밖에" 없다는 생에 대한 저 맹목성을 믿는다.
저 맹목성이 기어이 만들어낼 그녀의 '또 한 걸음'을 믿는다. "흔
들림의 현기증을 견디다 못한 몸"은 공황장애를 일으키기도 하지
만, 어떤 흔들림은 "이미 다 사라졌다고 믿었던 몸의 감각들"을
"봄바람에 온 몸을 흔드는" 새순들처럼 다시 피어나게도 하지 않
는가. "끓어 넘치지도 않고 쉽게 사라지지도 않는 그 끈질긴 욕망
은 당황스러우면서도 무참하기 짝이 없"지만, "꽃 진 자리에서 더
요염하고 아련하게 타오르는 붉은 꽃술"에는 거부할 수 없는 생

의 의지가 담겨 있다. 「꽃 진 자리」가 굳이 '남자'를 등장시켜 소설의 초점을 흔들어놓은 것도, 「장마」의 저 삭막함을 이겨낼 수 있는 이 생의 의지를 드러내기 위해서일 것이다. 파산의 공포도 폐경의 허무도 이 생의 의지보다 끈질기지는 못하다. "내가 있는 여기는 도대체 어디일까요, 나는 그곳으로부터 얼마나 멀리 온 것일까요?"라는 '나'의 마지막 물음은, 이 도피가 실은 새로운 도약을 위한 발돋움이라는 사실을 일깨운다.

문득, 아무리 큰 닻을 내려 단단하게 고정시키려 해도 인간의 삶이란 결국 바다 위를 떠다니는 배와 같은 것이리라는 생각이 든다. 흔들림이 멈춘다는 것은 움직임이 멈춘다는 것이고, 인간에게 그것은 죽음에 다름 아니지 않겠는가. 그러므로 중요한 것은 흔들림을 멈추는 것이 아니라 그 흔들림을 어떻게 받아들이고 이겨내는가일 것이다. 김이정은 다시, 그 길을 찾아 떠나고 있다. 아니, 그녀는 언제나 그 길 위에 있었다. 흔들림이야말로 모든 존재의 변치 않는 조건이며 삶에 대한 사랑이야말로 김이정 소설의 가장 강력한 동력이기 때문이다. 상처와 공포의 서사를 치유와 회복의 서사로 바꾸는 힘도, 외부의 닻이 아니라 그녀 내부의 이 사랑으로부터 나온다. 함께 그 길을 걷고 있는 것 같은 이 느낌도, 어쩌면 사랑일는지 모르겠다.

내 생애 가장 힘들었던 한 해가 방금 지나갔다. 이렇게 써놓고 보니 갑자기 두려워진다. 과연 지난해가 내 생애 가장 힘든 해였을까? 어쩌면 아직도 오지 않은 건 아닐까 의심이 생긴다. 부디 지난해가 내 생애 가장 힘들었던 해이길 빈다. 일 년 내내 지금, 오늘이 바닥이겠지 하며 지냈다. 무엇이 더 남아 있다는 걸 생각하면 버틸 수가 없었으므로 하루하루 오늘이 바닥이라고 생각하며 견뎌냈다. 어느새 그 일 년이 훌쩍 지나갔다. 고맙고도 고맙다.

새해 벽두부터 폭설이 내려 세상이 온통 하얗다. 마음도 푸근해진다. 좋은 징조라고 마음먹는다. 어려운 시절을 보내며 얻은 것들 중 하나다. 나중에 실망하지 않기 위해 우선 부정하고 보던 습관이 이젠 억지로라도 긍정하는 쪽으로 바뀌었다. 다행이다.

힘든 시기를 지내다 보니 내게 문학이 있다는 게, 소설을 쓸 수 있다는 게 얼마나 고마운 일인지 새삼 깨달았다. 나는 힘들 때마다 노트북을 들고 도서관으로 가곤 했다. 소설을 쓰다 보면 세상은, 현실은 어느새 내 몸에서 저만치 떨어져 나가 내 일이 아닌 양 거리감을 갖고 볼 수 있게 되었다. 그렇게 보면 모든 게 가벼워지고 만만해지고 견딜 만해졌다. 가끔씩은 롤러코스터를 탄 듯 짜릿하기도 했다. 모험의 길을 떠난 돈키호테라도 된 듯했다. 문학의, 소설 쓰기의 힘이라는 걸 새삼 깨달았다. 한때 소설을 쓰지 않고도 잘 살 수 있노라 큰소리쳤던 나의 오만이 부끄럽기만 했다.

그리하여 이 소설들은 누구보다 나 자신을 위로하기 위해 써진 것들이다. 쓸 때는 잘 몰랐지만 모아놓고 보니 그 지형이 명백해 보인다. 죽은 노파의 넋을 통해서도, 고독한 장년의 남자를 바라보면서도, 히말라야 계곡의 강바닥을 걸으면서도, 사랑에 빠진 여자, 사랑을 잃은 여자들을 이야기하면서도 나는 결국 세상 누구보다 나 자신을 위로하고 있었다. 이토록 이기적인 글쓰기라니! 하지만 한편으론 이보다 더 다행한 일이 없지 않은가 생각한다. 소설이 위로해주지 않았다면 내 삶은 얼마나 더 황량했으랴!

이제 내가 받은 위로가 나 아닌 다른 사람들에게도 위안으로 전해지길 바란다. 소설을 쓰면서 내가 받은 큰 위로가 이 세상 구석의 어떤 이에게 전해져 작은 위안이라도 될 수 있다면 더 바랄 게 없다.

이 소설들을 쓰며 떠돌아다녔던 길들과 머물렀던 방들이 떠오른다. 때로는 혼자, 때로는 친구들과 함께 다녔던 그 무수한 길들. 함께해준 고독과 길 위의 벗들을 생각하면 내 인생은 명백히 행운이다. 토지문화관, 만해마을, 그리고 지금 이 글을 쓰고 있는 연희문학창작촌의 방들에게도 마음속 깊은 고마움을 전한다. 특히 입주 작가들을 위해 손수 반찬을 해주시던 토지문화관의 박경리 선생님은 영원히 잊지 못하리라. 새벽부터 일어나 직접 조리셨다는 달달한 우엉과 연근, 두릅과 취나물무침의 향기는 지금도 혀 깊숙한 곳에 남아 있다. 이 모두 일천하나마 소설을 쓰면서 누린 분에 넘치는 호사들이다. 아니 빚이다. 두고두고 글로 갚아야만 하는 빚들.

지금도 여전히 차고 어두운 터널 속에서 빠져나오지 못하고 있다. 이 길고 지루한 터널 속에 함께 갇혀 때론 원망을, 때론 희망을 더하고 나눈 가족들에게 깊은 위로와 고마움을 전하고 싶다.

폭설이 내린 새해 아침에, 김이정

수록작품 발표지면

1. 유인 김소희전 (문장 웹진 2006년 7월호)

2. 그 남자의 방 (내일을 여는 작가 2007년 봄호)

3. 검은 강 (현대문학 2008년 1월호)

4. 꽃 진 자리 (내일을 여는 작가 2009년 겨울호)

5. 능소화 (문장 웹진 2008년 9월호)

6. 장마 (계간문예 2009년 가을호)

7. 빈방 (문학도시 2006년)

그 남자의 방

ⓒ 김이정, 2010

초판 1쇄 인쇄일 | 2010년 1월 15일
초판 1쇄 발행일 | 2010년 1월 18일

지은이 | 김이정
펴낸이 | 강병철
주　간 | 정은영
펴낸곳 | 자음과모음
편　집 | 임홍열
디자인 | 권성애
제　작 | 시명국 · 조윤회
영　업 | 조광진 · 김상윤 · 김경진
마케팅 | 박현경 · 김영웅

출판등록 | 2001년 5월 8일 제20-222호
주소 | 121-753 서울시 마포구 동교동 165-1 미래프라자빌딩 7층
전화 | 편집부(02)324-2347, 총무부(02)325-6047
팩스 | 편집부(02)324-2348, 총무부(02)2648-1311
e-mail | erum9@hanmail.net
Home page | www.jamo21.net

ISBN 978-89-5707-476-3 (03810)

● 잘못된 책은 교환해 드립니다.
● 저자와의 협의하에 인지는 생략합니다.
● 이 책은 창작지원금을 받았습니다.